Jagd in der Heide

Über den Autor

René Falk wurde 1955 geboren. Er ist ein echter Rhein-
länder und lebt in Troisdorf, einem Nachbarort von
Köln. Schon sehr früh zeigte sich seine Neigung zum
Schreiben von Kurzgeschichten, vor allem im Bereich SF
und Fantasy. In späteren Jahren richtete sich sein
Interesse mehr auf das Genre Krimis & Thriller und bald
begann er selbst damit, Kriminalromane zu schreiben.
Er legt großen Wert darauf, seine Leser zu unterhalten,
und wenn ihm dies mit seinen Geschichten gelingt, hat
er sein Ziel erreicht. Die deutschsprachigen Bücher von
René Falk werden nicht nur in Deutschland, sondern
auch in Italien, Frankreich, Spanien, Großbritannien
und den USA gelesen.

Jagd in der Heide

René Falk

Bibliografische Information der Deutschen Nationalbibliothek: Die Deutsche Nationalbibliothek verzeichnet diese Publikation in der Deutschen Nationalbibliografie; detaillierte bibliografische Daten sind im Internet über http://dnb.dnb.de abrufbar.

René Falk
Jagd in der Heide

Umschlaggestaltung: *Bryan Gehrke, Buchcovers.de*

Herstellung und Verlag:
BoD – Books on Demand, Norderstedt

ISBN: 978-3-7481-7181-2

Inhaltsverzeichnis

Über dieses Buch

Familie Leuchner/Malowski, mittlerweile auf vier Personen plus Hund Sammy und Kater Caruso angewachsen, macht an einem sonnigen Herbstsonntag einen Ausflug in die nahe Wahner Heide. Ohne den Stubentiger, versteht sich. Nach einer zumindest für die Erwachsenen ermüdenden Tour durch die Heidelandschaft, denn die Kinder sitzen sehr komfortabel in einem großen, hölzernen Bollerwagen, nähert man sich dem Ausgangspunkt und der am Ortsrand von Altenrath abgestellten Familienkutsche. Doch bevor sie dort ankommen, macht Denise, vormals Hauptkommissarin bei der Siegburger Kriminalpolizei, am Wegesrand eine grausige Beobachtung.

Prolog

An einem kalten, finsteren Ort

Das Erwachen ist mühsam. Sind seine Augen offen oder geschlossen? Er weiß es nicht mit Bestimmtheit, obwohl er glaubt, sie geöffnet zu haben. Aber wenn, dann ist er entweder blind geworden oder er befindet sich in einem finsteren, fensterlosen Raum. Oder es ist stockfinstere Nacht. Oder beides. Es ist bitterkalt und er friert, vor allem an den Armen. Natürlich, es ist Oktober, und in diesem Land ist es um diese Zeit viel kälter als in der Heimat! Aber hatte er nicht eine dicke Jacke an, als er mit seinen Freunden die Unterkunft verließ? Wo sind die zwei überhaupt? Und wo ist die Jacke abgeblieben?

Der Schmerz lässt seinen Hinterkopf explodieren, als er sich nach hinten lehnt und mit dem Schädel an eine harte Wand stößt. Unwillkürlich will er mit den Händen an die schmerzende Stelle fassen, wird aber am Kinn durch eine klirrende Kette gestoppt, die an seinen Handgelenken befestigt zu sein scheint. Was ist bloß geschehen? Gemeinsam mit der Erkenntnis, in einem dunklen Raum eingesperrt und mit Handschellen gefesselt zu sein, überkommt ihn mit Wucht die Erinnerung! Wann war das? Gestern?

In seiner Heimat gibt es nicht mehr viele Wälder. Doch an der Küste, wo er aufgewachsen ist, sind noch einige übriggeblieben, in denen er unzählige Stunden mit seinen Freunden verbracht hatte, bevor sie das Land verlassen mussten. Auch jetzt ist er jeden Tag mit ihnen zu den nahen Wäldern gelaufen, die gleich hinter seiner Unterkunft beginnen. Es sind natürlich andere Bäume als in der Heimat, aber sie riechen viel besser. Vor allem in diesem Monat, den die Menschen hier den goldenen Oktober nennen. Und dort bekam er unerwartet von hinten einen heftigen Schlag auf den Kopf, der ihn sofort ausgeschaltet hatte! Rechtzeitig bemerkt hatte er die Annäherung eines Angreifers nicht, obwohl er über ein ausgezeichnetes Gehör verfügt. Der Rest liegt im wahrsten Sinne des Wortes im Dunkel, nur der Schmerz an seinem Schädel erinnert ihn daran.

»Bist du auch endlich aufgewacht, Alter?«, ertönt eine bekannte Stimme in seiner Muttersprache rechts von ihm. Sie kommt seiner Schätzung nach aus einer Entfernung von zwei bis drei Metern und von einer der Seitenwände dieses Schuppens oder was das auch sein mochte. Jetzt, wo seine Augen sich einigermaßen an die Dunkelheit angepasst haben, bemerkt er auch das winzige Loch in der Wand gegenüber, durch das ein kleines bisschen Helligkeit tröpfelt. Demnach ist sein Gefängnis wohl aus Holz gefertigt und es ist Tag, kombiniert er unbewusst. Und er ist gar nicht allein, zumindest einer seiner Freunde ist mit ihm hier! Das jedoch schmälert die ohnehin vage Möglichkeit, dass wenigstens einer von ihnen entkommen ist und Hilfe holen kann.

Wenn er sich anstrengt, kann er den Freund als konturlosen Schatten in der vermuteten Entfernung erkennen. Die Worte hatten spöttisch klingen sollen, wie es seine Art ist, doch dem Keuchen gemäß, das sie begleitet, ist er in keiner besseren Verfassung als er selbst. »Hat dich der Kerl ebenfalls niedergeschlagen?«, fragt er, obwohl es im Grunde offensichtlich ist. »Sind wir zwei alleine hier? Was ist mit …?«

»Es müssen drei oder mehr Männer gewesen sein, die uns da im Wald aufgelauert haben«, erhält er zur Antwort, wobei die Worte wieder stoßweise an sein Ohr dringen. Offenbar geht es dem Freund sehr viel schlechter, als er zugeben will. »Sie hätten uns mit weniger Leuten bestimmt nicht so schnell überwältigt! Und ja, es hat uns alle drei erwischt! Dich wohl am schlimmsten, denn das war schon gestern und du warst zehn Stunden bewusstlos! Den Kleinen haben sie aber vorhin abgeholt, und ich glaube nicht, dass sie ihn zum Tee eingeladen haben!«

Kapitel 1

Familienausflug

»Warum heißt das ›Hühnerbuch‹, Mama?«, fragte das jüngste Mitglied der Familie. Der jetzt vierjährige Nicklas hatte den letzten Kilometer ihrer sonntäglichen Heide-Wander-Tour nachdenklich geschwiegen, was für das Kind ungewöhnlich war. »Ich hab da nur Flieger gesehen und keine Hühner und Bücher!«

Der verwaiste Junge hatte sich zur großen Freude seiner neuen Eltern in den anderthalb Jahren, die er jetzt bei ihnen war, gut eingelebt und fragte nur noch selten nach seiner toten Mutter. Deren Mordfall hatte Denise Malowski seinerzeit selbst mit aufgeklärt. Es war eine ihrer letzten Amtshandlungen als Kriminalhauptkommissarin, bevor sie den Dienst den Kindern zuliebe quittiert hatte. Sie lächelte still in sich hinein. Sie hatte ihm schon angesehen, dass er etwas ausbrütete, seit er die Flugzeuge bestaunt hatte, die dort im Minutentakt gestartet und gelandet waren.

»Das heißt Hühner*bruch*, Nick!«, antwortete seine ältere Schwester altklug. Leonie wurde in wenigen Wochen sechs und sollte im kommenden Jahr eingeschult werden. Einen kleinen Teil der mehr als sieben Kilometer langen ›Hühnerbruch-Tour‹ hatte sie noch tapfer mitgehalten, sich dann aber zu ihrem Bruder in den Bollerwagen geflüchtet, als sie am Wegesrand eine vermeintliche Schlange gesehen hatte.

Alle Beteuerungen ihres Vaters, dass es sich dabei um eine Blindschleiche gehandelt hatte, also keine Schlange, sondern eine Eidechse ohne Beine, halfen nichts. Ihre Eltern argwöhnten allerdings, dass diese Begegnung als Vorwand diente, nicht mehr laufen zu müssen. Schlangen gab es hier durchaus, jedoch war in Moorlandschaften wie dieser außer der harmlosen Blindschleiche nur die Ringelnatter anzutreffen, die zwar wehrhaft, aber ungiftig war. Sie biss nur, wenn man nach ihr griff, was ohnehin verboten war, da die Tiere unter Artenschutz standen.

Die Tour ist laut ›Infozentrum Wahner Heide‹, wo sie die Wanderung begonnen hatten, etwa siebeneinhalb Kilometer lang. Der Weg führte durch Tertiär-Hügelland zum mit 770 Gräbern größten keltischen Hügelgräberfeld der Region an der ›Hohen Schanze‹, vorbei an der historischen Altenrather Tongrube zu dem erwähnten Hühnerbruch, einer Moorlandschaft, die ihren Namen dem bis zur Mitte des letzten Jahrhunderts dort heimischen Birkhuhn verdankte.

Auf ihrem Rückweg tangierten sie die berühmte ›Boxhohner Eiche‹, ein angeblich tausend Jahre alter Baum, der nach einem Blitzschlag 2019 zusammengebrochen war. Vorher hatte man lange versucht, ihn zu erhalten, sich jedoch nach verschiedenen Begutachtungen entschieden, keine weiteren Erhaltungsmaßnahmen durchzuführen, sondern ihn ›in Würde sterben zu lassen‹.

In seinem Umfeld gab es fleischfressende Wasserpflanzen und Grünfrösche zu bewundern, die Leonie eklig fand, während Nicklas am liebsten ein Dutzend davon gefangen hätte. Aber auch diese Tiere stehen, wie alles in diesem Naturschutzgebiet, unter Artenschutz. Auch die Flora, allen voran der farbenprächtige Heidenelken-Sandtrockenrasen, eine landesweit vom Aussterben bedrohte Pflanzengesellschaft.

Ursprünglich hatte auch Denises frühere Kollegin Christina ›Chrissie‹ Ohlsen mitkommen wollen. Doch mit einem halben Jahr war Baby Marvin zu klein für den Bollerwagen und andererseits zu schwer, um ihn den ganzen Weg zu tragen. Ein Kinderwagen schied aufgrund der von Wurzeln durchzogenen Pfade aus, weshalb der von Sven ausgesuchte Leiterwagen über große, gummibereifte Räder verfügte, um etwaigen Pannen vorzubeugen. Mit zwei kleinen Kindern und Hund Sammy, der ebenfalls mit von der Partie war, wäre das einer Katastrophe gleichgekommen.

»Moor- oder Sumpflandschaften hat man früher als ›Bruch‹ bezeichnet«, gab Denise ihr Wissen kund, das sie vor dieser Tour im Internet erworben hatte. »Und der Vogel, nach dem das Gebiet benannt wurde, ist kein normales Huhn«, wandte sie sich an Nicklas, der ihren Erklärungen mit großen Augen lauschte. »Du hast doch die vielen Flugzeuge vorhin gesehen. Sie machen Lärm, weswegen das Birkhuhn, das bis zum Bau des Flughafens in der Mitte des letzten Jahrhunderts da genistet hat, zumindest in dieser Gegend ausgestorben ist.«

»Deshalb weiß heutzutage kein Mensch mehr, wie diese Vögel schmecken«, grinste Sven Leuchner, was ihm einen betont strengen Blick seitens seiner Frau einbrachte. Obwohl er den schweren Bollerwagen die meiste Zeit über selbst gezogen hatte, der außer den beiden Kindern noch Proviant und Getränke für ein

Picknick enthielt, war er bester Laune und immer für einen Scherz zu haben. Allerdings war dieser zugegebenermaßen etwas geschmacklos gewesen.

»Sag mal, Schatz, hätten wir da hinten nicht links abbiegen müssen?«, rettete er sich gerade noch in einen Themenwechsel, während er sich aufmerksam in alle Richtungen umschaute. »Hier sind wir doch bestimmt falsch, ich kann mich jedenfalls nicht erinnern, auf dem Hinweg an dem Waldstück vorbeigekommen zu sein. Der Abhang neben der Straße wäre mir garantiert aufgefallen!«

»Wollen wir uns jetzt ernsthaft über deinen Orientierungssinn unterhalten?«, lachte Denise, zog aber ihr Handy mit einer extra für diesen Ausflug installierten Tracking-App aus der Tasche, wo die heutige Route eingezeichnet war. »Du hast recht«, musste sie zugeben. »Hier entlang kommen wir zwar auch zum Auto, aber von der entgegengesetzten Richtung. Wir gehen besser das kurze Stück zurück, da dieser Weg doch um einiges länger ist. Wir wechseln aber lieber vorher auf die andere Straßenseite, dieser Abhang ist mir nicht ganz geheuer!«

Tatsächlich fiel das Gelände direkt hinter ihr um etliche Meter steil ab, und ein befestigter Fußweg war zumindest auf diesem Teilstück der Flughafenstraße beidseitig nicht vorhanden. Auf der anderen Straßenseite gab es wenigstens keinen tiefen Abgrund, in den man stürzen konnte! Während Sven gehorsam den Bollerwagen mit den Kindern über den Asphalt nach drüben zog, fiel ihr Blick ein letztes Mal hinab in die Senke, wo sie im Augenwinkel eine Bewegung wahrgenommen zu haben glaubte.

Tatsächlich erschien dort ein Mann zwischen den Bäumen, der in ihre Richtung lief oder besser gesagt torkelte. Offenbar waren seine Augen verbunden und die Hände auf dem Rücken gefesselt, genau konnte Denise das im Dämmerlicht des dichten Waldes nicht erkennen. Sie wollte gerade mit einem lauten Ruf auf sich aufmerksam machen, als etwas geschah, was ihr das Blut in ihren Adern gefrieren ließ: Der Mann fiel unvermittelt vornüber und rührte sich danach nicht mehr. Und in seinem Rücken steckte ... *ein Pfeil?*

Obwohl sie seit einem Jahr keine Polizistin mehr war, zuckte ihre Hand in einem automatischen Reflex zur Hüfte, wo sie für eine lange Zeit ihre Dienstwaffe getragen hatte. Sie schalt sich sofort eine Närrin und zog ihr Handy aus der Tasche, um stattdessen zuerst einen Notarzt anzurufen. Nach kurzem Nachdenken entschied sie sich, statt der ›normalen‹ Polizei ihren früheren Ermittlungspartner Tobias Heller darüber zu informieren, dass sie soeben Zeugin eines kaltblütigen Mordes geworden war. Seine Telefonnummer hatte sie immer noch in ihren Kontakten, da sie nach wie vor miteinander befreundet waren.

Die Gespräche waren kurz. Die Notrufzentrale war es ohnehin gewohnt, nur die absolut notwendigsten Fragen zu stellen, was sich in diesem Falle auf die Art der Verletzung und den Ort bezog, den der Rettungs-wagen ansteuern musste. Und Tobias fragte gar nicht nach. In den Jahren ihrer Zusammenarbeit hatten sie im Umgang miteinander eine beinahe telepathische Fähigkeit entwickelt, die ohne viele Worte auskam. Das war aber nur einer der Gründe, weshalb man sie *das dynamische Duo* genannt hatte.

Danach folgte sie ihrem Mann und ihren Kindern auf die andere Straßenseite. Sie musste Sven, der sie die ganze Zeit über argwöhnisch beim Telefonieren beobachtet hatte, zumindest kurz über den Vorfall in Kenntnis setzen. Dann würde sie unverzüglich nach unten klettern, um nachzuschauen, ob sie dem Mann doch noch helfen konnte, der direkt vor ihren Augen sterbend zusammengebrochen war. Es war zwar eher unwahrscheinlich, aber sonst würde sie sich für den Rest ihres Lebens Vorwürfe machen.

Im Stillen beglückwünschte sie sich zu ihrer spontanen Entscheidung, Sven mit den Kindern vorausgeschickt zu haben. Dadurch hatten Nicklas und Leonie nichts von der grausigen, in absoluter Lautlosigkeit abgelaufenen Begebenheit mitbekommen. Wären sie nur zehn Sekunden länger geblieben, hätte das schon anders ausgesehen! Ihrem Mann schlug sie vor, mit den Kindern nach Hause zu fahren, während sie vor Ort auf die Polizei warten wollte. Was jetzt unweigerlich folgte, war nichts für Kinderaugen.

Über viele Jahre hinweg trainierte Instinkte einer Polizistin legte man so schnell nicht wieder ab. Der Täter konnte im Dickicht lauern, doch nachsehen, ob dem Mann noch zu helfen war, musste sie natürlich! Deshalb entschied sie sich, nicht zu klettern, sondern den Fußweg zu benutzen, den sie mit Sven und den Kindern gegangen war, auch wenn sie einen Umweg dafür in Kauf nehmen musste.

Erst jetzt erkannte sie die enorme Gefahr, in der sie alle geschwebt hatten, denn der Todesschütze musste sich zu dieser Zeit schon dort aufgehalten haben! Sie winkte ihrer Familie zum Abschied ein letztes Mal zu, um ein gewisses Maß an Normalität zu signalisieren, und sah auf die Uhr. Wie sie Tobias kannte, würde er in wenigen Minuten erscheinen, denn er wohnte nur ein paar Kilometer von hier entfernt. Sie änderte ihre Absicht ein weiteres Mal, als sie in der Ferne das Horn des Rettungswagens hörte. Unter diesen Umständen war es besser, hier auf den Notarzt zu warten.

* * *

Die beiden Rettungssanitäter hatten beim Anblick eines Pfeils im Rücken des auf dem Bauch liegenden Mannes erschrocken in ihren Schritten innegehalten. Doch nur für eine Sekunde, dann siegte die Professionalität und sie eilten die letzten Meter zu dem leblos daliegenden Opfer hin. Denise Malowski hielt sich im Hintergrund und ließ ihre Blicke schweifen, während die Sanitäter seine Vitalfunktionen checkten.

Sie hatte ein extrem mulmiges Gefühl dabei. Was, wenn der Mörder noch hier in der Nähe im Gebüsch oder hinter einem Baum lauerte? Einen völlig lautlos fliegenden Pfeil würde sie erst wahrnehmen, wenn er in ihrer Brust steckte! Aber was war bei einer Kugel eigentlich anders? Sie war wesentlich schneller, doch bei einem Treffer war es eher gleichgültig, ob sie den Schuss zuvor gehört hatte oder nicht. Was ohnehin höchst zweifelhaft war, da Gewehrgeschosse heutzutage mit Überschallgeschwindigkeit flogen. Die Angst vor unhörbaren Gefahren war jedoch ebenso alt wie die Menschheit.

Sie rief sich zur Ordnung. Immerhin kam sie einer Polizistin noch am nächsten, da sonst niemand hier war. Außerdem brachte sie die Erfahrung von vierzehn Jahren Polizeidienst mit. Und wenn sie auf die Sanitäter achtete, die ja ebenso in Gefahr waren wie sie, kam sie sich nicht nutzlos vor. Beiläufig nahm sie zur Kenntnis, dass dem Mann tatsächlich die Augen verbunden und die Hände auf dem Rücken gefesselt waren. Seine zerrissene Kleidung zeugte zudem von einem innigen Kontakt mit den Waldpflanzen.

Sie wurde aus ihren finsteren Gedanken gerissen, als einer der Sanitäter sich aus seiner hockenden Stellung aufrichtete, in ihre Richtung blickte und traurig den Kopf schüttelte. Er kam ihr bekannt vor, vielleicht hatte sie schon bei früheren Einsätzen mit ihm zu tun gehabt. Sie konnte sich nicht an seinen Namen erinnern, was umgekehrt aber der Fall war, wie seine nächsten Worte bewiesen.

»Da ist nichts zu machen, Frau Malowski«, sagte er mit einem bedauernden Heben der Schultern. »Der Pfeil hat ihn sehr wahrscheinlich ins Herz getroffen. Ohne Ihrer Rechtsmedizinerin vorgreifen zu wollen, würde ich sagen, er war sofort tot.«

»Vielen Dank«, brachte sie mit einem Kloß im Hals hervor. In ihrer gesamten Dienstzeit hatte sie es nicht mit einem derart ungewöhnlichen Todesfall zu tun gehabt, einmal davon abgesehen, dass sie nie zuvor Zeugin einer Tat gewesen war. Giftanschläge hatte es gegeben, Messerattacken, Tötungen durch Erhängen oder Erwürgen sowie zahlreiche Erschießungen. Und nun bekam sie es mit der von allen Mordermittlern am meisten gefürchteten Tatwaffe zu tun, denn an einem Pfeil ließ sich bekanntlich nicht ablesen, von welchem Bogen er abgefeuert wurde. Ein solcher war demnach die perfekte Mordwaffe!

Das ist jetzt nicht mehr dein Problem, schalt sie sich erneut eine Närrin. Sie hatte zwischen zwei Alternativen gewählt und sich für ihre Familie entschieden, dieses Puzzle sollten daher jetzt andere lösen! Doch die Gedanken an die möglichen Probleme, die bei der Auflösung des Falles auftreten konnten, zeigten ihr in aller Deutlichkeit, dass sie längst nicht ganz in ihre neue Rolle hineingefunden hatte.

»Schwelgen wir in nostalgischen Erinnerungen?«, ertönte eine belustigt klingende Stimme unmittelbar hinter ihr. *Tobias!* Sie war dermaßen in Gedanken an die Aufklärung eines Mordfalles versunken gewesen, der ohnehin nicht mehr ihre Angelegenheit war, dass sie seine Annäherung gar nicht bemerkt hatte. Dabei hätte sie sein Motorrad gehört haben müssen, genügend Lärm machte dieses altehrwürdige Teil schließlich!

Die Auflösung offenbarte sich ihr, als sie zu ihm herumfuhr, denn er war nicht allein gekommen. Die Besatzung zweier Streifenwagen verteilte sich soeben in einem großzügigen Radius um die Leiche, um den Tatort zu sichern. Ihr ehemaliger Ermittlungspartner hatte natürlich an alles gedacht! Wenn der Täter sich jetzt noch in der Nähe aufhielt, war er selber schuld!

Doch am meisten fiel die Person neben Tobias auf, deren flammend rotes Haar selbst hier im Dämmerlicht unter den Bäumen leuchtete wie eine Neonreklame. Melanie war eine Frau, die allein durch ihre bloße Anwesenheit die Aufmerksamkeit eines ganzen Saales auf sich ziehen konnte. Spätestens, wenn sie ihre Stimme erhob, wurde alles andere zur Nebensache, denn sie konnte extrem laut sein. Wahrscheinlich hatte sie es sich dieses Mal nicht nehmen lassen, ihren Mann hierher zu begleiten, zumal sie selbst ein Kommissariat leitete. Die zwei waren dann wohl mit ihrem Wagen gekommen. Denise nickte ihr zu.

»Die Spurensicherung müsste auch jeden Moment eintreffen«, deutete Tobias Heller ihren Blick richtig. »Frau Doktor de Luca ist ebenfalls bereits informiert und auf dem Weg hierher. Du hast die Tat live miterlebt?«, kam er ohne Umschweife zur Sache. »Hast du auch den Schützen erkennen können?«

»Du kannst ruhig bis an die Leiche gehen, Tobi«, wich sie zunächst einer direkten Antwort aus. »Der Mann wurde entweder aus größerer Entfernung von dem Pfeil getroffen, oder er steckte schon in seinem Rücken, als ich auf ihn aufmerksam wurde. In beiden Fällen habe ich den Schützen nicht gesehen«, beantwortete sie dann seine Frage. »Deshalb gibt es da, wo er liegt, auch keine Spuren, die man zerstören kann. Wenn du mit mir nach oben kommst, kann ich dir zeigen, was ich sehen konnte oder nicht. Der Schütze war definitiv außerhalb meiner Wahrnehmung und muss demnach mindestens dreißig bis vierzig Meter von seinem Opfer entfernt gewesen sein!«

»Ich werde die Forensik anweisen, nach weiteren Pfeilen zu suchen«, nickte Tobias. »Wenn sie keine im näheren Umkreis finden, handelt es sich bei unserem Täter um einen Meisterschützen. Aufgehoben haben kann er die verschossenen Pfeile nicht, das hättest du sicher mitbekommen!«

Melanie Heller hatte sich in der Zwischenzeit dem Toten genähert und beugte sich darüber. »Hände weg von meiner Leiche!«, ertönte in diesem Augenblick die resolute Stimme der Rechtsmedizinerin. Martina de Luca stand zwar noch oben an der Straße, doch ihr kräftiges Organ hatte keine Probleme, die Strecke von zwanzig Metern zu überbrücken. »Und fassen Sie auf keinen Fall den Pfeil an!«, fügte die Pathologin lautstark hinzu. »Er muss bis zur Obduktion an Ort und Stelle bleiben!«

»Dem kann ich mich nur anschließen!«, ließ sich Jürgen Vogel vernehmen, der mit seinen Leuten jetzt ebenfalls hinzugetreten war. Der kauzige Leiter der Forensik nuschelte ein wenig, da er wie üblich einen seiner geliebten schwarzen Zigarillos im Mundwinkel hängen hatte. Aufgrund der Tatsache, dass er sich in einem Wald befand, war dieser nicht angezündet.

Tobias lächelte still in sich hinein, während seine Frau sich zu ihnen gesellte. Jetzt waren die ›üblichen Verdächtigen‹ alle versammelt, die seit vielen Jahren immer die Ersten an einem Tatort waren, vom Täter natürlich abgesehen. Sogar seine langjährige Ermittlungspartnerin Denise war hier, was ihn besonders freute. Ihre Anwesenheit brachte etwas wie Normalität in diese Angelegenheit, auch wenn sie ›nur‹ eine Zeugin war.

»Dir ist aber schon aufgefallen, dass dieser Kerl an den Händen gefesselt ist und außerdem eine Augenbinde trägt?«, wandte sich Melanie Heller derweil an Denise. Hinter ihr stapfte soeben Martina de Luca in ihren für ein solches Gelände untauglichen Schuhen über den weichen Waldboden zur Leiche, die jetzt in einem Karree von fünfzehn Metern Kantenlänge aus rot-weißem Absperrband lag, das die uniformierten Polizisten gespannt hatten.

»Ja«, antwortete Denise. »Und die Konsequenz, die sich meiner Meinung nach aus dieser Tatsache ergibt, wird euch ganz und gar nicht gefallen, fürchte ich. Es sieht für mich nämlich alles danach aus, als sei hier eine Treibjagd veranstaltet worden!« Tobias blickte sie zuerst ungläubig an, nickte dann aber stumm. Ja, so ergab das einen Sinn!

»Ich denke, ich weiß für den Moment genug von dem, was du mitbekommen hast«, wandte er sich an Denise. »Es wäre aber schön, wenn du es einrichten könntest, so bald wie möglich ins Kommissariat zu kommen, um die formelle Aussage zu machen. Ginge es vielleicht gleich morgen früh?«

»Klar!« Sie dachte einige Sekunden intensiv nach. Er glaube zu sehen, wie sich die Rädchen hinter ihrer Stirn drehten. Etwas beschäftigte sie, dafür kannte er sie gut genug. »Ich möchte sowieso etwas … äh, mit dir bereden«, eröffnete sie ihm ungewohnt vage. »Ob du mich nach Hause bringen könntest? Ich habe Sven vorhin mit den Kindern fortgeschickt und jetzt stehe ich ohne Auto da!«

»Ich habe hier noch eine ganze Weile zu tun, wie du dir denken kannst. Melanie wird dich aber sicher gerne fahren. Wir sehen uns dann morgen früh!«

Kapitel 2

Eine unerwartete Entwicklung

Fünf Augenpaare richteten sich mit unverhohlener Neugierde auf die etwa vierzigjährige Frau, die nun an der Seite des SOKO-Chefs den Besprechungsraum betrat. Sie war allen hier bestens bekannt, und einige von ihnen hatten den einen oder anderen Liter Schweiß vergossen, als sie von dieser Person monatelang in Sachen Körperertüchtigung trainiert worden waren. Mit erkennbarem Erfolg übrigens.

Natürlich hatten Hellers Mitarbeiter Kenntnis von ihrer Anwesenheit, da sie gleich zu Dienstbeginn im Kommissariat erschienen war und bis jetzt irgendetwas in seinem Büro zu bereden gehabt hatte. Jeder hier im Raum wusste auch, dass sie mit dem Chef befreundet war. Aber was, um alles in der Welt, hatte die Hauptkommissarin außer Dienst jetzt auf ihrer Besprechung zu suchen?

»Ihr kennt alle Denise!«, erhob Tobias Heller seine Stimme, während die unerwartete Besucherin ohne Umstände den freien Platz zu seiner Linken neben Martin Weber einnahm. Ihrer Miene war nicht viel zu entnehmen, doch für einen kurzen Augenblick war ein angedeutetes Lächeln auf ihren Lippen zu sehen. Die Aufmerksamkeit der übrigen Anwesenden richtete sich hingegen auf ihren Vorgesetzten. Ob Denises Teilnahme mit dem neuen Fall zu tun hatte?

»Ich sagte euch ja bereits bei Dienstbeginn, dass es gestern Nachmittag in der Wahner Heide einen Mord gab, und dass wir eine Tatzeugin haben«, fuhr Tobias fort. »Was ich nicht erwähnte, ist, dass es sich dabei um Denise handelt!« Sofort kam unter seinen Ermittlern erstauntes Gemurmel auf, dem er mit erhobener Hand Einhalt gebot. »Als ehemalige Polizeibeamtin ist sie die zuverlässigste Augenzeugin, die man sich denken kann, sie wird uns deshalb selbst berichten, wie sich die Tat aus ihrer Sicht zugetragen hat. Sie ist heute aber noch aus einem anderen Grund hier, doch darüber werden wir später reden. Denise?«, forderte er seine ehemalige Ermittlungspartnerin mit einem Kopfnicken auf, mit ihrem Vortrag zu beginnen.

Denise trug ihnen in gedrängter Form sämtliche relevanten Einzelheiten vor, von der ersten Sichtung des Opfers bis zum Erscheinen des Notarztes, der nur noch dessen Tod feststellen konnte. »Mein Gesichtsfeld hinter dem Mann aus der erhöhten Position der Straße betrug etwa dreißig bis vierzig Meter«, schloss sie ihre Ausführungen ab. »In diesem ganzen Bereich habe ich sonst niemanden gesehen. Wenn der Pfeil zu dem Zeitpunkt nicht schon in seinem Rücken steckte, was ich aber nicht erkennen konnte, muss es sich bei seinem Mörder um einen Meisterschützen gehandelt haben. Mit einem im Vergleich zu einer Pistolenkugel langsamen Geschoss ein bewegliches Ziel auf diese Entfernung zu treffen, dürfte nämlich nicht gerade leicht sein. Wir werden zudem Probleme haben, den Bogen zu ermitteln, von dem dieser Pfeil abgefeuert wurde, weil ballistische Untersuchungen uns hierbei nicht großartig weiterbringen werden!«

»Womit wir schon beim zweiten Themenkomplex für heute angekommen sind«, nahm der SOKO-Chef Denises Wortwahl in ihrem letzten Satz zum Anlass, seine Mitarbeiter über den eigentlichen Grund ihrer Anwesenheit im Besprechungsraum aufzuklären. Ob es irgendjemandem aufgefallen war? »Wenn Denise von ›wir‹ spricht, so ist das wörtlich zu nehmen«, ließ er nun die Katze aus dem Sack. Bis vor einer Stunde wusste er selbst noch nichts von dieser unerwarteten Entwicklung. Sie hatte ihn mit ihrer Bitte überrascht, was zugegebenermaßen nicht leicht war. Erfreut war er aber auf jeden Fall darüber.

»*Hauptkommissarin* Denise Malowski«, betonte er ihren Dienstrang vor dem Ausscheiden aus dem Polizeidienst, »wird uns bis zur vollständigen Genesung des Kollegen Jonas Faber unterstützen«, informierte er seine gebannt lauschenden Mitarbeiter. Dass sich eine Sensation anbahnte, hatte der eine oder andere sicher geahnt. »Da sie noch im Status ›Beurlaubung‹ geführt wird, kann sie ohne bürokratische Hindernisse ihren alten Dienstgrad zurückbekommen, was bereits geschehen ist. Kriminaldirektor Albrecht hat ihr vor einer halben Stunde die Urkunde überreicht.«

»Damit gar nicht erst irgendwelche Missverständnisse aufkommen«, ergänzte das neue Teammitglied. »Meine Einstellung wird nur vorübergehender Natur sein und sich vor allem auf diesen Mordfall beziehen. Ich will euren Jonas weder verdrängen noch ersetzen und meine Anwesenheit wird sich ausschließlich auf den Vormittag erstrecken, da ich nach wie vor zwei Kinder im Vorschulalter zu versorgen habe und nachmittags meinem Mann in der Praxis helfe.«

Sie blickte ernst in die Runde, wobei sie mit jedem der fünf Kolleginnen und Kollegen kurz Augenkontakt hielt. Der Sechste im Bunde war Jürgen Vogel. Der Leiter der Forensik gab sich große Mühe, unbeteiligt auszusehen, folgte ihren Ausführungen aber mit sichtlichem Interesse. Alle anderen hingen förmlich an ihren Lippen. Denise Malowski hatte in den Jahren als Ermittlerin eine gewisse Berühmtheit erlangt.

»Ohne überheblich wirken zu wollen, bin ich der Meinung, dass ihr jede nur erdenkliche Hilfe gebrauchen könnt«, schloss sie ihren Vortrag. »Zudem habe ich einen persönlichen Bezug dazu, denn ich kam mit meiner Familie nur wenige Minuten vor der Tat dort vorbei. Was wäre, wenn man auch auf meine Kinder geschossen hätte? Wie ihr seht, habe ich allen Grund, diesen grausamen Mord aufzuklären und hoffe, dass man es mir nicht als Befangenheit auslegt und mich von den Ermittlungen ausschließt.«

»Zumal uns nicht nur ein Ermittler fehlt, sondern auch der modische Kontrapunkt zu Martin«, scherzte Tobias. Denise war nämlich vor allem bei den Kolleginnen im Haus für ihren ausgezeichneten Modegeschmack bekannt und wurde um ihre Figur beneidet. »Du wirst daher ihm gegenüber sitzen, schon allein der Optik wegen. Was aber eine mögliche Befangenheit angeht, bin ich mir sicher, dass eine solche nicht gegeben ist. Schließlich hast du ja keinen Bezug zum Mörder, den wir nicht mal kennen. In diesem Sinne: Willkommen im Team!« Zur Bekräftigung klopften alle Anwesenden mit ihren Fingerknöcheln auf die Tischplatte. Auch Vogel. Die neue ›Kollegin‹ war von ihnen vorbehaltlos angenommen worden.

Davon abgesehen, dass es sich bei Jonas' Schreibtisch um den einzigen freien Arbeitsplatz in seinem Kommissariat handelte, war es vor allem ein psychologischer Trick, Martin ausgerechnet Denise zur Seite zu stellen. Er war seit der wochenlangen, krankheitsbedingten Abwesenheit seines Ermittlungspartners nur noch ein Schatten seiner selbst und für nichts zu gebrauchen. Denise würde ihm schon ›Feuer unterm Hintern‹ machen, und da sie ihm vom Dienstgrad her gleichgestellt war, konnte er sie nicht nach Belieben herumschubsen, was bei ihr ohnehin nicht funktionieren würde.

Das besondere kollegiale Verhältnis, das Jonas und Martin hatten, war sowieso eine Geschichte für sich. Gegensätzlicher konnten zwei Charaktere nicht sein, und so lagen sie sich von Beginn an wegen jeder Kleinigkeit in den Haaren. Vor allem kritisierte Jonas die Kleidungs- und Essgewohnheiten des Kollegen. Doch seit Martin ihm bei ihrer ersten Festnahme das Leben rettete, indem er ihn aus der Schusslinie stieß, als der Verdächtige auf ihn anlegte, waren sie nahezu unzertrennlich. An ihrer ständigen Streiterei änderte das jedoch nichts, offenbar brauchten sie das wie die Luft zum Atmen. Jonas hatte sich vor zwei Wochen in der Freizeit eine Fraktur des rechten Sprunggelenks zugezogen und würde für zwei bis drei Monate ausfallen. Ein wenig Abwechslung würde Martin nur guttun, hoffte Tobias.

»Kommen wir aber nun endlich zu unserem neuen Fall!«, beendete er diesen Teil der Tagesordnung. »Der glückliche Umstand, dass wir eine glaubhafte Augenzeugin haben, beschert uns gleich drei extrem wichtige Ermittlungsgrundlagen, die wir uns normalerweise erst hart erarbeiten müssten. Und zwar haben wir genaue Angaben über den Tatort und die Todesursache. Der Todeszeitpunkt ist durch den Anruf bei der Notrufzentrale sogar auf die Minute bekannt, was eine Autopsie fast überflüssig erscheinen lässt.«

»Das sehe ich aber anders«, ließ sich Jürgen Vogel in seiner schleppenden, stets gelangweilt klingenden Sprechweise vernehmen. »Wie Denise bereits angedeutet hat, wird es sehr schwierig, anhand von ballistischen Untersuchungen die *eigentliche* Mordwaffe zu ermitteln, nämlich den Bogen. Frau de Luca wird bei der Leichenschau exakte Angaben über das Körpergewebe erlangen, das von dem Geschoss durchdrungen wurde. Zusammen mit der Tiefe der Wunde und der Beschaffenheit des Pfeils beziehungsweise der Spitze erhoffe ich mir Erkenntnisse über die Kraft, mit der er abgeschossen wurde.«

»Und was soll uns dieses Wissen bringen?«, fragte Jasmin Brandt. Die Kommissarin hatte bisher, ebenso wie Vanessa, Martin und Erik, nur stumm der Unterhaltung zwischen Tobias und seiner früheren Ermittlungspartnerin gelauscht. »Können wir daraus denn irgendwie auf den Täter schließen? Ich denke, nicht!«

»Das nicht, aber vielleicht über den verwendeten Bogen, wenn wir Glück haben«, versetzte der Forensiker ungerührt. »Aus der detaillierten Beobachtung Denises kennen wir die minimale Entfernung, aus der dieser Schuss abgegeben wurde. Sie liegt bei etwa dreißig oder vierzig Metern. Mit Sportbögen wurden zwar bereits Schüsse von einem Kilometer und mehr gemessen, die Entfernung für einen Treffer ist jedoch deutlich geringer. Sie liegt etwa zwischen siebzig und hundert Metern. Und das gilt nur für einen Meisterschützen! Das Gelände ist aber kein Schießplatz und zudem unübersichtlich. Ich gehe daher von maximal fünfzig Metern aus, wodurch wir sowohl eine Ober- als auch eine Untergrenze für die Schussentfernung hätten.«

»Verstehe«, ließ sich Erik vernehmen. Er hatte das Abitur mit einem Einser-Durchschnitt abgeschlossen und war als Kommissaranwärter genau genommen noch in der Ausbildung. Über Studienabschlüsse wie der Forensiker verfügte er zwar nicht, war jedoch auf den entsprechenden Gebieten zumindest theoretisch bewandert. »Wenn wir die Dichte des Körpergewebes kennen, das von diesem Pfeil durchschlagen wurde, dessen Dicke, Material und so weiter, sowie die Tiefe der Wunde und die Schussentfernung, können wir daraus die kinetische Energie ableiten, die notwendig war. Das ist genial!«

»Danke für die Blumen!«, grinste Vogel. »Ich habe mir schon entsprechendes Material besorgt, mit dem ich Vergleichsexperimente anstellen kann. Das wird ein Spaß!«

»Dazu benötigst du aber den Originalpfeil!«, hob Denise die Brauen. »Einmal davon abgesehen, dass es sich um ein Beweisstück handelt, steckt er auch noch in der Leiche. Wie ich unsere Pathologin kenne, wird sie die Autopsie frühestens in ein paar Tagen durchführen!«

»Zum Glück bin ich diesbezüglich dieses Mal nicht auf das Wohlwollen dieser exzentrischen Dame angewiesen«, lächelte der Forensiker hintergründig. »Es gibt nämlich noch ein weiteres, sehr wahrscheinlich identisches Exemplar davon, das ich persönlich aus einem Baumstamm am Tatort geholt habe. Und zwar war das etwa achtzig Meter von der Leiche entfernt!«

Tobias sog hörbar die Luft durch die Zähne. Bezüglich Exzentrik konnte dieser Kerl der Rechtsmedizinerin durchaus das Wasser reichen! Wie immer hatte er das Beste bis zum Schluss aufbewahrt, um es dann effektvoll vorzutragen. »War es das, oder gibt es noch mehr, was du uns sagen möchtest?«, fragte er gefährlich leise.

»Wieso? Das steht doch alles in meinem Bericht!«, beschied Vogel ihm verwirrt. »Ups! Ich habe ihn noch gar nicht hochgeladen, oder?«. Er griff verlegen in die Tasche, um einen USB-Stick hervorzuholen, steckte ihn in die Tastatur, die zu seinem Platz gehörte, und gab ihn für die anderen frei. »Da steht alles drin.«

Tobias verzog das Gesicht. Wissenschaftler waren schon eine Gesellschaft für sich, aber bei Jürgen Vogel wusste man nie, woran man mit ihm war. Vieles an seinem Verhalten war definitiv einstudiert, doch eine gewisse Zerstreutheit, wie sie bei Leuten seines Fachs angeblich normal war, konnte man ihm sicher nicht absprechen. Aus dem Augenwinkel sah er Denise, die Vogel direkt gegenüber saß, breit grinsen. Aus ihrer Sicht hatte sich in dem Jahr ihrer Abwesenheit nichts geändert!

»Ihr könnt es später nachlesen«, fuhr Vogel unbeirrt fort, während sich die Ermittler neugierig über ihre Bildschirme beugten. »Um es abzukürzen: Wir haben anhand unmissverständlicher Merkmale wie abgeknickten Zweigen den Weg, den Opfer und Täter vor der Tat zurückgelegt haben, auf einer Strecke von etwa zweihundert Metern zurückverfolgen können. Meine neue Spezialistin Rieke war sehr gründlich. Im Gegensatz zu euren Vermutungen zu einem Meisterschützen fand sie durchaus Spuren von Fehlschüssen in Form von Einschusslöchern in Baumstämmen, die exakt zu dem Pfeil im Rücken des Opfers passen. Es waren drei etwa vier Zentimeter tiefe Löcher und sie lagen jeweils zwanzig bis dreißig Meter auseinander. Sie befanden sich zudem in Schulterhöhe des Opfers, welches wohl knapp verfehlt wurde, denn Rieke fand jeweils daneben Sohlenabdrücke, die allerdings nicht deutlich genug für einen Abgleich sind. Und in einem vierten Stamm steckte besagter Pfeil!«

»Das würde deinen gestern geäußerten Verdacht einer Art Treibjagd bestätigen«, wandte Tobias sich an Denise. »Der Täter wird während der Verfolgung keine Zeit gehabt haben, die Pfeile herauszuziehen, er wird es auf seinem Rückzug getan haben. Die Teile kosten sicher was. Es können auch mehrere Personen beteiligt gewesen sein. Den von uns gefundenen Pfeil hat er womöglich nur übersehen. Außerdem wird er es bestimmt eilig gehabt haben, da er dich sehr wahrscheinlich gesehen hat und davon ausgehen musste, dass jeden Moment die Polizei eintreffen würde.«

»Kann man bei den Einschusslöchern nicht ebenfalls die notwendige kinetische Energie berechnen?«, wollte Vanessa Fuchs von Jürgen Vogel wissen. »Ihr habt bei den Bäumen sämtliche erforderlichen Parameter wie die Holzbeschaffenheit, Tiefe und Durchmesser der Löcher, und sogar einen Pfeil. Da müsste das doch möglich sein!«

»Theoretisch schon«, gab dieser zu. »Doch in der Praxis fehlt uns hier ein wichtiger Faktor. Die kinetische Energie eines einmalig beschleunigten Körpers ohne einen eigenen Antrieb nimmt bekanntlich mit dem Quadrat der Entfernung ab, und Letztere ist uns im Gegensatz zu der bei dem tödlichen Pfeil nicht mal ansatzweise bekannt. Wir könnten hierbei also bloß raten, und damit ist niemandem gedient! Anhand der Spurenlage schließt Rieke eine Beteiligung von mehr als zwei Personen aber aus, das Opfer mitgerechnet«, wandte er sich an Tobias.

»Also ein Einzeltäter«, nickte der SOKO-Chef. »Das ist doch schon mal was!« Eine mögliche Beteiligung von mehreren Personen an einem Gewaltverbrechen, wo das Opfer keine Aussage machen konnte, war der Albtraum eines jeden Ermittlers. Es konnte nur *einen* Mörder geben. Doch der Versuch, es ihm zweifelsfrei nachzuweisen, war bei unklarer Spurenlage oft zum Scheitern verurteilt. Ein klares Plus also!

»Allerdings bestehen berechtigte Zweifel daran, dass der von uns sichergestellte Pfeil vom Täter übersehen wurde«, fuhr Jürgen Vogel fort. »Ein sehr deutlicher Sohlenabdruck zeugt im Gegenteil davon, dass versucht wurde, ihn herauszuziehen. Er steckte aber um einiges tiefer im Holz als seine drei Brüder, sodass der Täter es wahrscheinlich aufgrund der gebotenen Eile aufgab. Auch das würde dafür sprechen, dass es während des Rückzugs geschah. Sobald ich die Untersuchung auf Fingerabdrücke und DNA abgeschlossen habe, werde ich unverzüglich mit den Experimenten beginnen. Die notwendigen Sportbögen habe ich mir ebenfalls bereits besorgt.«

»Gut, warten wir das also zunächst ab«, beendete Tobias diese Diskussion. »Es wäre mir jedoch lieber, wenn die Experimente mit einem neuen Pfeil durchgeführt würden, denn auch der Verschossene ist ein Beweisstück! Da du jetzt ein Vergleichsexemplar hast, dürfte eine Beschaffung kein Problem sein. Was aber die Einschätzung des Tathergangs betrifft, werden wir entgegen meiner etwas voreiligen Bemerkung zu Beginn erst das Ergebnis der Autopsie abwarten. Wer kann mir sagen, warum?«, wandte er sich direkt an Erik. Somit war der Adressat dieser Frage im Grunde eindeutig benannt.

»Weil die Frage, ob der Mann sofort starb oder der Pfeil bereits vor der Beobachtung durch Denise in seinem Rücken steckte, von elementarer Bedeutung für alle nachfolgenden Annahmen und Rückschlüsse ist«, antwortete der Kommissaranwärter wie aus der Pistole geschossen. Der SOKO-Chef nickte zufrieden. Er hatte von dem aufgeweckten Nachwuchskriminalisten nichts anderes erwartet.

»Wir werden als Nächstes alle Schützenvereine in dieser Gegend ermitteln, die auch Bogenschießen auf dem Programm haben«, bestimmte er. »Außerdem ist es sicher nicht verkehrt, in den einschlägigen Läden nachzufragen, ob in der letzten Zeit ein Sportbogen verkauft wurde. Einen Waffenschein benötigt man ja leider nicht zum Erwerb, was mir völlig unverständlich ist. Und dann müssen wir wie immer schnellstens die Identität des Opfers herausfinden.«

»Hatte er denn irgendwas bei sich, das uns helfen könnte, seine Identität zu ermitteln?«, meldete sich Martin Weber jetzt erstmals in dieser Runde zu Wort. Er saß heute für alle ungewohnt in einer neuen Jeans und einem farblich dazu passenden Hemd am Tisch.

Ein weiteres Indiz dafür, dass er sich wahrscheinlich in Gegenwart seines Partners Jonas Faber absichtlich schludrig kleidete, um ihn zu ärgern.

Nur die Haare standen ihm wie üblich wirr in alle Richtungen vom Kopf ab. Doch das war normal, denn kein Kamm der Welt war in der Lage, sie zu bändigen. Es schien jedoch, dass er mental zu seiner alten Form zurückgefunden hatte, vielleicht wollte er sich aber auch der neuen Ermittlungspartnerin gegenüber nur keine Blöße geben. Neben ihrem erwiesenen kriminalistischen Scharfsinn und einem exzellenten Modegeschmack war Denise nämlich bei allen Kollegen im Haus für ihre bissigen Seitenhiebe bekannt.

»Nichts wirklich Brauchbares«, hob Jürgen Vogel die schmalen Schultern, nachdem Tobias Heller die Frage seines Ermittlers stumm fragend mit hochgezogenen Augenbrauen an ihn weitergegeben hatte. »Einen benutzten Kaugummi in Silberpapier eingewickelt war alles, was wir in seinen Taschen fanden. Er wollte ihn vielleicht für später aufheben, was auf eine gewisse Sparsamkeit oder Armut deutet. Dafür würde auch seine schäbige Kleidung sprechen. Eventuell gibt diese uns Hinweise, ich habe schon jemand in die Rechtsmedizin geschickt, sie dort abzuholen. Solche Leute haben oft alle möglichen Sachen in ihrer Kleidung eingenäht, damit es ihnen bei einer Durchsuchung nicht abgenommen wird. Den Kaugummi habe ich für einen DNA-Abgleich ins Humangenetische Institut bringen lassen. Das geht schneller, als wenn wir auf das Ergebnis der Autopsie warten.«

»Womit wir erneut im großen Bereich der Mutmaßungen angelangt wären«, deutete Tobias die vielen

Fragezeichen auf den Gesichtern seiner Leute richtig. »Der Tote ist vom Typus her kein Europäer, sondern ethnisch wohl eher nordafrikanischen Ländern zuzuordnen. Libanon, Syrien oder Afghanistan, um nur einige Beispiele derzeitiger Krisengebiete zu nennen. Dem Anschein nach ist er ungefähr Anfang zwanzig. Es könnte sich um einen Flüchtling handeln, ob nun legal eingewandert oder nicht. Doch auch das ist pure Spekulation, ebenso kann er ein Migrant sein oder ist hier geboren. Unsere Zeichnerin wird schnellstmöglich anhand der Tatortfotos ein Porträt anfertigen, das könnt ihr bei euren Befragungen herumzeigen. Fangt am besten mit den Asylantenheimen an.«

»Wir sollten uns in der rechten Szene umhören«, schlug Martin vor. »Auch wenn diese Burschen eher handfestere Sachen wie Baseballschläger und Schlagringe bevorzugen, um sich Menschen vorzuknöpfen, die nicht in ihr extrem beschränktes Weltbild passen. Oder sie fackeln Wohnungen ab. Außerdem treten die elenden Feiglinge niemals einzeln auf!«

»Das stimmt, eine Hetzjagd mit Pfeil und Bogen ist nicht unbedingt deren ›Stil‹«, gab der SOKO-Chef ihm recht. »Wir dürfen es aber natürlich nicht unberücksichtigt lassen.« Er sah auf seine Uhr. »Es ist fast elf. Wie lange hast du heute Zeit, Denise?«

»Sven macht sein Büro nach der Mittagspause erst um 14:30 Uhr auf. Ich denke, dass er noch etwa zwei bis drei Stunden auf mich verzichten kann. Warum fragst du? Ah … Du hast irgendwas vor, das sehe ich dir doch an der Nasenspitze an!«

»Wieso? Leuchtet sie, wie bei Rudi, dem Rentier?«, grinste er und schielte demonstrativ auf sein Riechorgan. Natürlich blinkte die Nase nicht, doch Denise hatte schon früher ein sicheres Gespür für seine oft spontanen Einfälle gehabt. Das war die Kehrseite der Medaille: Sie konnte in ihm lesen wie in einem aufgeschlagenen Buch. Andererseits war er jetzt der Chef und niemandem mehr eine Erklärung schuldig. Oder fast niemandem.

»Du hast recht«, nickte er dann. »Ich dachte, wo meine Ermittler jetzt mit ihren Recherchen beschäftigt sind, wäre der Augenblick gekommen, mir noch einmal in aller Ruhe den Tatort genau anzuschauen, ohne das Gewusel der Forensiker und den Blicken der Pathologin im Rücken. Und wer wäre besser geeignet, mich zu begleiten als jemand, der sich in der Gegend bestens auskennt?«

Kapitel 3

Das dynamische Duo, reloaded

»Das ist fast wie in den alten Zeiten, nicht wahr?«, meinte Denise, als sie den Wagen in den Kreisverkehr am Ortseingang des Heidedorfs lenkte. »Kann es sein, dass du nur einen Vorwand gesucht hast, um mit mir wieder mal hinauszufahren? Ich kann mir nämlich nicht denken, was wir hier noch finden könnten!« Sie hatten die Autobahn in Lohmar verlassen und waren die letzten Kilometer durch Wald gefahren, wie das für diesen Teil der Wahner Heide normal war. Einen Dreiviertelkreis später ging es wieder hinaus und ein Stück weiter rechts auf die Flughafenstraße. In zwei Minuten würden sie an ihrem Ziel angekommen sein.

»Da könnte ich mich dran gewöhnen«, entgegnete Tobias, ohne auf ihren Vorwurf einzugehen. Das war sicher *ein* Aspekt, wie er sich selbst gegenüber eingestand, jedoch nicht der Hauptgrund. »Wie kommt es eigentlich, dass du plötzlich eine derartige Vorliebe für unberührte Natur entwickelt hast? Früher warst du immer genervt, wenn es aufs Land hinausging!«

»Wenn man zwei kleine Kinder im Vorschulalter hat, ändert sich eben alles. Vor allem Nicklas ist ganz verrückt danach. Besonders, wenn sein Vater ihn mit dem Bollerwagen durch die Gegend zieht! Gewöhne dich aber besser nicht zu sehr an Gelegenheiten wie diese. Das hier ist nur ein Intermezzo! Ich will ja nicht leugnen, dass es mir großen Spaß macht«, fügte sie hinzu. »Doch das Jahr mit den Kindern hat mir wirklich gutgetan, und Leo kommt im Sommer schon in die Schule, kannst du dir das vorstellen? Sie werden einfach zu schnell groß und ich will mir später nicht vorwerfen müssen, die schönste Zeit in ihrem Leben verpasst zu haben!«

»Wenn du vormittags arbeitest, verpasst du doch überhaupt nichts«, wandte er ein. »Dann ist Leonie demnächst in der Schule. Und Nicklas kommt in zwei Jahren auch an die Reihe, dann hättest du Zeit! Es war mir aber ehrlich gesagt bis heute nicht bewusst, dass du dich lediglich hast beurlauben lassen. Du hattest uns gegenüber davon gesprochen, den Dienst zu quittieren.«

»Sven wollte es so. Er meinte, ich solle nicht gleich alle Brücken hinter mir abreißen. Sollte mir das neue Leben nicht gefallen, könnte ich immer noch wieder zurück. Ich hatte es dann irgendwie vergessen und gestern habe ich mich wieder daran erinnert. Es wäre aber sowieso keine Stelle für mich frei«, gab sie stillschweigend zu, durchaus über eine Rückkehr nachgedacht zu haben. »Hast du vergessen, dass Kriminaldirektor Albrecht meiner Wiedereinstellung unter dem Vorbehalt zugestimmt hat, dass es ausschließlich als Vertretung für deinen verletzten Mitarbeiter Jonas Faber ist?«

»Ja, der Gute ist etwas knauserig«, nickte Tobias, während er seinen Sicherheitsgurt löste. »Du hättest mal sehen sollen, was er für einen Aufstand gemacht hat, als ich Erik eingestellt hatte, ohne ihn zu fragen! Letztendlich hat er aber nachgegeben und die zusätzliche Stelle genehmigt. Alles eine Frage der Argumentation!« Denise hatte den Wagen ungefähr dort abgestellt, wo ihr Mann am Vortag mit den Kindern auf sie gewartet hatte. Gleich daneben schimmerten die ›Spielplätze‹ des ortsansässigen Sportclubs durch die Büsche und ihnen gegenüber war die Stelle, von wo sie den Mord miterlebt hatte. Sie prüften ein letztes Mal den korrekten Sitz der Dienstwaffen und stiegen aus.

Um hinunterzugelangen, mussten sie den steilen Abhang hinabklettern oder einen Umweg von etwas mehr als hundertfünfzig Metern in Kauf nehmen. Da sie nicht in Zeitnot waren, entschieden sie sich wie schon am Vortag für Letzteres. Der Weg führte unten geradeaus zwischen ein paar Tümpeln hindurch in die Richtung, aus der Denise auf ihrem Ausflug mit ihrer Familie gekommen war. Sie mussten aber nach links, wo sie dieselbe Strecke wieder zurückzugehen hatten. Das Ziel ihrer Exkursion war durch das dort immer noch angebrachte Flatterband nicht zu übersehen.

»Dieser Untergrund ist ungewöhnlich weich und sumpfig für einen Waldboden«, bemerkte Tobias, der bei jedem Schritt die Füße anheben musste und wie Denise nur mühsam vorankam. »Das ist mir gestern gar nicht aufgefallen!«

»Da war unsere Aufmerksamkeit auf was anderes gerichtet, Tobi! Außerdem hat es in der Nacht heftige Regenfälle in dieser Gegend gegeben, ich habe vor der Fahrt beim Wetterdienst angerufen.« Tobias nahm es lächelnd zur Kenntnis, daran hatte *er* nicht gedacht! »Zudem ist das alles Moorgebiet«, fuhr sie fort, indem sie mit dem Arm eine weit ausholende, halbkreisförmige Bewegung machte, »Nicht umsonst stehen hier alle paar hundert Meter Schilder, die allzu unvorsichtige Spaziergänger davor warnen, die Gehwege nicht zu verlassen. Schon wegen der Sümpfe und Moore!«

»Und ich dachte, weil das früher Truppenübungsgebiet gewesen ist. Aber das war eher weiter unten.« Tobias war in Troisdorf aufgewachsen und hatte mit seinen Freunden so manchen Unfug in dem damals für die Öffentlichkeit zugänglichen Teil der Wahner Heide angestellt. Und auch verbotenerweise im abgesperrten Bereich! »Die Stelle, wo die Leiche lag, ist für uns heute wenig interessant. Außerdem hat der Täter sich dort nachweislich nicht aufgehalten, denn dann hättest du ihn ja sehen müssen. Komm, wir schauen uns die Bäume mit den Einschusslöchern an. Wie ich Jürgen kenne, hat er die Stämme markieren lassen.«

Die Ermittler wähnten sich allein. Die Straße hoch über ihren Köpfen war auch an Wochentagen wenig befahren und für morgendliche Spaziergänger war es schon zu spät. Es herrschte eine friedliche Stimmung im Wald, nur Vögel und andere Kleintiere raschelten im Herbstlaub, das bereits begonnen hatte, von den Bäumen zu fallen. Weder Tobias noch Denise ahnten, dass die gefiederten Gesellen und die Nager nicht die Einzigen waren, die sie aufmerksam beobachteten.

* * *

Einige Dutzend Meter links von ihnen, also entgegengesetzt dem Weg mit den Tümpeln, von wo sie gekommen waren und abseits der Schneise, die von der Forensik untersucht wurde, gab es dichtes Buschwerk. Hätte sich jemand die Mühe gemacht, genauer hinzusehen, wäre ihm sicher aufgefallen, dass es aus mehreren großblättrigen Sträuchern bestand. Oben waren sie irgendwie zusammengewachsen, wodurch sie einen zwei Quadratmeter großen Innenraum wie ein Kuppelzelt umschlossen. Ein perfektes Versteck.

Und dort drinnen hockte ein Mann, der die beiden Polizisten mit Argusaugen beobachtete. *Verdammt, das sind die Bullen! Was wollen die hier? Die haben doch gestern bereits alles auf links gedreht! Zum Glück haben sie dabei meine Kamera nicht entdeckt, den ich zurücklassen musste. Es war einfach keine Zeit mehr, sie abzubauen. Dass sie die nicht entdeckt haben! Dabei werden diese Leute in den Krimis als Zauberkünstler dargestellt, die aus einem einzigen Haar die Lebensgeschichte seines Besitzers herauslesen können! Na ja, die Kamera ist aus Plastik und die haben mit Metalldetektoren gearbeitet. Und wer schaut schon im Inneren eines Gebüschs nach? Trotzdem Glück gehabt. Es wäre mir nicht recht, wenn man mich mit der Aktion in Verbindung bringen würde! Sobald die Clowns da abgehauen sind, verschwinde ich von hier!*

Doch daran war offenbar vorerst nicht zu denken, denn die beiden Polizisten, ein großer, langhaariger Kerl in Motorradlederjacke und eine nur einen halben Kopf kleinere, sportlich aussehende Frau mit Pferdeschwanzfrisur, begannen in diesem Augenblick, alle Bäume auf einer Strecke, die stracks Richtung Norden führte, einzeln einer gewissenhaften Inspektion zu unterziehen. Das konnte den ganzen Tag dauern, und den Beobachter quälte mit einem Mal ein menschliches Rühren, dem er bald würde nachgeben müssen.

Hier konnte er das aber auf gar keinen Fall tun. Die Spezialisten der Polizei mochten seine Kamera übersehen haben, zumal sie weit abseits ihres Suchradius angebracht war, doch dass sie aus seinen ›Hinterlassenschaften‹ seine DNA extrahieren konnten, war gewiss. Er musste möglichst bald hier weg, und diese Bullen taten, als hätten sie alle Zeit der Welt!

* * *

Zur selben Zeit im Kommissariat

»Wusstet ihr, dass es drei verschiedene Arten von Sportbögen gibt und dass ein Compoundbogen ein Zuggewicht von gut vierzig Kilogramm auf die Sehne bringt, die den Pfeil innerhalb eines Sekundenbruchteils auf hundert Meter pro Sekunde beschleunigt?«, fragte Erik mit der Begeisterung eines Technikfreaks. Er hatte, während Jasmin und Vanessa die Adressen der Asylantenheime in dieser Gegend recherchierten, Informationen zum Bogensport zusammengetragen. »Die Zielentfernung für Turniere liegt bei neunzig Metern, wodurch die Scheibe nach nicht einmal einer Sekunde erreicht ist!«

»Nein, das wusste ich bis vor ein paar Sekunden nicht«, brummte Jasmin, ohne in ihrer Arbeit innezuhalten. »Und mir ist auch ehrlich gesagt nicht ganz klar, was uns diese Information bringen soll!«

»Ich finde das aber schon bemerkenswert«, widersprach Vanessa. »Vierzig Kilogramm ist eine Menge, da muss man sich doch fragen, wie es mit der Muskulatur des Schützen bestellt ist, wenn er oder sie alle paar Sekunden einen Schuss abgeben kann!«

»Wir wissen doch gar nicht, ob so ein … wie heißt das Ding? Compoundbogen? Also, ob so ein Teil überhaupt benutzt wurde.« Jasmin hatte jetzt ihre Arbeit unterbrochen, um sich widerwillig an der Diskussion zu beteiligen. »Dazu müssen wir die Ergebnisse von Jürgens Experimenten abwarten.«

»Darauf würde ich wetten, so tief wie die Pfeile in den Bäumen gesteckt haben«, beharrte der Kommissaranwärter. »Ein Recurvebogen hat nicht annähernd diese Kraft und erreicht auch nicht die Zielgenauigkeit! Allerdings sind Compoundbögen schweineteuer und gehen nicht unter tausend Euro über die Ladentheke. Die Preise für die Pfeile sind ebenfalls nicht zu verachten. Mindestens zehn Euro das Stück und nach oben gibt es in beiden Fällen kaum Grenzen.«

»Na, dann ist es ja kein Wunder, dass der Täter sie anschließend wieder einzusammeln versucht hat«, überlegte Jasmin. »Gerade eben mal nebenbei fünfzig Euro oder mehr zu verballern, ist ja nicht jedermanns Sache! Andererseits ... wer einen Tausender für den Bogen ausgeben kann, hat vielleicht genügend Knete, das sollten wir auf jeden Fall in unsere Überlegungen mit einbeziehen.«

»Der nächste Laden, wo man solche Teile kaufen kann, ist in Köln-Porz«, ließ sich eine Stimme jenseits der Stellwand vernehmen. Martin hatte wohl mitgehört, was aber nicht weiter verwunderlich war, denn die ›Wände‹ waren dünn. Offenbar war er weisungsgemäß mit diesem Themenkomplex beschäftigt. »Bei diesen Preisen ist die Wahrscheinlichkeit groß, dass mit Kreditkarte gezahlt wurde, dann hätten wir im Zweifel einen Namen.«

»Dir ist aber schon bewusst, dass man sowas im Internet bestellen kann?«, gab Vanessa auf dieselbe Weise zurück. »Sportbögen unterliegen ja, wie Tobias vorhin sagte, nicht den gleichen Beschränkungen, die für Waffen gelten. Was aber aufgrund der Tatsache, dass ein Mensch damit getötet wurde, dringend einer Änderung bedarf, wenn ihr mich fragt!«

»Versuch macht klug«, kam die Antwort, jetzt aber von der anderen Seite. Martin stand ›ausgehfertig‹ im Durchgang. Bei ihm hieß das, dass er seine Dienstwaffe umgeschnallt hatte, eine Jacke trug er selten. »Außerdem habe ich mehrere Sportschützenvereine aufgetan, die auch Bogenschießen anbieten. Einer davon ist hier in der Nähe, zwei weitere befinden sich in Lohmar und Troisdorf. Die werden wir uns ebenfalls vornehmen. Kommst du dann?«, forderte er Erik auf. Denise war ja noch mit dem Chef unterwegs und die Kommissarinnen hatten anderes zu tun.

Der Kommissaranwärter sah fragend zu Vanessa, die im Allgemeinen für ihn verantwortlich war. »Geh nur«, nickte sie. »Wir kommen schon zurecht!«

* * *

»Die Abstände der Bäume, deren Stämme die Fehlschüsse abbekommen haben, sind tatsächlich ziemlich konstant, alle zwanzig bis dreißig Meter ist ein Treffer zu erkennen«, stellte Tobias eine halbe Stunde später fest. »Wir wissen natürlich nicht, ob es noch Pfeile gab, die im Waldboden landeten, aber alle uns bekannten liegen fast schnurgerade auf einer Linie. Ist das nicht sehr merkwürdig, wo das Opfer doch blind war und gar nicht sehen konnte, wohin es lief?«

»Er wird mit der Schulter an den Bäumen entlanggelaufen sein«, vermutete Denise. »Außerdem war die Augenbinde so angelegt, dass unten ein kleiner Spalt blieb, er konnte also vermutlich den Weg direkt zu seinen Füßen erkennen. Ob das mit Absicht war, wissen wir natürlich nicht. Mich macht jedoch etwas ganz anderes stutzig. Der Bogenschütze muss erheblich schneller unterwegs gewesen sein als sein Opfer, warum hat er ihn nicht eingeholt?«

»Die Abstände zwischen den Schüssen lassen auf eine schnelle Schussfrequenz schließen«, stimmte Tobias ihr zu. »Wobei er sicher jedes Mal kurz stehengeblieben ist, um zu zielen. Das sieht mir tatsächlich nach einer Art Treibjagd aus. Vielleicht hat er ja sogar absichtlich vorbeigeschossen. Erst, als das Opfer zu entkommen drohte, weil gleich dort vorne die Straße ist, hat er den tödlichen Schuss abgegeben. Wer weiß, was er danach noch mit ihm vorhatte, wenn du ihm nicht in die Quere gekommen wärst!«

Denise riss erschrocken die Augen auf. »Du meinst doch nicht etwa …?«

»Weiß man's denn?«, hob er ratlos die Schultern. »Es laufen eine Menge Verrückte auf der Welt herum! Ein paar davon haben wir beide selbst erlebt. Denk nur an den Kerl mit der vertauschten Bordkarte oder das saubere Trio, das einen perfekten Mord plante, indem jeder den Angehörigen des anderen tötete! Ich fürchte, es bleibt uns nicht viel Zeit, dieses Exemplar zu überführen, bevor er wieder zuschlägt!« Sie waren am letzten Baum dieser Art vor dem tödlichen Schuss angekommen, was Tobias' These von einem ›Spielen‹ mit dem Opfer zu unterstützen schien.

»Sieh mal hier, Tobi«, machte Denise ihren Partner auf offenbar frische Sohlenabdrücke direkt vor dem Baum aufmerksam, in dem der Pfeil gesteckt hatte. Dort war gestern ebenfalls ein Sohlenprofil gefunden worden, weshalb Rieke ihn gesondert markiert hatte. *Dieser* Sohlenabdruck war aber, wie ein Großteil der anderen Spuren, dem nächtlichen Regen zum Opfer gefallen. »Die Abdrücke müssen demnach von heute sein!«, stellte sie daher fest.

* * *

Den einsamen Beobachter drückte jetzt zusätzlich seine Blase, dass er es kaum mehr aushalten konnte. Die beiden knieten vor einem Baum außerhalb der Absperrung auf dem Boden und sprachen gestikulierend miteinander. *Ich möchte wirklich wissen, was es da so lange zu diskutieren gibt! Oder habe ich da vorhin Spuren hinterlassen? Egal, die müssen erstmal herausfinden, wem die dazu passenden Schuhe gehören! Aber wo die gerade beschäftigt sind, bekommen sie bestimmt nicht mit, wenn ich mich hinter ihrem Rücken davonschleiche. Ich halte es jedenfalls nicht mehr lange aus!*

* * *

Tobias rief die Fotos von der Tatortuntersuchung auf seinem Handy auf. »Die Größe könnte ungefähr hinkommen«, meinte er nach einem abschätzenden Blick auf die neuen Abdrücke. »Mit einem Foto ist das nicht so genau nicht zu vergleichen, aber das Profil ist schon mal ein anderes.« Er hielt einen seiner Schuhe daneben, ohne diesen aufzusetzen. »Etwas kleiner als meine. Größe zweiundvierzig, würde ich sagen.«

»Ich mache schnell ein paar Fotos davon«, nickte Denise und holte nun ihrerseits das Telefon aus der Tasche. Sowie ein Maßband, das sie für solche Zwecke immer mitführte, um für die Auswertung durch die Forensik einen Maßstab zu haben.

Während sie die Abdrücke gewissenhaft fotografierte, fuhr Tobias auf dem Absatz herum, weil er im linken Augenwinkel soeben eine Bewegung erkannt zu haben glaubte. Sein peripheres Sehvermögen hatte ihn auch dieses Mal nicht getäuscht: In etwa dreißig Metern Entfernung schlich jemand davon! Ob Mann oder Frau, konnte er nicht erkennen, da er die Gestalt nur von hinten sah und sie einen Hoodie trug, dessen Kapuze sie über den Kopf gezogen hatte. Verdächtig war das aber auf jeden Fall! »Polizei, bleiben Sie bitte stehen!«, rief er der Gestalt nach, worauf diese sofort losrannte. Tobias, der ein leidlich guter Läufer war, hinterher. Denise schaute nur kurz auf und widmete sich wieder den Fotos. Die Verfolgung war bei ihrem Partner in besten Händen beziehungsweise Füßen!

Leider aber war das dieses Mal eine fatale Fehleinschätzung, denn schon nach zwanzig Metern stürzte er über eine Baumwurzel und fiel der Länge nach hin. Als er sich mit schmerzendem Knie wieder aufgerappelt hatte, war von der verdächtigen Gestalt weit und breit nichts mehr zu sehen. Verdrossen humpelte er zu Denise zurück, die ihm grinsend entgegensah. Sie hatte sein Missgeschick natürlich mitbekommen. Das war kein guter Start für das neue dynamische Duo!

»Braucht da eventuell einer ein Spezialtraining?«, spottete sie und spielte damit auf das Fitnesstraining an, das Tobias seinen Leuten gleich nach Gründung der SOKO auferlegt hatte, weil sie etwas eingerostet waren. Sie selbst hatte es auf seine Bitte hin mit sehr großem Erfolg geleitet.

»Unsinn!«, schimpfte er. »Ich hätte den Kerl, oder was das auch war, schon noch eingeholt, wenn diese blöde Wurzel nicht im Weg gewesen wäre!«

»Dann brauchst du vielleicht eine Brille? Hast du wenigstens gesehen, wo diese Person hergekommen ist? Es muss hier irgendwo ein Versteck geben, ich glaube nämlich, dass wir die ganze Zeit über beobachtet worden sind! Wir würden es bestimmt mitbekommen haben, wenn nach uns jemand das Gelände betreten hätte. Und eine andere Möglichkeit, hierherzukommen, ohne von uns bemerkt zu werden, gibt es nicht. Damit ist es ziemlich wahrscheinlich, dass du soeben unseren Mörder hast entwischen lassen!«

»Weil der Täter immer an den Tatort zurückkehrt? Ist das nicht ein Mythos? Aber du hast recht, ich habe tatsächlich gesehen, wo er oder sie herkam. Das war der Busch dort drüben, da schauen wir uns jetzt erst einmal um. Es würde mich nicht wundern, wenn wir dieselben Abdrücke wie an dem Baum fänden!«

»Das sollten wir lieber der Spurensicherung überlassen«, hielt Denise ihn zurück und zog ihr Handy aus der Tasche. »Wir sind hier schon genug herumgetrampelt und du weißt ja selbst, wie Jürgen über die ›Kontaminierung von Tatorten durch Ermittler‹ denkt«, imitierte sie grinsend die phlegmatische Sprechweise des Leiters der Forensik. »Wir warten hier noch ihre Ankunft ab, um ihnen die Situation zu erklären, und machen uns dann vom Acker. Und zwar im wahrsten Sinne des Wortes.«

Sie sah auf ihre Uhr. »Eine Stunde hätte ich noch Zeit, wie wäre es, wenn wir schnell bei der Forstverwaltung vorbeischauen? Sie ist nur ein paar hundert Meter von hier entfernt und liegt zufällig in der Richtung, aus der unser Bogenschütze gekommen ist. Wir sind gestern bei unserer Wanderung daran vorbeigelaufen. Der Förster ist auch am Wochenende da, weil er dort wohnt. Vielleicht hat er ja was gesehen.«

Kapitel 4

Ein entsetzlicher Verdacht

Asylantenwohnheime gab es in jeder Stadt. Jasmin hatte sich bei ihrer Zusammenstellung der Adressen zunächst auf diejenigen konzentriert, die in der Nähe zum Tatort lagen und dafür kam neben Siegburg nur noch Troisdorf und Lohmar in Betracht. Es war zwar nicht gesagt, dass dieser Umstand eine Rolle spielte, doch irgendwo musste man ja anfangen. Das Internet hatte sie für die Recherche dieses Mal nicht anzapfen können. Der größte Wissenspool wusste zwar vieles, aber längst nicht alles. So wurden gewisse Informationen, zu denen ebenfalls die Standorte dieser Wohnheime gehörten, aus einem nachvollziehbaren Grund unter Verschluss gehalten. Auf die Datenbanken der Ordnungsbehörden hatte die Polizei selbstverständlich einen Zugriff.

Das Siegburger Wohnheim lag ganz im Norden der Stadt im Industriegebiet und war aus zwei Gründen die erste Anlaufstelle der beiden Kommissarinnen: Es war von allen dem Tatort am nächsten und gleich im Anschluss begann die Wahner Heide. Sollte dies für die Wahl des Opfers von Bedeutung sein, wäre hier die Wahrscheinlichkeit für einen Erfolg am größten. Immer vorausgesetzt natürlich, dass der junge Mann tatsächlich aus diesem Umfeld stammte. Der andere Grund für die Wahl war die Nähe zum Kommissariat.

Nachdem sie von der Polizeizeichnerin Alexandra Stein ein vorzeigbares, gelungenes Porträt des Opfers erhalten hatten, waren sie sofort losgezogen. Da der Chef und Denise noch nicht zurück waren und Erik mit Martin vorhin das Haus verlassen hatte, war das Kommissariat verwaist. Unüberwindliche Probleme sahen die Ermittlerinnen erstmal nicht, als sie an der Tür des Wohnheims klingelten, doch die ließen nicht lange auf sich warten.

In diesem Wohnheim hielten sich laut Auskunft des Ordnungsamtes ausschließlich Asylbewerber aus Syrien auf. In deren Heimatland wird von der breiten Bevölkerung ein arabischer Dialekt benutzt, daneben existieren noch einige Minderheiten, die Kurdisch, Armenisch oder Aramäisch sprechen. Sogar die französische Sprache ist vertreten.

Dumm war nur, dass weder Jasmin noch Vanessa eine dieser Sprachen beherrschten. Angeblich sollten viele Syrer Englisch verstehen, doch die verschleierte Frau, die ihnen die Tür öffnete, gehörte gewiss nicht dazu. Stattdessen übergoss sie die Besucherinnen mit einem Wortschwall, der wohl arabischer Natur war. Dieser versiegte erst, als Vanessa ihr das Handy mit dem Porträt zeigte, begleitet von der Frage, ob sie den Mann kenne. Das Verstummen war jedoch die einzige erkennbare Reaktion, da von ihrem Gesicht nicht viel zu sehen war. Sie sagte ein Wort in ihrer Sprache und schloss dann unvermittelt die Tür.

»Was war das denn jetzt?«, wunderte sich Jasmin. Sie hatte schon einiges erlebt, aber sowas noch nicht! Bevor ihre Partnerin eine Antwort auf die ohnehin eher rhetorisch gemeinte Frage fand, wurde die Tür erneut geöffnet, diesmal von einem betagten Herrn, der ebenfalls in der Tradition seines Heimatlandes gewandet war. In jeder muslimischen Gemeinschaft gibt es ein Oberhaupt, sei es nun gewählt oder durch Blutsbande in dieser Position. Der sonnengebräunte, bärtige Mann machte den Eindruck, als habe man es mit einem solchen Patriarchen zu tun.

»Du Polizei?«, fragte er die direkt vor ihm stehende Vanessa in gebrochenem Deutsch. »Was wollen von Djamal?« Er hatte eine tiefe, seiner äußeren Erscheinung angemessene Stimme. »Djamal nicht da!«

Der alte Mann sprach mit einem harten, befehlsgewohnten Ton, doch die Kommissarin glaubte, auch eine gewisse Besorgnis aus seinen Worten herausgehört zu haben. Da aber seine Mitbewohnerin offenbar das Gesicht auf dem ihr gezeigten Foto erkannt hatte, waren sie hier definitiv an der richtigen Adresse. Und sie hatten schon einen Vornamen: Djamal!

»Ist das Djamal?« Sie zeigte sicherheitshalber auch ihm noch einmal das Porträt. Der Alte nickte stumm, doch sein Gesicht drückte jetzt unübersehbar Misstrauen aus. Da, wo er herkam, war man der Obrigkeit gegenüber nicht unbedingt aufgeschlossen, was auch verständlich war. »Hat er hier Angehörige?«, fügte sie sich ins Unvermeidliche. Todesnachrichten zu überbringen, gehörte nicht eben zu den Lieblingsbeschäftigungen von polizeilichen Ermittlern. »Leider muss ich Ihnen mitteilen, dass Djamal tot ist!«

Trotz seiner braunen Hautfarbe konnte man deutlich sehen, wie er erbleichte. »Djamal tot?«, hauchte er fassungslos. »Was haben passiert mit Djamal? Und was mit Hakim und Tarek? Auch tot?«

Die Kommissarinnen sahen sich bedeutungsvoll an. Die Worte des Alten ließen darauf schließen, dass noch zwei Männer verschwunden waren! »Haben Sie eine Minute Zeit?«, erkundigte sich Vanessa höflich bei ihm. »Dann würden wir uns gerne ein wenig mit Ihnen unterhalten. Wer sind Hakim und Tarek, und seit wann werden sie vermisst?«

»Hakim und Tarek Freunde von Djamal«, antwortete der Alte achselzuckend. »Kennen von Kind an!« Anschließend trat er beiseite und wies einladend ins Innere des schmucklosen Gebäudes. »Kommen, bitte! Fatima machen Tee, dann alles erzählen!«

* * *

Martin und Erik waren beim einzigen Sportschützenverein in Lohmar angelangt, der neben den nach wie vor gefragten Wettbewerben mit Schusswaffen das in letzter Zeit immer beliebter werdende Sportbogenschießen auf dem Programm hatte. Die Nachfrage im Sportgeschäft hatte nichts gebracht. Die letzten Bögen waren vor acht Monaten verkauft worden und der Inhaber weigerte sich beharrlich, die Namen der Käufer, sofern sie ihm bekannt waren, ohne Gerichtsbeschluss herauszurücken. Den würden sie nach dem derzeitigen Ermittlungsstand aber nicht bekommen. Lohmar war aufgrund der relativen Nähe zum Tatort die bevorzugte Wahl gewesen. Für die fünfzehn Kilometer von Porz bis hierher hatten sie knapp zwanzig Minuten gebraucht.

Georg Zeidler, der Waffenwart des Vereins, führte sie durch die gesamte Anlage, die neben den Schießständen für Kleinkaliberwaffen auch einen Outdoor-Bereich für das Bogenschießen umfasste. Ihn würden sie sich ganz zum Schluss ansehen. Jetzt aber standen sie in einem fensterlosen Raum vor einer Wand aus massiv aussehenden Schließfächern. Martin konnte sich denken, was hier gelagert wurde.

»Wie tief sind denn diese Waffentresore?«, wollte der Hauptkommissar von dem Mann wissen. »Passen da auch Sportbögen hinein?«

»Auf gar keinen Fall! Sie haben keinen Begriff, wie viel Platz so ein Bogen einnimmt, Herr Kommissar! Das gilt insbesondere für die modernen Compoundbögen, die sich vor allem bei den etwas erfahreneren Mitgliedern mit einem entsprechenden Bankkonto großer Beliebtheit erfreuen. Ein Sportbogen unterliegt ja nicht dem Waffengesetz, theoretisch könnten Sie sich einen über die Schulter hängen und seelenruhig damit durch die Stadt spazieren. Für Schusswaffen gilt das jedoch nicht, da gibt es sehr strenge Auflagen. Und deshalb bewahren die meisten unserer Mitglieder sie hier auf!«

»Das heißt also, Sie haben keinerlei Kontrolle über den Einsatz dieser Sportgeräte außerhalb der Anlage? Habe ich das richtig verstanden?«

»Das stimmt«, nickte Zeidler. »Es ist ja auch nicht verboten, im Freien mit einem Bogen zu schießen. Es muss nur sichergestellt sein, dass niemand gefährdet wird, was den Einsatz in offenem Gelände allerdings drastisch einschränkt. Die Pfeile können eine große Reichweite haben, das ist abhängig von der Fähigkeit des Schützen und dem von ihm verwendeten Bogen. Das können leicht mehrere hundert Meter sein, wenn man schräg in die Luft schießt!«

»Okay, dann würden wir uns jetzt gerne den Platz für das Bogenschießen ansehen, oder wird er gerade benutzt?«

»Nein, um diese Zeit ist er unbenutzt. Außerdem ist das Wetter momentan nicht so günstig. Pfeile sind aufgrund ihrer relativ geringen Geschwindigkeit und der Größe erheblich empfindlicher gegen Seitenwind, als das bei Schusswaffen der Fall ist. Das ist teilweise natürlich gewollt, daher gibt es keine Schutzwände. Aber heute ist zum Schießen zu viel Wind. Wenn Sie möchten, kann ich Ihnen einen Bogen leihen, dann können Sie sich selbst ein Bild über die Handhabung und die physikalischen Eigenschaften machen.«

Fünf Minuten später stand Erik in der von Zeidler gezeigten Körperhaltung auf der Abschusslinie und wog das leichte Gerät in der Hand, das dieser ihm nebst einem Pfeil gereicht hatte. Martin hatte auf die Frage, ob er auch einen wollte, nur den Kopf geschüttelt und sich ein paar Meter abseits aufgestellt. »Das ist ein sogenannter Langbogen«, erklärte der Waffenwart dem Kommissaranwärter. »Er ist genauso gefertigt wie die aus diversen Filmen bekannten Vorbilder aus dem Mittelalter und wird, wie der Recurvebogen, gerne von Anfängern benutzt.«

»Haben Sie auch einen Compoundbogen?«, fragte Erik. »Es geht mir jetzt weniger darum, die Scheibe zu treffen, was wohl ohnehin nicht der Fall sein dürfte. Es wäre jedoch für die Ermittlungen hilfreich, wenn ich ein Gefühl für ein solches Teil bekomme!«

Zeidler lief wortlos in das Vereinsgebäude zurück und kam mit einem monströsen Gerät wieder, das kaum noch an einen Bogen erinnerte. Er drückte es ihm in die Hand und reichte ihm zusätzlich eine Art Griff. »Dieses Teil nennt man ›Release‹«, sagte er, als Erik ihn fragend ansah. »Damit ziehen Sie die Sehne aus, ohne sich die Finger daran zu verletzen. Es spart die Handschuhe, die ich Ihnen ansonsten empfehlen würde. Außerdem üben sie so mehr Kraft aus und es erleichtert Ihnen das Zielen.«

Erik legte nach seiner Anleitung den Pfeil auf die Sehne und zog diese mit dem Release zur Hälfte aus. Dann verließ ihn jedoch die Kraft und das gefiederte Geschoss flog ungezielt davon, um sich einige Meter vor ihm in den Boden zu bohren. Fluchend ließ er den Bogen unter Martins hämischem Grinsen fallen.

»Dazu braucht man schon etwas mehr Kraft, als eine Walther abzufeuern«, lachte Zeidler mit einem bezeichnenden Blick auf seine Dienstwaffe über das Missgeschick. »Dieses Modell hat ein Zuggewicht von neunzig englischen Pfund, das entspricht ungefähr vierzig Kilogramm. Ich kann Ihnen aber zeigen, wie sie den Bogen halten müssen, um die für den Auszug der Sehne erforderliche Kraft umzusetzen.«

Erik hob das schwere Teil vom Boden auf und gab es ihm mit einem entschuldigenden Lächeln zurück. »Nein danke, das wird wohl nicht nötig sein. Ich habe schon mehr erfahren, als ich wissen wollte!«

»Das gilt auch für mich«, fügte Martin hinzu. »Ich wäre Ihnen allerdings sehr verbunden, wenn Sie mir eine komplette Mitgliederliste aushändigen würden, wobei ich mich vor allem für Personen mit Erfahrung im Bogenschießen interessiere. Ginge das, oder benötigen Sie dafür einen richterlichen Beschluss?«

»Eine reine Namensliste geht wohl in Ordnung«, überlegte Zeidler. »Die Adressen kann ich Ihnen auch noch geben, doch für alles andere müssten Sie in der Tat einen Beschluss vorweisen. Lassen Sie mir Ihre Kontaktdaten hier. Sobald ich das mit dem Vorstand abgeklärt habe, sende ich Ihnen die Liste per E-Mail!« Martin reichte ihm wortlos eine seiner Visitenkarten.

* * *

»Eine Jagd mit Pfeil und Bogen? In *meinem* Wald?«, wunderte sich Förster Ewald Hansen mit sorgenvoll gefurchter Stirn, nachdem er von Denise Malowski grob über den Sachverhalt aufgeklärt worden war. Er war dem Augenschein nach Mitte bis Ende fünfzig und entsprach nicht nur kleidungsmäßig dem landläufigen Bild eines Forstbeamten.

Dass dieser Mann sich ausschließlich in der Natur aufhielt, war ihm außer an den muskulösen Armen vor allem im von Sonne und Wind gegerbten Gesicht deutlich anzusehen. Zumindest im sichtbaren Teil davon, denn neben einer lockigen, schon sehr angegrauten Löwenmähne zierte ein ebensolcher Vollbart seinen Charakterkopf. »Und dann auf Asylanten, das ist ja beinahe wie im Mittelalter!«, fügte er kopfschüttelnd hinzu.

Dass es sich bei dem Opfer von gestern mit großer Wahrscheinlichkeit um einen siebzehnjährigen Syrer namens Djamal aus dem Asylantenheim in Siegburg handelte, hatte Tobias von Vanessa auf dem Weg zur Forstverwaltung mitgeteilt bekommen. Auch, dass zwei seiner Freunde ebenfalls vermisst wurden. Alle drei waren bereits vor einer Woche verschwunden.

»Na ja, vielleicht nicht so ganz wie im Mittelalter«, relativierte er lächelnd. »Wir haben zwar noch keine entsprechenden Beweise dafür, gehen jedoch derzeit davon aus, dass hierbei ein sogenannter Compoundbogen verwendet wurde. Diese Sportgeräte sind die reinsten Hightechapparate und haben mit dem klassischen ›Flitzebogen‹, den wir uns als Kinder aus Ast und Schnur gebastelt haben, nichts zu tun!«

»Das historische Vorbild dafür war angeblich der Langbogen, wie er im Mittelalter verwendet wurde«, wusste Hansen. »Diese Teile kenne ich aus Filmen im Fernsehen, doch unter einem Compoundbogen kann ich mir nicht so recht was vorstellen. Wie sieht sowas denn aus?«

»Ungefähr so, wie dieser!« Denise hatte auf ihrem Handy schnell eine entsprechende Seite im Internet aufgerufen und hielt es Ewald Hansen so hin, dass er das Display gut im Blick hatte.

»Ach ja? Der sieht ja ziemlich futuristisch aus!« Er legte die Stirn in noch mehr Falten und schien einige Sekunden intensiv nachzudenken. Schließlich nickte er. »Wenn ich mich recht erinnere, habe ich so einen kürzlich auf einem meiner Reviergänge gesehen!«

»So? Mit oder ohne den dazugehörigen Besitzer?«, horchte Denise auf. »Und wissen Sie noch, wann und wo das gewesen ist?«

»Bedaure, Frau Kommissarin«, hob er die breiten Schultern. »Das war irgendwann vergangene Woche, aber auf keinen Fall gestern! Dienstag oder Mittwoch, glaube ich. Er lag auf dem Rücksitz eines Autos, das ungefähr dreihundert Meter von hier am Straßenrand abgestellt war. Also auf dem Schauenbergweg, derselben Straße, wo wir uns jetzt befinden. Die lange Stange war aber nicht dran, sonst hätte das Teil kaum dahin gepasst.«

»Was war das für ein Fahrzeug?«, wollte Tobias wissen. Sein Herzschlag hatte sich bei den Worten des Försters um ein paar Takte beschleunigt. Gleich jenseits der von Hansen erwähnten Straße, die eher ein asphaltierter Weg war, begann das etwa vierzig Hektar große Waldstück, das gestern erst Schauplatz eines abscheulichen Mordes geworden war! Hatten sie hier eine Spur zum Täter aufgetan? Wenn ja, hatte Denise wieder mal den richtigen Riecher gehabt, hier vorbeizuschauen! »Können Sie uns das Fabrikat und die Farbe nennen, oder sogar das Kennzeichen?«

»Das war einer dieser Allrad-SUV, wie sie jetzt groß in Mode sind. Grün war er, soweit ich mich erinnere. Und das Nummernschild? Bedaure, aber darauf habe ich wirklich nicht geachtet. Das Auto war ordnungsgemäß am Straßenrand abgestellt und es ist ja nicht so, dass dort parken ausdrücklich verboten wäre.«

»Schade!« Tobias griff in seine Jackentasche und reichte ihm eine seiner Visitenkarten. »Wenn Ihnen noch was einfällt, rufen Sie mich bitte an. Unter der Handynummer bin ich jederzeit zu erreichen!«

* * *

Als er ins Kommissariat zurückkam, erwartete ihn eine Überraschung. Er war alleine zurückgekehrt. Da die Zeit im Wald und später in der Forstverwaltung irgendwie wie im Fluge vergangen und es mal wieder später als geplant geworden war, hatte Denise sich unten auf dem Parkplatz des Polizeigebäudes verabschiedet und war sofort nach Hause zu ihren Kindern gefahren.

Die Überraschung bestand in der Person seiner Ehefrau, die vor der Glastür des Kommissariats mit sichtlicher Ungeduld wartete. Offenbar war niemand sonst anwesend, denn Melanie hatte normalerweise keinerlei Hemmungen, sich bis zu seiner Rückkehr in seinem Büro niederzulassen, wenn die Eingangstür offen war. Jetzt war sie allerdings abgeschlossen, weil seine Ermittler alle noch im Außendienst waren.

»Da bist du ja endlich!«, fuhr sie ihn gleich an, als er um die Ecke bog. »Ich wollte gerade wieder gehen! Wo sind denn deine Leute alle?«

»Auf Recherche, nehme ich an! Es ist ja nicht jeder in der Lage, sich seinen Hintern den ganzen Tag am Schreibtisch platt zu sitzen«, konterte er schlagfertig, legte aber einen Schritt zu. Mit Melanie konnte er so reden, solche Kabbeleien gehörten in ihrer Beziehung zum normalen Umgangston.

»Wie du sehr gut weißt, mein Schatz«, knurrte sie, »beschäftige ich mich in meinem Kommissariat seit einiger Zeit höchstpersönlich mit dem weiten Gebiet der Internetkriminalität. Seit ein gewissenloser, mit mir verheirateter Mensch mir den zuständigen Mann abgeworben hat, muss *ich* das nämlich machen, und das geht nun mal am sinnvollsten im Sitzen!«

Da hat aber jemand eindeutig sehr schlechte Laune, erkannte Tobias. *Offenbar hat sie mir noch nicht völlig verziehen, dass ich ihr Martin ausgespannt habe! Zumal sie immer noch keinen Ersatz für ihn gefunden hat.*

Ihren diesbezüglichen Frust konnte er jedoch gut nachvollziehen. Melanie war, ebenso wie er selbst, ein

tatkräftiger, zupackender Mensch. Trockene Schreib-
tischarbeit verabscheute sie zutiefst, darin waren sie
sich ähnlich. »Was gibt es denn jetzt so Dringendes?«,
erkundigte er sich eher beiläufig, während er die Tür
für sie aufschloss. Dabei war er gespannt, was seine
Frau für ihn hatte. Denn das es so war, daran bestand
für ihn kein Zweifel. »Und was hat die Internetkriminalität mit unserem Fall zu tun?«

»Eigentlich nichts, aber ich bin bei meinen Recherchen zu einem anderen Fall, den ich gerade auf dem
Tisch habe, im Darknet zufällig auf eine höchst inter-
essante Datei gestoßen, die ihr euch unbedingt sofort
anschauen solltet!«

Das Darknet war ein versteckter Bereich des Inter-
nets, der für kriminelle Machenschaften verwendet
wurde. Die Seiten wurden von Suchmaschinen nicht
gefunden, einen Zugang dazu erhielt man nur durch
persönliche Vermittlungen von Mitgliedern und war
ausschließlich über eine spezielle Software wie zum
Beispiel den ›Tor Browser‹ möglich.

Allerdings war das Darknet besser als sein durch
Filme ruinierter Ruf, da es nicht nur von kriminellen
Elementen benutzt wurde, sondern von Journalisten,
Whistleblowern und anderen Leuten, die ihre Aktivitä-
ten aus nachvollziehbaren Gründen zu verschleiern
versuchten. Es war nicht ungewöhnlich, dass polizeiliche Ermittler wie Melanie einen Zugang hatten.

»Wie ich sehe, hast du mir die Datei mitgebracht«,
deutete er den USB-Stick in ihrer Hand völlig richtig.
»Ich werde sie mir zunächst alleine ansehen müssen,
meine Leute sind sicher noch den ganzen Tag unterwegs!« Dass er es kaum erwarten konnte, den Inhalt

dieser Datei zu sichten, musste er ihr nicht sagen, das wusste sie ohnehin. Immerhin waren sie seit vielen Jahren ein Paar.

»Na, wenn die alle auf Recherche sind, hast du den Fall sicher im Handumdrehen gelöst!«, flachste sie im Hinausgehen. Melanie wusste natürlich, dass Ermittlungserfolg keine Frage des Fleißes war. Hatte man jedoch erstmal den Beginn einer Spur gefunden, sah das schon anders aus. Doch davon waren er und seine Leute noch meilenweit entfernt.

Kapitel 5

Die Jagd ist eröffnet

Die Person, die von der Kameraperspektive aus mit hinter ihrem Rücken gefesselten Händen davonlief, war eindeutig nicht Djamal Hamada, der gestern von Fatima und Omar Suleiman den beiden Kommissarinnen gegenüber anhand des Fotos als das Opfer aus dem Altenrather Wald identifiziert worden war. Das ältere, kinderlose Ehepaar war bereits vor zwei Jahren nach Deutschland gekommen und hatte sich von Anfang an hilfsbereit um den elternlosen Jungen und seine beiden Freunde gekümmert.

Dieses bedauernswerte Opfer, augenscheinlich in derselben aussichtslosen Lage wie sein jetzt namentlich bekannter Leidensgenosse, wandte der Kamera und somit dem Betrachter zwar den Rücken zu, seine Gestalt war jedoch kleiner und schmächtiger als die von Djamal, der groß und kräftig gewesen war. Im Vordergrund der offenbar mit einer Bodycam aufgenommenen Szene war eine Hand zu sehen, die einen Compoundbogen mit schussbereit eingelegtem Pfeil hielt, eindeutig erkennbar an der langen Ausgleichsstange, die diese Sportgeräte kennzeichnete.

Tobias Heller stoppte die Wiedergabe mit einem Mausklick. »Dieses Video wurde gestern von meiner Frau im Darknet entdeckt«, teilte er seinen Leuten mit, die das erschreckende Geschehen auf ihren Bildschirmen atemlos verfolgt hatten. »Wie ihr wisst, ist das ein total abgeschotteter Bereich, den man nur nach Aufforderung eines anderen Mitglieds betreten kann. Melanie erhielt den Hinweis auf diese Datei von einem ihrer Informanten, die sie dort hat. Man kann leider nicht erkennen, von wann das Video ist, da uns ein Zugriff auf die interne Datenstruktur des Servers nicht möglich ist. Ich gehe jedoch davon aus, dass es zeitlich vor dem Mord am Sonntag liegt. Und es ist eindeutig *nicht* unserer Opfer, das wir hier sehen!«

»Das muss dann wohl Tarek sein«, nickte Vanessa Fuchs. »Einer der beiden ebenfalls seit zehn Tagen spurlos verschwundenen Freunde von Djamal. Jedenfalls würde dieser Junge auf die Beschreibung passen, die man uns gab. Die drei gelten bei den Heimbewohnern als absolut unzertrennlich und sind vor ein paar Monaten gemeinsam aus Syrien geflohen. Sein voller Name lautet Tarek Hussein, der Dritte im Bunde ist Hakim Faisal. Alle drei sind im selben Alter, also siebzehn Jahre, und haben entweder vor oder während der Flucht ihre Eltern verloren. So genau wussten das die Eheleute Suleiman auch nicht, da die Jungs diesbezüglich wenig mitteilsam waren.«

»Wenn sie tatsächlich gemeinsam verschwunden sind, ist nach Lage der Dinge davon auszugehen, dass es bald ein drittes Opfer geben wird«, ließ sich Denise Malowski vernehmen und sprach damit aus, was alle dachten. »Ich fürchte aber, uns bleibt nicht sehr viel Zeit, das zu verhindern!«

»Wir werden selbstverständlich alles daransetzen, es dennoch zu tun!«, zeigte sich Tobias wie gewohnt kämpferisch. Es gab für ihn niemals ein Aufgeben vor dem Schlusspfiff. »Leider bekommen wir von dem Schützen nur die rechte Hand zu sehen«, fuhr er fort. »Und daran wird sich auch später nichts ändern, wie ihr gleich erleben werdet. Trotzdem bietet uns diese Aufnahme einige durchaus wertvolle Anhaltspunkte, wenn man gewohnt ist, auf Kleinigkeiten zu achten!«

Erik Hagel, Kommissaranwärter im zweiten Jahr seiner Ausbildung, hob seine Hand wie in der Schule. »Es handelt sich definitiv um einen Mann«, stellte er fest, indem er auf das Standbild wies. »Er ist kräftig und anscheinend Linkshänder. Und er trägt zumindest rechts keinen Handschuh.«

»Wie der Selbstversuch unseres jungen Kollegen gezeigt hat, benötigt man zum Ausziehen der Sehne nicht zwangsläufig einen Handschutz«, fügte Martin Weber hinzu und legte eine Art Griff auf den Tisch. »Ich habe mir dieses Teil bei einem der Vereine ausgeborgt, bei denen wir waren. Es trägt den sinnreichen Namen ›Release‹ und ist extrem praktisch. Man zieht damit die Sehne aus und drückt zum Abschuss einen Knopf. Handschuhe zum Schutz der Finger werden so nicht benötigt, sodass die Wahrscheinlichkeit groß ist, dass der Bursche auch links keinen trug!«

»Die Bodycam zeigt uns außerdem, dass wir es mit einem Einzeltäter zu tun haben!«, gab Jasmin Brandt ebenfalls einen Kommentar ab. »Und die Tatsache, dass diese ›Jagd‹ überhaupt gefilmt wurde, ist zudem ein Indiz für eine entsprechende Vorbereitung und dafür, dass dies womöglich der Hauptanlass war! Es wäre ja nicht das erste Mal, dass Folterungen, Morde und Vergewaltigungen aus rein finanziellen Gründen verübt werden!«

»Das sind die Fakten, die auch mir sofort aufgefallen sind«, stimmte Tobias allen Ausführungen zu. »In einem einzigen Punkt muss ich dir jedoch widersprechen«, wandte er sich hintergründig lächelnd an Jasmin. »Nämlich deiner Annahme eines vermuteten Einzeltäters, wie ihr alle gleich selbst sehen werdet.« Nach dieser orakelhaften Äußerung ließ er die angehaltene Aufzeichnung mit einem weiteren Mausklick weiterlaufen.

Offenbar hatte er die Stelle für die Unterbrechung mit Bedacht gewählt, denn nur zwei Sekunden später wechselte die Kameraperspektive und Tarek, wenn er es denn tatsächlich war, torkelte jetzt von oben links in das Bild und schien dem Betrachter entgegenzukommen. Die Zuschauer, zu denen auch Jürgen Vogel von der Forensik gehörte, nahmen eher beiläufig zur Kenntnis, dass der Schütze nicht zu sehen war und sich somit mindestens zwanzig Meter außerhalb des Ausschnitts befinden musste. Doch er war noch da, denn jedes Mal, wenn sein Opfer sich in den Schutz eines Baumes begeben wollte, zischte ein Pfeil heran und bohrte sich eine Handbreit neben dessen Kopf in den Stamm. Derweil kam der um sein Leben laufende Mann der Kamera immer näher.

Nun war kein Zweifel über die Identität des Opfers mehr möglich. Jasmin und Vanessa hatten von Omar Suleiman die Pässe der jungen Männer ausgehändigt bekommen, sodass ein direkter Vergleich mit dem Foto aus Tarek Husseins Reisepass hergestellt werden konnte, das Tobias aus genau diesem Grund vorsorglich gleich neben dem Video auf der virtuellen Leinwand angebracht hatte. Jetzt konnte man sehen, dass ihm, ebenso wie bei Djamal, die Augen auf eine Weise verbunden waren, dass er bestenfalls einen schmalen Streifen zu seinen Füßen erkennen konnte oder den Kopf in den Nacken legen musste, was er zur Orientierung immer wieder tat. Auch dies war eine wertvolle Information für die Ermittler, bewies es ihnen doch, dass an dieser Szene alles bis ins Kleinste inszeniert war.

»Wir können für diesen bedauernswerten Jungen nichts mehr tun«, sagte Tobias mit belegter Stimme, nachdem er das Video erneut angehalten hatte. »Ich hoffe jedoch, dass die Auswertung dieser Aufnahme wertvolle Hinweise zum Täter liefern wird, weshalb es in den kommenden Tagen eure Aufgabe sein wird, es euch so oft anzuschauen, bis es sich in eure Netzhäute eingebrannt hat! Das gilt auch für das in Kürze zu erwartenden Video von der Aktion am Sonntag! Melanie weiß jetzt, worauf sie zu achten hat und wird sich umgehend melden, wenn es im Netz auftaucht.«

»Zunächst einmal ist es nun offensichtlich, dass es sich dabei um wenigstens zwei Täter gehandelt hat«, räumte Jasmin ein. »Die Kamera, die das Geschehen von der Seite her zeigt, war nämlich nicht irgendwo an einem Baum befestigt, sondern wurde bewegt, um dem Opfer folgen zu können. Sowas kann man zwar auch mit einer automatischen Bewegungsverfolgung hinbekommen, aber hier habe ich minimale vertikale Bewegungen bemerkt. Zudem wurden auch Bildausschnitt und Brennweite zweimal verändert, vermutlich, um zu verhindern, dass der Bogenschütze in die Aufnahme lief und zu erkennen war. Da war aktiv ein Mensch beteiligt!«

»Das hast du vollkommen richtig erkannt!«, nickte der SOKO-Chef zufrieden. Auf die Beobachtungsgabe seiner jüngsten Kommissarin war wie immer Verlass! »Es sind sogar, zusätzlich zur vermuteten Bodycam des Schützen, mindestens *zwei* weitere Kameras, wie wir gleich sehen werden. Was kannst du uns Stand heute zur Position von *dieser* sagen, Jürgen?«, wandte er sich übergangslos an den Leiter der Forensik, dem sich daraufhin sämtliche Köpfe zuwandten. Die Frage ihres Chefs ließ eine Sensation erwarten, zumal die Wiedergabe des Videos einem exakten ›Drehbuch‹ zu folgen schien.

»Wie ihr schon im Ermittlungsbericht eures Chefs gelesen haben dürftet«, wandte sich Jürgen Vogel an die Ermittler, »Haben er und Denise gestern bei ihrer Tatortbesichtigung ein Individuum aufgescheucht, das sich in verdächtig eiliger Weise entfernte, als sie es zum Stehenbleiben aufforderten. Das Versteck im Inneren eines Busches, von dem aus diese Person sie offenbar die ganze Zeit beobachtet hatte, konnte lokalisiert werden, und dort haben wir aufschlussreiche Spuren entdeckt!«

Er schob einen mitgebrachten USB-Stick in seine Tastatur, lud einige Dateien hoch und gab sie für die anderen Bildschirmplätze frei. Diese Art der Wissensübermittlung war von Tobias in der Gründungsphase seiner SOKO selbst erfunden worden und löste das in seinem vorherigen Kommissariat verwendete Whiteboard in äußerst effektiver Weise ab. Die Ermittler rissen überrascht die Augen auf, als sie ein Video zu sehen bekamen, das dem zuvor Gezeigten praktisch aufs Haar glich, nur ohne die Jagdszene!

»Ihr solltet euch übrigens ein anderes Wort dafür ausdenken«, brummte er, als habe er ihre Gedanken gelesen. »Der Begriff ›Jagd‹ ist für einen so abscheulichen Mord etwas makaber, findet ihr nicht auch? Was ihr hier seht«, kam er dann erstaunlich schnell zum Thema zurück, »wurde von mir persönlich aus dem Inneren dieses Busches gefilmt. Eigentlich besteht er jedoch aus vier zusammengewachsenen Einzelsträuchern, in dessen Innenraum genügend Platz für eine Person ist. Dieser Umstand ist nämlich nicht ohne Bedeutung für uns. Die von mir gemachte Aufnahme belegt jedenfalls mit hinreichender Wahrscheinlichkeit, dass euer Mordvideo, oder zumindest der vorhin gezeigte Teil, von dieser Stelle aus gefilmt wurde. Die Kameraperspektive ist haargenau dieselbe und auch einige sehr markante Bäume sind identisch!«

»Diese Erkenntnis nutzt uns aber nur etwas, wenn ihr Spuren gefunden habt«, nickte Tobias. »Ich gehe jedenfalls davon aus, dass es sich bei der Person, die dort herumgeschlichen ist, um einen Komplizen des Bogenschützen gehandelt hat, wenn ich mir auch nicht denken kann, was er am Tag nach der Tat da zu suchen hatte. Und? Habt ihr was gefunden?«

»Vielleicht hat er den Pfeil holen wollen, den der Bogenschütze am Tag zuvor aus Zeitgründen stecken lassen musste«, vermutete der Forensiker. »Jedenfalls gibt es im Inneren der Buschgruppe und auch davor einige schöne Sohlenabdrücke, die exakt zu den an dem bewussten Baum passen. Das Profil ist jedoch nicht mit dem sichergestellten Abdruck des Schützen identisch, obwohl es sich hierbei um dieselbe Schuhgröße handelt. Eine Besonderheit stellt ein Riss in der rechten Sohle dar, den ihr auf den Fotos gut erkennen könnt.

Weiterhin fanden wir Wollfasern, die zu dem Hoodie passen könnten, den die geflüchtete Person eurer Angabe gemäß trug. Die Farbe stimmt auf jeden Fall schon mal überein. Der dornige Zweig, an dem diese Fasern hingen, wird von uns derzeit auf DNA-Spuren untersucht. Analyseergebnisse folgen.«

»Das ist mehr, als ich mir erhofft habe«, freute sich Tobias. »Schauen wir uns aber zunächst den Rest des Videos an, eventuell liefert es uns weitere Hinweise, die mir bei der ersten Sichtung entgangen sind. Zum Beispiel die Position der von mir vermuteten zweiten Handkamera!«

Zunächst jedoch wechselte das Bild zur Bodycam des Verfolgers, worauf Tobias die Aufnahme erneut kurz anhielt. »Was sagt ihr?«, wandte er sich an seine Leute. »Wie weit könnte er von Tarek entfernt sein?«

»Das könnten an die dreißig Meter sein«, schätzte Jürgen Vogel. »Ich werde Amara darauf ansetzen, sie kann das vielleicht mit ihrem elektronischen Zauberkasten etwas exakter bestimmen. Zu den geplanten Experimenten mit diversen Sportbögen bin ich übrigens aus Zeitgründen noch nicht gekommen«, fügte er mit hörbarem Bedauern in der Stimme hinzu. »Ich denke aber, dass wir die nicht mehr benötigen, da das Video uns alle notwendigen Daten liefert. Du kannst das jetzt durchlaufen lassen, damit wir endlich mal zum Ende kommen!«

Dieses Ende war bereits neunzig Sekunden später erreicht. Insgesamt betrug die Laufzeit tatsächlich weniger als fünf Minuten, die durch die Diskussionspausen aber auf eine Viertelstunde gestreckt worden waren. Kurz vor dem grauenhaften Finale wechselte die Kameraperspektive, wie von Tobias vorausgesagt, für fünfundzwanzig Sekunden auf die andere Seite der gedachten Handlungsachse, bevor erneut auf die mutmaßliche Bodycam umgeschaltet wurde, die das Abschießen des tödlichen Pfeils zeigte. Ein ersticktes Ächzen aus fünf Kehlen begleitete die letzte Sequenz, die dann sehr abrupt mit dem Tod des chancenlosen Opfers endete. Tobias, der sich das Video am Vortag komplett angesehen hatte, verfolgte die abscheuliche Tötungsszene stumm mit verkniffener Miene.

»Man konnte in der vorletzten Szene ganz kurz das Gebüsch erkennen, aus dem zuvor von der anderen Seite aus gefilmt wurde, und einen markanten Baum, der auch in der ersten Sequenz zu sehen ist«, fand der Forensiker zuerst die Fassung zurück. Seine Stimme klang jedoch belegt. »Amara wird sich damit auseinandersetzen, und ich bin mir ziemlich sicher, dass sie anhand identischer Geländemerkmale in den beiden Aufnahmen den Standort der anderen Kamera triangulieren kann! Ach ja, bevor ich es vergesse: An dem Pfeil, der in dem Baum steckte, wurde DNA gefunden! Der Schütze muss sich bei dem vergeblichen Versuch, ihn vor seinem Rückzug herauszuziehen, in der Eile an der Befiederung verletzt haben. Ein weiteres Indiz dafür, dass er keine Handschuhe trug! Steht aber alles in meinem Bericht!«, fügte er rasch hinzu, als er sah, dass sich die Stirn des SOKO-Chefs umwölkte.

»Was ist mit der Leiche passiert?«, brachte Denise jetzt einen nicht ganz unerheblichen Gedanken zur Sprache. »Dieses Video endet damit, dass Tarek auf dieselbe Weise erschossen wurde wie später Djamal, bei dessen Tod ich anwesend war, wie ihr wisst. Ihn ließ der Täter anschließend einfach an Ort und Stelle liegen, aber wo ist die erste Leiche abgeblieben?«

»Der Täter wurde am Sonntag von dir gestört, was hier jedoch nicht der Fall war«, überlegte Martin. »Er hatte demnach wahrscheinlich genügend Zeit, sämtliche Spuren einschließlich der Leiche zu beseitigen. Trotzdem tendiere ich zu der Ansicht, dass er sie dort irgendwo verscharrt hat. Das erscheint mir noch am plausibelsten!«

»Das ist ein guter Einwand«, nickte Tobias. »Ich glaube auch nicht recht daran, dass man sie kilometerweit transportiert hat, wo das Gelände am Tatort förmlich dazu einlädt, dort eine Leiche zu entsorgen. Es ist bekanntlich immer ein Risiko, mit einem Toten im Kofferraum herumzufahren. Erst recht, wenn ein Pfeil in seinem Rücken steckt. Man muss doch nur unverhofft in eine Verkehrskontrolle geraten oder in einen Unfall verwickelt werden, und schon ist man aufgeflogen! Waren da nicht einige Tümpel auf der rechten Seite des Waldweges?«, erinnerte er sich. »Ich werde ein paar Polizeitaucher anfordern. Ich könnte mir vorstellen, dass wir dort fündig werden!«

»Wir sollten die Namen der Mitglieder, die wir von den Schützenvereinen erhalten haben, mit unseren eigenen Datenbanken abgleichen«, überlegte Martin. »Ich denke da vor allem an die Listen der rechtsradikalen Gefährder beim BKA!«

»Das kann ich machen«, bot sich Denise an. »Betty wird mir die Namen sicher gerne zusammenstellen.« Bettina Kowalski, mittlerweile im Rang einer Ersten Hauptkommissarin beim Bundeskriminalamt, war ihre lange verschollene Zwillingsschwester und seit

Jahren daran gewöhnt, dass Denise sie öfter um einen ›kleinen Gefallen‹ bat.

»Macht das!«, gab Tobias sein Einverständnis. »Die anderen werden sich mit der Auswertung des Videos beschäftigen. Untersucht es notfalls bildweise. Alles, was euch dabei auffällt, wird dokumentiert«, wandte er sich an Vanessa, Jasmin und Erik, die einmütig mit den Köpfen nickten.

»Die drei Jugendlichen haben am Samstag vor acht Tagen gemeinsam das Wohnheim verlassen und sind nicht wiedergekehrt«, sinnierte er. »Wir können also die Tötung von Tarek auf eine Woche eingrenzen, da wir ja definitiv wissen, dass Djamal am vergangenen Sonntag ermordet wurde. In der berechtigten Hoffnung, dass Hakim noch lebt, bin ich zu der Ansicht gekommen, dass der erste Mord ebenfalls an diesem Wochentag verübt wurde.«

»Bauchgefühl oder Wunschdenken, Chef?«, wollte Jasmin vorlaut wissen.

»Nenn es, wie du willst«, knurrte er. »Doch irgendetwas sagt mir, dass ich damit richtigliege! Vielleicht möchte ich das aber tatsächlich nur glauben, denn dann hätten wir noch fünf Tage Zeit, diesen Hakim lebend zu finden!«

»Außerdem wäre es eine gute Idee, vom Straßenverkehrsamt eine Liste aller Halter von grünen SUV anzufordern«, erinnerte Denise ihn daran, dass in der Woche vor dem Mord an Djamal Hamada ein solches Fahrzeug in der Nähe des Tatortes gesehen wurde. »Förster Hansen sprach von Dienstag oder Mittwoch, das kann also durchaus gewesen sein, als das Video

entstand. Allerdings wäre dann deine Theorie von
›immer wieder sonntags‹ für die Tonne!«

»Damit könnte ich leben«, gab er trocken zurück.
»Aber selbst, wenn Hansen das Auto des Täters sah,
kann die Tat mehrere Tage zuvor verübt worden sein!
Das Fahrzeug kann aus allen möglichen Gründen da
gestanden haben, zum Beispiel, um die Lokalität für
den nächsten Mord zu inspizieren! Der Compoundbogen, der laut Hansen auf dem Rücksitz lag, spricht
jedoch eine deutliche Sprache. Wie viele Leute fahren
schon mit einem solchen Teil im Wald spazieren?«

»Wir waren fast die Einzigen, die den Wanderweg
benutzt haben«, erinnerte sich Denise. »Es war aber
auch eine Zeit, wo die meisten Leute am Mittagstisch
sitzen. Vielleicht wusste das der Täter und hat seine
Planung exakt darauf ausgelegt. Können wir anhand
der Lichtverhältnisse in dem Video auf die Tageszeit
schließen?«, wandte sie sich an den Forensiker.

»Wir könnten es auf der Basis der Schattenwürfe
versuchen«, gab Vogel brummig zurück. »Ich werde
Amara darauf ebenfalls ansetzen, sie muss den Film
ohnehin auf den Standort der zweiten Kamera über-
prüfen. Auf die Minute genau wird das Ergebnis aber
bestimmt nicht sein!«

»Gut, warten wir das eben ab und hoffen, dass ich
mit meiner Vermutung zum Tattag doch recht habe
und dass wir genügend Hinweise finden, die uns zum
Täter führen. Ob es dir gefällt oder nicht, Jürgen«,
lächelte Tobias grimmig. »Ich werde das Wort noch
mal benutzen: Die Jagd auf den Bogenschützen und
seine Helfershelfer ist hiermit eröffnet!«

»Apropos Jagd: Wenn du so sicher bist, dass dieser Kerl nur an Sonntagen und immer an derselben Stelle zuschlägt, könnten wir dort einfach auf ihn warten«, schlug Martin vor. »Was hältst du davon?«

»Daran habe ich auch schon gedacht. Er wäre aber ganz schön dämlich, wenn er wieder denselben Ort und dieselbe Zeit wählen würde. Immerhin wurde er zuletzt beinahe erwischt! Ein Versuch kann natürlich trotzdem nicht schaden, wer meldet sich freiwillig?« Tobias sah sämtliche Hände aufzeigen, etwas anderes hatte er auch nicht erwartet.

»Okay, ich nehme dann Martin mit«, entschied er sich für den dienstältesten Ermittler und gab damit gleichzeitig seine eigene Teilnahme an der geplanten Aktion bekannt. »Bis dahin werde ich einen Streifenwagen mehrmals am Tag dort patrouillieren lassen. Das ist zwar nicht sehr effektiv, da die Kollegen nur auf befestigten Wegen fahren können, aber besser als nichts ist das allemal und sie können dabei auf einen grünen SUV achten!«

»Wir sollten noch die Fakten zusammentragen, die sich zur Person unseres Täters heute ergeben haben«, schlug Denise vor. Zum Zeichen, dass sie die Federführung übernehmen wollte, erstellte sie ein neues Dokument auf ihrem Bildschirm und blickte auffordernd in die Runde.

»Die Person hielt auf dem Video den Bogen mit der rechten Hand, die übrigens sehr behaart ist«, wiederholte Erik seine Vermutung von vorhin. »Es handelt sich also ganz sicher um einen Mann, und zwar einen Linkshänder. Außerdem ist er muskulös, wenn man die Hand als Maßstab nimmt.«

»Das belegt auch die rasche Schussfolge, die nicht nur im Video zu sehen, sondern ebenfalls anhand der Einschusslöcher in den Bäumen am Tatort erkennbar ist«, nickte Denise, nachdem sie Eriks Beitrag notiert hatte. »Da wir nun das Zuggewicht des verwendeten Bogens kennen, können wir schmächtige Männer mit wenig Muskelmasse an den Oberarmen ausschließen. Dasselbe gilt für die Unterarme. Vierzig Kilogramm sind kein Pappenstiel! Ich jedenfalls könnte das nicht in dieser Geschwindigkeit, obwohl ich durch meinen Kampfsport trainiert bin!«

»Die ›Beinahetreffer‹, die wohl dazu dienten, das Opfer von den Bäumen fernzuhalten, deuten zudem zusammen mit der schnellen Schussfolge auf einen geübten Bogenschützen«, ergänze Martin die Bemerkung seiner derzeitigen Partnerin. »Wir suchen also einen Kerl, der so aussieht wie Popeye, der Seemann. Der kann doch nicht schwer zu finden sein«, fügte er grinsend hinzu, was ihm einen verweisenden Blick seitens Denise einbrachte.

»Außer, dass er wahrscheinlich Schuhgröße zweiundvierzig hat und ein guter Bogenschütze ist, fällt mir dazu jetzt auch nichts ein«, hob Tobias die Schultern, als keine weiteren Wortmeldungen kamen. »Ihr wisst, was zu tun ist. Macht euch an die Arbeit!«

Kapitel 6

Warten auf das Unvermeidliche

Hakim saß apathisch an seinem Platz an einer der Längswände des Verschlages, den er seit vorgestern ganz für sich alleine hatte. Seine Uhr hatten sie ihm abgenommen, sodass ihm das wichtige Instrument der Zeitmessung nicht zur Verfügung stand. Hier in der Dunkelheit seines ansonsten leeren Gefängnisses hätte er sie ohnehin nicht ablesen können. Dennoch gab es für ihn eine Möglichkeit, deren Verlauf einzuschätzen, sie bestand in diesem kleinen Astloch ihm direkt gegenüber. Es verlieh seinen Augen nicht nur einen wertvollen Fixpunkt, sondern zeigte ihm auch zuverlässig den Wechsel von Tag und Nacht an.

Demnach war er jetzt den zehnten Tag hier eingesperrt, mit Ketten an den Händen und Füßen gefesselt, sodass er sich kaum zu rühren vermochte. Den Verschlag schätzte er auf ungefähr zwölf bis vierzehn Quadratmeter ein. Nicht, dass ihm das in seiner Situation irgendwas nützen würde, doch sein Gehirn nahm solche Informationen von alleine auf. Einmal am Tag kam nämlich einer seiner Entführer, um ihm Wasser und Essen zu bringen und den Eimer auszuleeren, der ihm für seine Notdurft zur Verfügung stand. Bei diesen Gelegenheiten fiel genügend Licht hinein, um die Größe des Gefängnisses einzuschätzen und zu sehen, dass es ansonsten leer war.

Seine Entführer identifizieren konnte er bei diesen Anlässen aber nicht, obwohl sie keine Masken trugen. Dass es zwei verschiedene Personen waren, die ihn täglich ›besuchten‹, war gesichert. Keiner von ihnen sagte zwar je ein Wort, doch seiner Aufmerksamkeit waren Merkmale wie unterschiedliche Körpergrößen und die Art, sich zu bewegen, nicht entgangen. Wer wusste schon, wofür es einmal nützlich sein würde?

Diesen Verdacht hatte auch Djamal ihm gegenüber geäußert, als er nach viel zu langer Bewusstlosigkeit dann doch noch zu sich gekommen war. Djamal hatte befürchtet, dass man ihn erschlagen hätte. Viel hatte auch nicht gefehlt, was vielleicht mit ein Grund war, weshalb er noch lebte. Tarek hatten sie zuerst abgeholt, gleich am nächsten Tag und kurz, bevor Hakim sein Bewusstsein wiedererlangte. Der Kleine war im Gegensatz zu Djamal und ihm bei dem brutalen Überfall kaum verletzt worden, wahrscheinlich brauchten diese Schurken für das, was sie mit ihnen vorhatten, ›intakte‹ Menschen.

Vor zwei Tagen holten sie sich dann Djamal. Exakt eine Woche später, also auch an einem Sonntag. Seine Kopfwunde hatte sich mittlerweile geschlossen und er redete nicht mehr so viel wirres Zeug wie in den ersten Tagen ihrer Gefangenschaft. Weil Hakim noch unter seiner schweren Kopfverletzung litt und kaum aufrecht sitzen konnte, nährte dies seinen Verdacht, dass man Menschen benötigte, die laufen konnten. Wofür immer das sein mochte. Djamal kam ebenso wenig zurück wie zuvor Tarek. Hakim machte sich keinerlei Illusionen über deren Schicksal, dazu hatten er und seine Freunde schon zu viel erlebt.

Seine Eltern hatten sich, ebenso wie die von Tarek und Djamal, früh dem Widerstand gegen das Assad-Regime angeschlossen und waren in den Wirren des Bürgerkrieges getötet worden. Djamals Vater wurde eines Nachts von den Schergen des Diktators aus seinem Bett gezerrt und verschleppt. Wahrscheinlich hatte er die anschließende obligatorische Folter nicht überlebt. Seine Frau starb beim ebenso heldenhaften wie sinnlosen Versuch, seine ›Festnahme‹ zu verhindern. Der Vater von Tarek wurde auf offener Straße von einem Heckenschützen erschossen, seine Mutter war ein Jahr zuvor einer schweren Krankheit erlegen.

Einzelkinder waren in muslimischen Familien die Ausnahme, auch die nun elternlosen Freunde hatten insgesamt fünf jüngere Brüder und Schwestern, um die sie sich, selbst noch nicht vollständig den Kinderschuhen entwachsen, jetzt zu kümmern hatten. Vor einem halben Jahr fassten sie dann gemeinsam den folgenschweren Entschluss, nach Europa zu flüchten, wo das Leben angeblich besser und sicherer war.

Sie legten alles an Geld zusammen, das sie besaßen und sicherten sich die notwendigen Plätze auf drei altersschwachen, überladenen Booten. Damit wollten sie mit hundert anderen Flüchtlingen das Mittelmeer überqueren. In dem Gedränge und Geschiebe, das beim Einsteigen entstanden war, wurden sie von den Kindern getrennt, die in einem der anderen Seelenverkäufer Platz fanden. Aber es kam noch schlimmer. Nach einem schweren Sturm in der Nacht waren die beiden anderen Boote entweder abgetrieben worden oder gekentert. Sie erfuhren es nie und konnten nur hoffen, dass die Kinder überlebt hatten.

Hier angekommen, schlug ihnen jedoch statt der erhofften Hilfe überall Fremdenhass und Misstrauen entgegen. Dachten diese ›*Deutschland den Deutschen*‹ schreienden Idioten denn, sie hätten die ganzen Strapazen und Gefahren auf sich genommen und all ihr Hab und Gut zurückgelassen, weil sie gerade nichts Besseres zu tun gehabt hatten? Die hatten gut reden. Niemand verließ ohne Grund das Land seiner Väter, denn wer seine Heimat verlor, hatte nichts mehr!

Leider waren aber auch die Politiker nicht gerade fremdenfreundlich eingestellt. Da wurde mehr oder weniger um jeden einzelnen Asylbewerber gefeilscht, der dableiben durfte. Als ob zehntausend zusätzliche Menschen bei achtzig Millionen Einwohnern irgendetwas ausmachen würden! Die Hunderttausende, die jetzt aus diesem Kriegsgebiet in Osteuropa in Scharen ins Land kamen, wurden dagegen mit offenen Armen empfangen und mussten im Zweifel nicht mal einen Pass vorweisen. Für sie war offenbar genügend Platz vorhanden! Kamen denn Menschen wie Hakim nicht ebenfalls aus einem Krisengebiet? Wie es schien, gab es verschiedene Klassen von Flüchtlingen!

Hakim liefen in der Erinnerung an die Verluste der jüngsten Vergangenheit die Tränen über das Gesicht. Hörte das niemals auf? Er hatte keine Zukunft mehr, seine beiden besten Freunde aus Kindertagen waren vermutlich ermordet worden und seine Geschwister wahrscheinlich ertrunken. Er würde sie alle, so Allah wollte, im Paradis wiedersehen. Dabei hatte er so viel vorgehabt, hatte in Damaskus studieren wollen. Oder jetzt in Deutschland, wenn man ihn gelassen hätte. Mathematik und Informatik.

Für eine Vorhersage seiner Zukunft reichte jedoch sein Schulwissen. Hatte die Wahrscheinlichkeit, als Nächstes mit Sterben an der Reihe zu sein, bis vorgestern bei fünfzig Prozent gelegen, war sie jetzt rapide auf hundert angewachsen. Sie waren jedes Mal sonntags gekommen und heute war Dienstag, falls er sich nicht sehr verrechnet hatte. Er hatte also noch genau fünf Tage zu leben!

Kapitel 7

Auf Spurensuche

Tobias Heller fühlte sich um dreißig Jahre in seine Jugend zurückversetzt, als er einsam durch den Wald pirschte. Er war im Sommer gerade zwölf geworden, als er das letzte Mal mit seinen besten Freunden Lars und Torsten hier in der Gegend herumgestreunt war. Mit selbstgebauten ›Flitzebogen‹, wie sie solche Teile als Kinder damals genannt hatten. Dieser Begriff war unter Jungs äußerst beliebt. Dass er ursprünglich aus dem Germanischen hergeleitet worden war und ›Pfeil und Bogen‹ bedeutete, wusste keiner von ihnen. Es wäre ihnen auch gleichgültig gewesen.

Seiner war dabei eine Besonderheit, weil er nicht aus einem Ast und einem Stück Paketschnur bestand, wie die der meisten Jungs, sondern aus einem zwei Zentimeter breiten Stahlstreifen, auf den beidseitig Leisten aus Holz genietet waren. Sein Großvater hatte ihm das Blech im Walzwerk, in dem er damals gearbeitet hatte, in Form gebracht und ihm auch bei dem Rest geholfen. Das Ergebnis konnte sich sehen lassen und war beinahe ein richtiger Recurvebogen, was er als Kind aber nicht wusste. Wie war er um das Teil beneidet worden!

Der Sommer 1991 war der Letzte gewesen, den sie zusammen auf diese Weise verbrachten. Lars war mit seinen Eltern im Herbst in eine andere Stadt gezogen und Torsten fühlte sich nach eigener Aussage zu alt für so einen Kinderkram, wie er es ausdrückte. Tobias vermutete jedoch, dass ihm der Wegzug des Freundes mehr zugesetzt hatte, als er zugeben mochte.

Seine Gedanken kehrten in die Gegenwart zurück, als er vor dem ersten Objekt stand, wegen dessen er hier war. Dass er innerhalb von drei Tagen schon zum dritten Mal den Tatort aufsuchte, hatte einen besonderen Grund, denn er war sozusagen im Auftrag der Wissenschaft unterwegs.

Amara Jones hatte ihn nämlich gebeten, von dem Busch, aus dessen Inneren gefilmt worden war, sowie von einigen markanten Bäumen, die von dort aus zu sehen waren, Fotos anzufertigen. Dasselbe würde er später von der anderen Seite der gedachten Handlungsachse auch machen. Dass er den Standort der zweiten Handkamera nicht kannte, war laut Amara unerheblich, wichtig seien allein die exakten Positionen der Objekte, die von dort zu sehen waren.

Der eigentliche Clou dabei war, dass die jeweiligen Koordinaten mit abgespeichert wurden. Dadurch sei es leichter, so die IT-Spezialistin, die Triangulation für den genauen Standort der zweiten Kamera durchzuführen. Die erforderliche Einstellung in der Foto-App seines Handys mit der Bezeichnung ›Geotagging‹ war ihm zwar bisher unbekannt, jedoch nach einem Hinweis der Kollegin schnell gefunden.

Er hatte sich das Video insgesamt zweimal angesehen, zuletzt heute Morgen in der Fallbesprechung. Sein eidetisches Gedächtnis gestattete es ihm, jede einzelne Szene vor sein inneres Auge zu bringen und die gewünschten Informationen abzurufen, als sähe er das

Original an. Dazu brauchte er nicht das Video. Es waren acht Geländemerkmale, die er für interessant genug hielt, abgelichtet zu werden. Dann steckte er das Handy ein und machte sich auf den Rückweg.

Zeit war jetzt ein kostbares Gut, denn es stand mit sehr großer Wahrscheinlichkeit noch ein Menschenleben auf dem Spiel und es war äußerste Eile geboten! Er glaubte nicht eine einzige Sekunde daran, dass der Täter zu fangen sein würde, indem sie sich einfach am Sonntag auf die Lauer legten und sein Erscheinen abwarteten. Sowas gab es nur in schlechten Fernsehkrimis! So viele Hinweise wie möglich auf seine Identität oder zumindest auf die seiner Helfer zu finden, war daher das Gebot der Stunde!

Zweihundert Meter östlich von ihm wateten jetzt die von ihm angeforderten Polizeitaucher durch die zwar nicht sehr tiefen, jedoch ausgedehnten Tümpel und suchten den schlammigen Untergrund akribisch nach der Leiche von Tarek Hussein ab. Da er auf dem Weg zu seinem Motorrad ohnehin in diese Richtung musste, wollte er ihnen vor der Rückfahrt noch einen kurzen Besuch abstatten, um sich schnell einen Überblick über den Fortgang der Suche zu verschaffen. Er kam gerade rechtzeitig, um die Bergung eines länglichen Gegenstands von der Größe eines menschlichen Körpers mitzuerleben!

* * *

Derweil lenkte Martin den Dienstwagen in Bonn auf die Kennedybrücke. Er hatte sich von Jasmin und Vanessa Erik ›ausgeliehen‹ und war mit ihm auf dem Weg in die Pathologie. Martina de Luca hatte ihrem Ruf, etwas chaotisch zu sein, alle Ehre gemacht und für heute Nachmittag kurzfristig die Obduktion der Leiche von Djamal Hamada anberaumt, zu der sie ihn vor einer halben Stunde telefonisch eingeladen hatte. Eigentlich war die Aufforderung zur Teilnahme ja an den Chef gegangen, aber der war noch in der Wahner Heide unterwegs.

Jonas fehlte ihm an allen Ecken. Zwar hatte er mit Denise eine überaus talentierte Ermittlerin an seiner Seite, doch die reaktivierte Hauptkommissarin war nur vormittags im Kommissariat und hatte sich vor einer Stunde in den Feierabend verabschiedet. Vorher hatte sie über ihre Schwester die Liste der rechtsradikalen Gefährder angefordert, die jedoch frühestens morgen früh auf ihrem Schreibtisch liegen würde. Dies galt ebenfalls für die Auswertung des Straßenverkehrsamtes bezüglich grüner SUV im Zulassungsbezirk des Rhein-Sieg-Kreises.

So gesehen war zwar jetzt genügend Zeit für eine Fahrt in die Rechtsmedizin, doch widerstrebte ihm die derzeitige Situation zutiefst. Außerdem konnte er mit Denise nicht so streiten wie mit Jonas, zumal sie ihm in dieser Disziplin haushoch überlegen war, wie sich schnell herausgestellt hatte. Immerhin kam der Ruf in die Pathologie gerade recht. Zwar war ihnen die Todesursache bekannt, doch die Uhrzeit war nur dann gesichert, wenn Djamal tatsächlich direkt vor den Augen der *Zeugin* Denise erschossen wurde. Das aber war bisher noch nicht abschließend bestätigt, da sie den Todesschuss nicht gesehen hatte. Die genaue Todeszeit war jedoch die Grundlage für alle Theorien und Überlegungen zum Tathergang.

»Habt ihr schon was auf dem Video entdeckt, das uns weiterhilft?«, fragte er den Kommissaranwärter. Die Frage diente jedoch mehr dazu, die Stille zu überbrücken, die sich in den vergangenen zehn Minuten im Auto ausgebreitet hatte. Wenn es sich so verhielte, hätte er das sicher mitbekommen, denn die ›Wände‹ zwischen den Arbeitsbereichen waren dünn und ein kollektiver Aufschrei der Kommissarinnen wäre ihm garantiert nicht entgangen.

»Bisher nicht«, gab Erik zurück. »Ich habe es mir so oft angeschaut, dass ich dir die genaue Anzahl der Haare auf dem Handrücken des Schützen nennen könnte. Jasmin hat sich mehr auf den Bogen konzentriert und im Internet das Modell ausfindig machen können. Doch das nutzt uns nur was, wenn wir einen Verdächtigen haben und dieses Teil bei ihm finden. Außerdem ist das Modell sehr weit verbreitet, wie es scheint. Vanessa glaubt, den Rand eines Tattoos über seinem Handgelenk gesehen zu haben, als der Jackenärmel beim Schießen kurz hochrutschte. Doch auf einer Bildvergrößerung ließ sich das nicht bestätigen. Es kann auch ein Schatten gewesen sein.«

»Schade, so ein Tattoo hätte schon was! Vielleicht folgt demnächst ein zweites Video, auf dem etwas zu sehen ist«, gab Martin ihrer aller Hoffnung Ausdruck. »Die Aufnahmen wurden zwar ziemlich professionell geschnitten, wie es aussieht, aber irgendwann macht jeder einen Fehler! Und je mehr Informationen wir über die Täter bekommen, desto näher kommen wir ihnen!« Er schaltete die Zündung ab, denn sie waren in der Zwischenzeit auf dem Parkplatz des Rechtsmedizinischen Instituts angekommen.

***

Tobias kam hinzu, als zwei Männer einen Jutesack ans Ufer schleppten und auf dem Pfad ablegten, der an dieser Stelle an den Gewässern vorbeiführte. »Den fanden wir zehn Meter von hier entfernt in der Mitte dieses Teiches, Herr Hauptkommissar«, informierte ihn der Größere der beiden, ein stämmiger Kerl mit Bürstenhaarschnitt. Er zeigte mit einer Hand vage zu der Fundstelle hinüber. »Da die Tümpel hier nirgends breiter als ein paar Meter sind, kann man ihn praktisch von überall reingeworfen haben, wo man einen genügend festen Stand hat. Spuren werden Sie dort keine mehr finden, fürchte ich. Allein schafft man so einen Wurf aber nicht, das Teil ist mit den Steinen darin mindestens zwei Zentner schwer!«

Heller ließ seine Blicke schweifen. Diese Gewässer erstreckten sich über mehrere hundert Meter, wie er auf *Google Maps* selbst nachgemessen hatte. In Anbetracht dessen grenzte es beinahe an ein Wunder, dass die Suchmannschaft so schnell Erfolg gehabt hatte. Andererseits führten die Teiche vom Tatort weg, und niemand lief mit so einer Last in einem unwegsamen Gelände weiter, als unbedingt notwendig war. Zumal außerhalb des Waldes immer mit Spaziergängern zu rechnen war.

Obwohl anhand einiger markanter Ausbeulungen bereits von außen zu erahnen war, was sich in dem Sack befand, zog Tobias entschlossen sein Schweizer Offiziersmesser aus der Jackentasche und säbelte mit einiger Mühe das breite Klebeband auf, mit dem er oben verschlossen war. Der Mann mit dem Bürstenhaarschnitt hielt ihm die Öffnung auf, und so konnte er im hellen Sonnenlicht ausreichend deutlich einen schwarzbehaarten Lockenkopf erkennen. Das musste Tarek sein!

Tobias hatte fürs Erste genug gesehen, er steckte das Messer wieder ein und griff zu seinem Handy, um pflichtgemäß die Rechtsmedizin zu informieren. Eine Untersuchung der Leiche hier an der Fundstelle war aufgrund der Umstände zwar nicht notwendig, da es sich nicht direkt um einen Tatort handelte, doch der ordnungsgemäße Abtransport musste auf jeden Fall gewährleistet sein. Und dafür kamen ausschließlich Rechtsmedizinerin Martina de Luca oder deren Assistentin infrage. Alles andere könnte später vor Gericht zu Problemen führen, da es nicht nur galt, die Todesursache festzustellen, sondern ebenfalls, vorhandene Beweise zu sichern. Aus diesem Grund durfte er die Leiche auch auf gar keinen Fall anfassen.

»Möchten Sie, dass wir noch weitersuchen?« Oberkommissar Brandt, nicht verwandt mit Jasmin und Leiter der Spezialeinheit, war jetzt hinzugetreten und sah ihn abwartend an. Natürlich hatte er, ebenso wie seine Leute, weder Rangabzeichen noch ein Namensschild an seinem Neoprenanzug, doch Tobias kannte ihn von einigen früheren Einsätzen. Zuletzt hatten er und seine Männer einen Koffer aus dem Leyenweiher geborgen, der ein wenig tiefer war als diese Tümpel.

Tobias konnte die Motivation der Frage nachvollziehen. Einsätze wie dieser waren zeitaufwändig und teuer. Außerdem war seine Einheit die Einzige dieser Art bei der Siegburger Polizei und konnte sich keine Ressourcenverschwendung leisten. Er sah ein letztes Mal über das Gewässer. »Ich denke, Sie können Ihre

Männer abziehen«, entschied er nach reiflicher Überlegung. »Es wurden gut hundert Quadratmeter abgesucht und wir würden uns nur weiter vom eigentlichen Tatort entfernen, was einen nochmaligen Erfolg eher unwahrscheinlich macht. Außerdem haben wir gefunden, wonach wir gesucht hatten!«

* * *

Dr. Martina de Luca hatte heute offenbar vor, die Obduktion ohne die Unterstützung ihrer Assistentin oder zumindest eines Studenten oder einer Studentin durchzuführen, denn sie empfing ihre Besucher von der Kriminalpolizei alleine im Sektionssaal. Anscheinend hatte sie ungeduldig auf ihre Ankunft gewartet, denn auf einem der Tische war schon die Leiche von Djamal Hamada sowie einige martialisch aussehende Instrumente ausgebreitet, bei deren Anblick Erik die Gesichtsfarbe wechselte.

Für ihn war es die erste Obduktion überhaupt und mit einer Leiche war er bisher nur ein einziges Mal konfrontiert worden, als er mit Jasmin und Vanessa zu einem Tatort gefahren war. Natürlich gehörte das irgendwie dazu, wenn man in einem Kommissariat ermittelte, das auf Todesfälle spezialisiert war. Doch auf dieses Erlebnis hätte er gerne verzichtet und ihm war beim Anblick der schlimm zugerichteten Toten fürchterlich schlecht geworden. So wie jetzt.

Die Pathologin baute sich vor ihm auf und sah ihn streng an. »Sind Sie nicht dieser junge Mann, der mir mal fast einen Tatort vollgekotzt hätte?«, fragte sie ihn gefährlich leise, wobei ihr Tonfall jedoch erahnen ließ, dass sie ihn sofort erkannt hatte. Tobias sagte immer, sie sei nachtragender als ein Elefant. »Sie sind wieder ganz grün im Gesicht!«, stellte sie mit einem zusammengekniffenen Auge fest und stach mit dem Zeigefinger auf ihn ein. »Sollten Sie es wagen, sich in meinem Sektionssaal zu übergeben, machen sie auch wieder sauber, und zwar *alles*.«

»Mein junger Kollege muss lernen, solche Anblicke zu ertragen«, ging Martin dazwischen. Einer musste dieser arroganten Person ja mal Paroli bieten! »Indem Sie ihn einschüchtern, machen Sie es ihm bestimmt nicht leichter! Ich bin aber zuversichtlich, dass er das hinbekommt. Wir werden Ihr Gemetzel ohnehin aus gebührender Entfernung verfolgen«, beruhigte er sie, nahm aber ihre Bestürzung über die Verunglimpfung ihrer Arbeit mit großer Befriedigung zur Kenntnis.

»Ganz wie sie meinen«, zischte sie. »Ich darf Ihnen vorab berichten, dass Herr Heller die gesuchte zweite Leiche vorhin in der Nähe des Tatortes gefunden hat. Frau Doktor Nowak ist bereits unterwegs, sie hierher zu überführen. Und jetzt entschuldigen Sie mich, ich habe ein *Gemetzel* durchzuführen!«

* * *

Ihre Geduld wurde auf eine harte Probe gestellt. Arbeitete die anscheinend empfindlich in ihrer Ehre getroffene Pathologin jetzt absichtlich langsam? Aber nein, ein Blick auf die Uhr zeigte Martin Weber, dass die Prozedur nicht mal anderthalb Stunden gedauert hatte, als Martina de Luca ihren Mundschutz und die Handschuhe achtlos in einen Behälter entsorgte und sich ihnen zuwandte. Erik war immer noch käsig um die Nase, hatte sich aber tapfer gehalten.

»Ich kann mich diesmal kurzfassen«, richtete sie sich direkt an Martin. Erik ignorierte sie völlig. »Der junge Mann hatte zwar körperlich gewisse Mangelerscheinungen, die auf die Strapazen vor und während der Flucht aus Syrien zurückzuführen sein dürften, war jedoch ansonsten bei recht guter Gesundheit.«

Martin war von ihrer Professionalität beeindruckt. Niemand hatte ihr von der Flucht erzählt, sie musste von sich aus Erkundigungen eingezogen haben, um sich ein Bild von ihm zu machen. Das tat längst nicht jeder! »Und die Todesursache?«, kam er gleich zum Punkt. »Ich gehe zwar davon aus, dass es der Pfeil in seinem Rücken war, aber war er auch sofort tödlich?«

»Das kann man sagen! Entweder hatte der Schütze extrem gute Kenntnisse der menschlichen Anatomie, oder er hatte einen Glückstreffer. Sobald ich die heute gefundene Leiche ebenfalls auf dem Tisch habe, kann ich Ihnen sicher mehr dazu sagen, ich werde sie mir daher ausnahmsweise sofort vornehmen. Sie können gerne bleiben, Frau Nowak müsste jeden Augenblick eintreffen. Hier steckte der Pfeil vier Zentimeter tief im Herz, was einen *sofortigen* Tod zur Folge hatte. Ich spreche von wenigen Sekunden!«

»Das Angebot nehmen wir gerne an!«, beeilte sich Martin, zu sagen. Die offenbar trotz des unerfreulichen Disputs von vorhin gute Laune der Rechtsmedizinerin musste man ausnutzen und im Kommissariat wartete ohnehin keine dringende Arbeit auf ihn. Er warf Erik einen fragenden Seitenblick zu, den dieser mit einem Schulterzucken beantwortete. »Gibt es sonst noch etwas zu berichten? Fremd-DNA oder Abwehrverletzungen?«

»Nichts dergleichen. Die tödliche Verletzung war übrigens die Einzige dieser Art. Weitere Wunden, die von Pfeilspitzen herrühren könnten, habe ich nicht gefunden. Er hatte aber wundgescheuerte Stellen an beiden Handgelenken und einem Fußgelenk, die auf Stahlfesseln hindeuten. Die Wundheilung hatte noch nicht eingesetzt, ich gehe daher davon aus, dass er bis kurz vor dem Tod gefesselt war. Aufgrund der Intensität dieser Verletzungen nehme ich eine Dauer der Gefangenschaft von einer Woche an. Außerdem hatte er eine verkrustete Kopfwunde von einem Schlag mit einem stumpfen Gegenstand. Sie war jedoch mindestens eine Woche alt, als er starb. Zur Todeszeit muss ich sicher nichts sagen, da sie in Frau Malowski eine glaubwürdige Tatzeugin haben.«

* * *

Amara Jones betrat forsch und mit einem Lächeln den Besprechungsraum, in dem Vanessa, Jasmin und Tobias, der vor wenigen Minuten zurückgekehrt war, bereits auf ihr telefonisch angekündigtes Erscheinen warteten. Martin hatte aus der Pathologie angerufen und seine verspätete Rückkehr gemeldet, da er mit Erik noch die Autopsie der Leiche aus dem Tümpel abwarten wollte. Zumindest das war schon mal eine gute Nachricht.

Die IT-Spezialistin hatte eine Papierrolle unter den linken Arm geklemmt und hielt in der rechten Hand einige Gegenstände, die Tobias an seinen Geometrieunterricht auf dem Gymnasium erinnerten und bei ihr wie aus der Zeit gefallen wirkten: Rechenschieber, Winkelmesser, Zirkel und ein Lineal nebst Stiften. Sie hatte am Telefon ziemlich geheimnisvoll getan, man durfte jedoch ein Ergebnis von ihr erwarten, dem die drei Kommissare mit Spannung entgegensahen.

»Das hier ist, wie ihr unschwer erkennen könnt«, begann sie, nachdem sie ein stark vergrößertes Luftbild im DIN-A0-Format an die Wand gepinnt hatte, »das Gebiet rund um den Tatort. Für uns relevant ist heute nur dieser von Straßen und Wegen eingefasste Bereich. Er ist achthundert Meter lang und fünfhundert breit, was eine Fläche von vierzig Hektar ergibt. In dem vor allem bei Männern äußerst beliebten Maß sind das etwa fünfzig Fußballfelder«, fügte sie grinsend hinzu.

»Aufgrund der dicht stehenden Bäume ein ideales Gelände für ein verbotenes Vorhaben«, nickte Tobias. »Selbst am hellen Tag ist man dort praktisch unbeobachtet, zumal die Tat in der Mitte der Längsrichtung stattfand, sodass allseits der größtmögliche Abstand zu den Wegen eingehalten wurde. Bis auf die Stelle natürlich, wo Denise stand. Doch die liegt mehrere Meter höher, der Täter wird sie deshalb nicht in seine Rechnung einbezogen haben. Und das war hoffentlich nicht sein einziger Fehler!«

»Aus meiner Sicht war er das tatsächlich nicht«, lächelte Amara siegesgewiss, während sie in Längsrichtung eine gestrichelte Linie zog. »Seht her: Das ist der Weg, den Täter und Opfer nahmen. Wir kennen seinen Verlauf von der Tatortuntersuchung. Und das hier«, fügte sie hinzu, nachdem sie eine Stecknadel mit einem gelben Fähnchen links der Linie platziert hatte, »ist die uns bekannte Kameraposition in dem Busch.«

Sie steckte noch sieben weitere Nadeln an Positionen ein, die sie sich offenbar vorher anhand der von Tobias ermittelten Geo-Koordinaten markiert hatte. »Dies sind einige markante Geländemerkmale, die in dem Video zu sehen sind«, erläuterte sie ihre Handlung. »Da sie in allen drei Perspektiven auftauchen, also die der Bodycam und den Handkameras, konnte ich die Winkel der Büsche und Bäume sowohl *zueinander* als auch in Bezug auf die Aufnahmestandorte errechnen! Besonders hilfreich war mir ebenfalls die Verwendung derselben Brennweite, was mir zumindest eine grobe Schätzung der Entfernungen ermöglichte.«

»Und jetzt kommt der Zirkel ins Spiel?«, vermutete Tobias. Er fühlte sich nicht nur durch die abnorme Größe dieses Zeichengeräts erneut an seine Schulzeit erinnert. Jasmin und Vanessa folgten weiter stumm den Ausführungen der Spezialistin.

Die nahm jetzt das übergroße Gerät zur Hand und zeichnete von zwei der Fähnchen aus jeweils einen Halbkreis, die sich an einer Stelle rechts der gestrichelten Linie kreuzten. »In dem Schnittpunkt hätten wir bereits einen Anhaltspunkt für den Standort der gesuchten zweiten Kamera«, erklärte sie ihren Zuhörern. »Er dürfte auf etwa zehn Meter genau sein, aber es geht noch exakter!«

Amara griff jetzt zu dem ebenfalls überdimensionierten Winkelmesser und dem Rechenschieber, den sie eine Weile hin und her schob. Dann zeichnete sie von vier der von Tobias ermittelten Koordinaten aus Linien, die sich zwar nicht an einem Punkt kreuzten, jedoch einen Bereich von etwa drei Metern Kantenlänge eingrenzten, der gleich neben dem vom Zirkel markierten Ort lag. Dort machte sie ein großes Kreuz. »Da befand sich die Kamera«, behauptete sie.

»Das mit dem Zirkel hättest du dir dann eigentlich sparen können«, grinste Tobias, der argwöhnte, dass Amara diese Nummer nur des Effektes willen abgezogen hatte. »Woher hast du die Teile überhaupt? Das sind doch wohl eher Lehrmittel für Schulen!«

»Wo bliebe denn da der Spaß?«, lachte sie über ihr ebenholzfarbenes Gesicht, dass ihre Zähne blitzten. »Ihr glaubt ja gar nicht, was man in der Forensik so alles findet! Diese schönen Teile habe ich im Nachlass meines Vorgängers entdeckt. Der hatte offenbar eine Vorliebe für das Sammeln von so einem Kram. Jetzt weiß ich endlich, wozu er zu gebrauchen ist!«

Tobias erinnerte sich gut an Klaus Dreyer, der vor vier Jahren zum Landeskriminalamt gewechselt war. Auch er war chaotisch gewesen und hatte vor allem einen ausgeprägten Sammeltrieb für allen möglichen Kram gehabt. Er konnte wie MacGyver aus den harmlosesten Zutaten Hilfsmittel für forensische Untersuchungen basteln und improvisieren. Offenbar war dieses Talent auch bei Amara Jones vorhanden, nur ohne die Sammelleidenschaft. »Das war ausgezeichnete Arbeit!«, lobte er die Spezialistin. »Würdest du Jürgen bitte ausrichten, dass er seine Leute dorthin schicken soll, um nach Spuren zu suchen?«

»Das mache ich«, nickte Amara. »Jetzt dürfte euch aber auch klar sein, warum Rieke anhand der Spurenlage zu der irrigen Auffassung gelangte, dass da nur ein einziger Täter war. Beide Kameras befanden sich außerhalb unseres Suchradius und wurden räumlich die ganze Zeit nicht bewegt. Wir konnten also von den beiden Komplizen gar keine Spuren finden, bevor wir das Video hatten! Ach, übrigens«, fügte sie nach einer Sekunde hinzu. »Jürgen hatte mir aufgetragen, die Tageszeit zu schätzen, zu der es erstellt wurde. Es war dem Schattenwurf gemäß kurz nach Mittag!«

Kapitel 8

Ein folgenschwerer Irrtum

»Die Autopsie hat uns, obwohl die Tat von Denise beobachtet wurde, wichtige zusätzliche Erkenntnisse gebracht«, eröffnete Tobias die Fallbesprechung. Die Runde wurde auch heute wieder durch Jürgen Vogel ergänzt, was die Ermittler auf neue Resultate aus der Forensik hoffen ließ. »Im Wesentlichen wissen wir jetzt nämlich, dass der tödliche Pfeil tatsächlich in dem Augenblick abgeschossen wurde, als Denise das Opfer tot zusammenbrechen sah. Von der Position, an der sie stand, war das ja leider nicht zu erkennen gewesen. Wir wissen also nun, dass die Tat exakt zu dieser Zeit verübt wurde, was vorher längst nicht gesichert war! Alle darauf beruhenden Schlussfolgerungen können daher als absolut korrekt betrachtet werden!«

»Das gilt vor allem für die Annahme, dass er keine Handschuhe trug«, ließ sich der Leiter der Forensik vernehmen. Dass Jürgen Vogel sich dermaßen früh und zudem ungefragt zu Wort meldete, war für den mundfaulen Mann ungewöhnlich. »Seine DNA kann nämlich anders nicht auf die Befiederung des Pfeils gelangt sein. Die ist hier aus Kunststoff und ziemlich scharfkantig. Fingerabdrücke gibt es auch, sie sind jedoch verwischt und damit für uns nicht brauchbar. Auf jeden Fall haben wir aber seine DNA. Leider ohne Treffer in der Datenbank, doch dafür wissen wir mit absoluter Sicherheit, dass es ein Mann ist! Das gilt im Übrigen auch für die Person aus dem Gebüsch, deren DNA wir tatsächlich an einem der Zweige fanden. Ein Eintrag in der Datenbank ist jedoch auch hier nicht vorhanden.«

»Das ist eine höchst erfreuliche positive Entwicklung«, freute sich der SOKO-Chef und beeilte sich, die neue Information in das von Denise gestern erstellte Dokument zum Täterprofil einzutragen. »Wie gesichert ist eigentlich die Vermutung, dass es sich bei ihm um einen Linkshänder handelt?«, erkundigte er sich bei dem Forensiker, als er sah, dass Denise diesen Posten mit drei Fragezeichen versehen hatte.

»Nicht hundertprozentig«, kam daher wenig überraschend die Antwort von ihr, statt von Vogel. »Ich habe das gestern noch von zu Hause aus recherchiert. Beim Bogenschießen ist nämlich nicht die üblicherweise verwendete Hand maßgeblich für einen Erfolg, sondern das dominante Auge, das die Informationen präziser und schneller ans Gehirn weiterleitet. Und wenn es das Linke ist, muss man die Sehne zwangsläufig mit links ausziehen, um über den Pfeil das Ziel anvisieren zu können. In den meisten Fällen stimmt die Hand-Augenkoordination überein, aber nicht in allen. Die Wahrscheinlichkeit für einen echten Linkshänder schätze ich auf weniger als siebzig Prozent.«

»Okay, dann trag das bitte nach, damit es nicht in Vergessenheit gerät«, nickte Tobias, wenig begeistert über die Einschränkung. »Und dann hat noch jemand ›Tattoo‹ hinzugefügt und ebenfalls mit einem Fragezeichen versehen. Wer war das?«

»Das war ich«, meldete sich Vanessa. »Ich habe mir das Video einige Dutzendmale angeschaut, wie du es wolltest. Irgendwann fiel mir eine Abweichung innen am Handgelenk des Schützen auf. Ein dunkles Etwas, das ich erst für ein Tattoo hielt. Es war nur für einen Sekundenbruchteil zu sehen, als sein Jackenärmel verrutschte, und mehr ein Schatten. Ich habe mir dann die drei Einzelbilder von Amara vergrößern und nachbearbeiten lassen, doch es blieb ein diffuser Fleck. Es kann also ebenso etwas anderes sein, zum Beispiel eine Narbe oder einfach ein Fehler im Film.«

»Es ist möglich, dass schon bald ein weiteres Video im Netz auftaucht«, erinnerte Tobias sie daran, dass es eine zweite Leiche gab. »Wir werden dann speziell auf dieses Detail achten, vielleicht sehen wir dann ja was«, äußerte er sich, ohne es zu wissen, in ähnlicher Weise dazu wie Martin am Tag zuvor Erik gegenüber. »Und damit sind wir schon beim Kernthema angekommen«, fuhr er weniger zuversichtlich fort. »Die Leiche, die gestern aus einem der Tümpel am Tatort geborgen wurde, ist mit sehr großer Wahrscheinlichkeit *nicht* Tarek Hussein!«

Sofort brandete erregtes Gemurmel unter seinen Leuten auf. *Diese* Information war neu! Tobias ließ sie einige Sekunden gewähren und hob dann die Hand. »Der Irrtum ist auf die Erwartungshaltung zurückzuführen«, fuhr er fort. »Wir hatten eine Leiche gesucht und wir haben eine gefunden. Der Tote in dem Sack hatte außerdem eine ähnliche Statur und wurde, wie Martin und Erik im Zuge der Leichenschau erfuhren, auf dieselbe Art getötet: Mit einem einzigen, gezielten Schuss ins Herz. Aber er kann es nicht sein!«

»Ach, und warum nicht?«, wunderte sich Martin. »Frau Doktor de Luca sagte gestern mir gegenüber nichts dergleichen. Sie erwähnte die äußeren Merkmale wie die tödliche Verletzung, die ihrer Meinung nach nur von einem Pfeil herrühren konnte, und die identischen wundgeriebenen Stellen an den Handgelenken beziehungsweise am Fuß. Den Todeszeitpunkt konnte sie nicht mehr exakt bestimmen, da der Tote mindestens eine Woche in dem Teich gelegen haben muss. Wer sollte es denn sonst sein?«

»Das ist die Eine-Million-Euro-Frage«, hob Tobias die Schultern. »Jedenfalls rief Doktor Krystina Nowak mich vorhin im Auftrag ihrer Chefin an und äußerste deren Zweifel an ihrer gestrigen Einschätzung. Dieses Eingeständnis ist für sich gesehen schon eine kleine Sensation, auch wenn die Dame es ihrem Ego gemäß nicht selbst machte! Eine nochmalige Untersuchung der Leiche ließ sie jetzt zu der Ansicht gelangen, dass diese seit wenigstens drei oder vier Wochen in dem Tümpel lag!«

»Dann sind wir wohl alle einem folgenschweren Irrtum aufgesessen, als wir glaubten, diese Mordserie hätte gerade erst begonnen«, brachte es Denise auf den Punkt. »Jetzt können wir die halbe Wahner Heide umgraben und nach weiteren Leichen absuchen. Wer weiß, wie lange das schon so geht!«

»Bevor wir uns dazu entschließen, verschaffen wir uns zuerst Gewissheit. Und deshalb wird einer von euch nochmal zu dem Wohnheim fahren und genetisches Material von den drei Vermissten zusammensuchen. Zahnbürsten, Kämme und so weiter. Kannst du das machen, Vanessa?«

»Klar! Betrachte es als erledigt, Chef!«, nickte die Kommissarin dienstbeflissen. Alles, was auch nur im Entferntesten mit forensischen Untersuchungen zu tun hatte, machte sie ohnehin am liebsten und alles war hundertmal besser, als am Schreibtisch zu sitzen und stundenlang Listen zu vergleichen.

»Die anderen befassen sich heute vornehmlich mit den Mitgliederlisten der uns bekannten Schützenvereine«, bestimmte der SOKO-Chef dann auch erwartungsgemäß als Nächstes. »Hat Bettina sich schon bei dir gemeldet?«, wandte er sich an Denise.

»Hat sie«, nickte sie, nachdem sie kurz ihre E-Mail gecheckt hatte. Auch das war an jedem Bildschirm im Besprechungsraum möglich. »Und die Auswertung des Straßenverkehrsamtes bezüglich grüner SUV war ebenfalls vorhin in der Hauspost, wie du weißt. Beide Listen sind wie erwartet etwas umfangreicher ausgefallen, damit werden wir eine Weile zu tun haben.«

»Es hilft ja nichts, da müssen wir durch! Bevor wir zum Ergebnis der Untersuchung des zweiten Kamerastandortes kommen, möchte ich euch noch sagen, dass die Funkstreifen, die seit gestern rund um den Tatort patrouillieren, bisher keine verdächtigen Aktionen oder andere Auffälligkeiten gemeldet haben. Sie werden aber bis auf weiteres ihre Präsenz aufrechterhalten. Jürgen?«, forderte er den Leiter der Forensik mit einem Nicken zur Abgabe seines Berichts auf.

»Das ist schnell gesagt«, gab Vogel zurück. Seine nervige Eigenart, Vorträge stets im Stehen zu halten, hatte er sich mit der Gründung der SOKO abgewöhnt. Allerdings hing dies eher damit zusammen, dass er seitdem keine schriftlichen Unterlagen mehr mit in die

Besprechungen brachte, sondern allenfalls einen USB-Stick, dessen Inhalt man nur im Sitzen vom Bildschirm ablesen konnte. Einen solchen Stick hatte er heute nicht dabei. Da der Wissenschaftler als extrem zerstreut galt, hatte er wohl tatsächlich nicht viel zu berichten.

»An der Stelle, die von Amara durch Triangulation ermittelt wurde, war nichts mehr zu finden«, fuhr er fort. »Ein paar verwischte und daher nicht aussagekräftige Sohlenabdrücke an einem Baum waren alles, was der Regen am Tag zuvor übriggelassen hatte. Wir waren wohl einfach zu spät!«

»Bist du dir denn sicher, dass ihr an der richtigen Stelle gesucht habt?«, vergewisserte sich Martin, was ihm einen mitleidigen Blick einbrachte.

»Wenn Amara sagt, dass diese Stelle die gesuchte Position war, dann ist das auch so!«, beschied Vogel ihm nachsichtig. »Der maximale Unsicherheitsfaktor beträgt gemäß ihrer Berechnung drei Meter, und in diesem Umkreis war nur der Baum! Allerdings haben wir kleine Beschädigungen an der Rinde entdeckt, die darauf hindeuten, dass da jemand hochgeklettert ist, der Stahlkappen an den Schuhen hatte. Sorry, mehr habe ich nicht für euch!«

»Auf dem Ast, auf dem dieser Bursche offensichtlich gesessen hat, habt ihr nachgesehen, nehme ich an?«, erkundigte Tobias sich vorsichtshalber bei dem Forensiker, der ihm ebenfalls einen mitleidigen Blick schenkte. Doch bei Vogel wusste man im Grunde nie, woran man war. Nicht, dass er absichtlich Informationen zurückhielt, aber es war allemal besser, noch einmal nachzufragen.

Tobias sah lauter enttäuschte Gesichter. Auch ihm war die große Enttäuschung über den erneuten Fehlschlag anzusehen. Wie seine Ermittler hatte er sich von dem zweiten Kamerastandort eine ganze Menge versprochen, doch es hatte nicht sein sollen. »Okay, wenn sonst niemand mehr was vorzutragen hat, war es das von meiner Seite«, beendete er die Fallbesprechung. »Ihr wisst alle, was zu tun ist!«

* * *

Als er in Gedanken versunken in sein Büro zurückkehrte, erwartete ihn dort seine Frau. »So nachdenklich?«, begrüßte sie ihn mitfühlend. Melanie war eher eine Frau für die lauten Töne, doch sie schien jetzt zu spüren, dass er Zuspruch gebrauchen konnte. Tobias winkte nur ab und nahm hinter seinem Schreibtisch Platz.

»Bloß ein unbedeutender Rückschlag«, antwortete er ihr müde. Manchmal war er es einfach leid, einem Verbrecher nachzujagen, ohne einen Schritt voranzukommen. Und heute war so ein Tag. Die berechtigte Annahme, dass demnächst noch weitere Opfer dieses Wahnsinnigen zu erwarten sein würden, machte es auch nicht gerade besser.

Fast hatte er Verständnis für Denise, die die Konsequenzen daraus gezogen hatte, wenn auch aus gänzlich anderen Motiven. Aber war sie nicht jetzt zurückgekehrt, um dem Kerl, der indirekt auch ihre Familie bedroht hatte, eigenhändig das Handwerk zu legen? Tobias rief sich zur Ordnung. Nein, jetzt war nicht die Zeit für Selbstmitleid! Seine Leute und er hatten noch jeden Fall gelöst, warum dann nicht auch diesen?

Er klärte Melanie über die gemeinsam erarbeiteten Erkenntnisse zu dem Video auf und dass es neben der Bodycam des Bogenschützen noch mindestens zwei weitere Handkameras beidseitig der Strecke gegeben haben musste. »Da haben wir Tage damit verbracht, den zweiten Standort zu ermitteln, und dann finden unsere Forensiker dort nur ein paar Kratzer an einem Baumstamm!«, schloss er resigniert.

»Hey, wo ist denn dein grenzenloser Optimismus abgeblieben?«, versuchte sie ihn aufzumuntern. »Die Tat war am Sonntag und heute ist erst Mittwoch! Du weißt selbst, dass man nicht jeden Fall innerhalb von ein paar Tagen lösen kann, und jetzt ist das *dynamische Duo* sogar wieder vereint! Was soll denn da noch schiefgehen?«

»Das Duo ist mittlerweile in die Jahre gekommen, jedenfalls die eine Hälfte davon«, grinste er schief in Erinnerung an sein Malheur am Montag. »Und dieser Fall ist insofern von besonderer Bedeutung, dass mit dem Opfer vom Sonntag auch seine beiden Freunde verschwunden sind, und zwar bereits eine Woche vorher! Auf dem Video ist ein gewisser Tarek zu sehen, und Djamal wurde jetzt getötet! Einer fehlt also noch, den wir vielleicht retten können, falls wir schnell genug sind! Um dem Ganzen die Krone aufzusetzen, fanden wir statt Tarek eine weitere Leiche, die auf dieselbe Weise ums Leben kam. Ich fürchte, das ist nur die Spitze des Eisbergs. Wenn wir lange genug suchen, finden wir sicher noch mehr!«

»Wurde das andere Opfer zuerst getötet?«, horchte Melanie auf. »Dann solltet ihr euch *darauf* konzentrieren! Du weißt ebenso wie ich, dass Serientäter zu

Beginn ihrer ›Laufbahn‹ oft Fehler machen, die ihnen später meist nicht mehr passieren. Er hat vielleicht seine DNA hinterlassen oder andere Spuren, die auf seine Identität hinweisen. Findet das erste Opfer und ihr seid womöglich einen großen Schritt weiter!«

»Seine DNA haben wir sogar, und eventuell auch die eines seiner beiden Helfer. Leider gibt es keinen Treffer in *DAD*.« DAD war die offizielle Abkürzung für die DNA-Analyse-Datei beim Bundeskriminalamt, in der genetische Informationen von Straftätern gespeichert waren. »Mehr haben wir momentan nicht. Die ohnehin nicht große Hoffnung, dass Djamal etwas in seinen Klamotten eingenäht haben könnte, das eine Verbindung zum Täter herstellt, hat sich erwartungsgemäß auch nicht erfüllt. Du bist aber doch nicht aus Langeweile hier!«, wurde ihm bewusst, dass Melanie noch nichts zum Grund ihres Besuches gesagt hatte. »Was also wolltest du wirklich von mir?«

»Dir das hier bringen!«, grinste sie und schnippte mit Daumen und Zeigefinger lässig einen winzigen Datenchip auf seinen Schreibtisch. »Das Video habe ich heute Morgen im Netz gefunden. Danken kannst du mir später!«

* * *

Während sich Denise, Martin, Jasmin und Erik mit dem nötigen Ernst und wenig Begeisterung über die insgesamt drei Listen hermachten, war Vanessa heilfroh, dem wenigstens für eine Stunde entkommen zu sein. Sie machte sich jedoch keine Illusionen darüber, dass die vier bis zu ihrer Rückkehr schon alles weggearbeitet haben könnten, dafür war es zu viel.

Für die drei Kilometer bis zum Asylantenheim im Norden der Stadt hatte sie acht Minuten gebraucht. Sie hätte die Strecke zur Not auch zu Fuß bewältigen können, doch dazu war sie zu faul. Außerdem hatten sie alle, obwohl die Ermittlungen derzeit stagnierten, keine Zeit zu verschenken. Ihnen hing das Damoklesschwert eines möglicherweise für die nächsten Tage geplanten Mordes an Hakim über den Köpfen, sofern er überhaupt noch lebte. Davon abgesehen hatte sie auf dem Rückweg eine unbekannte Menge an Sachen zu tragen, falls sie in der Unterkunft fündig wurde. Neben den DNA-Proben wollte sie nämlich getragene Kleidung der drei mitnehmen. Das hatte sie sich auf dem Weg hierher überlegt: Eventuell konnte man mit ihrer Hilfe Suchhunde auf die Spur Hakims bringen.

Die Unterkunft zu finden, stellte sich jedoch nicht so leicht dar, wie sie gehofft hatte. Die wenigen anwesenden Heimbewohner verstanden nicht, was sie von ihnen wollte, oder wollten nicht mit ihr reden. Omar Suleiman, der ihnen am Montag geholfen hatte, war anscheinend nicht da und Fatima, seine Frau, übergoss sie wie schon beim letzten Mal heftig gestikulierend mit einem unverständlichen Redeschwall.

Nach einer Weile schien Fatima einzusehen, dass sie so nicht weiterkamen, fasste Vanessa am Ärmel und zog sie mit sich. Die Kommissarin glaubte etwas wie ›kummen‹ verstanden zu haben. Es war ihr völlig unbegreiflich, dass die Frau nicht ein Wort Deutsch konnte, obwohl ihr Mann in den zwei Jahren, die sie jetzt in hier waren, die Sprache leidlich gelernt hatte. Aber wahrscheinlich war das so ein Pascha-Ding, und Omar hatte sie nicht hinausgelassen.

Der Grund für die ›Entführung‹ wurde ihr klar, als Fatima am Ende des Flures in einem Rhythmus, der offenbar eine Art Code war, an eine Tür klopfte und ein bärtiger, ungefähr vierzigjähriger Mann öffnete, der Vanessas Dienstwaffe misstrauisch beäugte. Von ihrer Begleiterin nahm er kaum Notiz und streifte sie nur mit einem flüchtigen Blick. »Nicht sprechen mit Polizei!«, brummte er unfreundlich und wollte ihr die Tür vor der Nase zuschlagen.

Schau mal einer an, man versteht mich doch!, dachte die Kommissarin, denn dieser Kerl hatte sie vorhin im Treppenhaus wortlos stehen lassen. Die sahen mit ihren Bärten zwar alle irgendwie gleich aus, doch der hier hatte eine auffällige Narbe auf der Stirn. »Bitte, es geht um Hakim Faisal!«, rief sie schnell durch den Türspalt. Mit Erfolg.

»Omar sagen, Hakim tot!«, entgegnete der Mann, nachdem er die Tür erneut geöffnet hatte. Allerdings wurde durch seine hochgezogenen Augenbrauen fast eine Frage daraus. Er war also neugierig geworden, darauf konnte man aufbauen!

Vanessa konnte das Misstrauen verstehen, das ihr hier entgegenschlug. Alle, oder jedenfalls die meisten von denen, die hier untergekommen waren, hatten in der Heimat schlechte Erfahrungen mit den Behörden und vornehmlich der Polizei gemacht. Sie musste vor allem das Vertrauen dieses Mannes gewinnen, denn sie benötigte jetzt seine Hilfe. »Nach allem, was wir wissen, könnte er noch leben«, blieb sie so vage wie möglich. »Er könnte in Gefahr sein, deshalb müssen wir ihn ganz dringend finden und dazu brauchen wir einige Sachen von ihm. Für die Suchhunde!«

Der Syrer sah sie nachdenklich an und wechselte dann in einem stakkatoartigen Tempo einige Sätze in seiner Muttersprache mit Fatima Suleiman, die jetzt einen eher verstörten Eindruck machte. Worum es da wohl ging? Vanessa blieb allerdings nichts anderes übrig, als abzuwarten. »Frau Suleiman sagen, Polizei schon Montag dagewesen«, wandte sich der Mann endlich wieder an sie.

»Natürlich, das waren meine Kollegin und ich!«

»Nein, waren zwei Männer, sagen Frau Suleiman«, schüttelte er den Kopf. »Haben alles mitgenommen, was Hakim und Freunden gehören.«

Vanessa zerbiss einen Fluch zwischen den Zähnen. Diese Kerle mussten am Montag irgendwann nach Jasmin und ihr dort aufgeschlagen sein, sonst hätte Omar davon erzählt! »Das waren keine Kollegen von mir. Fragen Sie Frau Suleiman bitte, ob sie die Männer beschreiben kann!«

Der folgende Wortwechsel war unerfreulich kurz, denn knappe Antworten waren in allen Sprachen der Welt meist negativ. »Frau Suleiman sagen, sehen aus wie alle Deutschmann. Nichts Bart, nichts Haare!«, übersetzte er dann auch wenig brauchbar. »Wollen sehen Zimmer von Hakim und seine Freunde?«

Eine Minute später stand Vanessa kopfschüttelnd in dem kleinen Zimmer, das von Djamal, Hakim und Tarek gemeinsam bewohnt worden war und gleich neben der kaum größeren Wohneinheit der Eheleute Suleiman lag, die aufgrund des besonderen Verhältnisses zu den jungen Männern einen Schlüssel für die Eingangstür besaßen.

Dieser Raum war vollständig ausgeräumt worden, sogar die Matratzen, Liegematten oder worauf man hier geschlafen haben mochte, waren mitgenommen worden! Irgendwelche Möbel hatten die drei anscheinend nicht besessen, nur ein paar Kisten, die wohl als Sitzgelegenheiten und Tische dienen sollten. Da hatte offenbar jemand denselben Gedanken gehabt wie sie und in einer Aktion, die an Dreistigkeit nicht mehr zu überbieten war, sämtliche Spuren beseitigt, die sie zu ihm führen könnten. Jemand, der gewusst hatte, wo er zu suchen hatte!

»Es ist sehr wichtig, dass sie genau verstehen, was ich Ihnen sage«, wandte sie sich an den Bärtigen. »Ich werde dieses Zimmer mit einem polizeilichen Siegel versehen. Es zu beschädigen oder sogar zu entfernen, ist strafbar! Bitte erklären Sie das der Frau Suleiman. Nachher werden Kollegen von mir kommen und alles gründlich untersuchen!«

»Haben verstanden. In Zimmer gehen verboten!«, nickte der Mann eifrig, dessen Namen sie noch nicht kannte. Bevor sie das Haus verließ, musste sie sich diesen notieren. Für alle Fälle.

»Genau!« Sie brachte das Siegel am Türrahmen an und griff dann zu ihrem Handy, um die Spurensicherung zu informieren. Wenn sie Glück hatten, waren diese dreisten Diebe nicht nur mit den Sachen ihrer Opfer verschwunden, sondern hatten auch Fingerabdrücke hinterlassen!

Kapitel 9

Ein winziger Hoffnungsschimmer

Hakims Augen hatten in den elf Tagen, die er jetzt in diesem Verlies hockte, Zeit genug gehabt, sich an die spärliche Helligkeit zu gewöhnen. Drei davon war er allein, seit sie Djamal abgeholt hatten. Wenn man den einsamen Sonnenstrahl, der durch ein winziges Astloch fiel, überhaupt so nennen konnte. Immerhin ermöglichte dieser kleine Lichtfleck es ihm, die Zeit wenigstens grob in Tag und Nacht einzuteilen. Das hatte zumindest bisher verhindert, dass er langsam den Verstand verlor. Ausreichend, sein Gefängnis zu erforschen, war er nicht, allerdings war es ohnehin bis auf ihn und den Plastikeimer leer.

Es gab nur zwei Dinge, die ihn irritierten. Wenn sich die Tür links vor ihm öffnete – was einmal am Tag der Fall war, wenn man ihm das Essen brachte – war es dahinter nicht so hell wie erwartet, obwohl ihm gegenüber dieser gleißende Lichtstrahl zu sehen war. Außerdem hatte er durch behutsames Abtasten der Wand hinter sich, an die er wie ein Tier gekettet war, ein ähnliches Loch gefunden, kaum groß genug, dass er einen Finger hineinstecken konnte. Er hatte hindurchzusehen versucht, um sich einen Eindruck von der Umgebung des Kerkers zu verschaffen, doch dahinter war es zu allen Tageszeiten schwarz wie die Nacht. Wie konnte das sein?

Hinzu kam, dass dieser Schuppen, oder um was es sich handeln mochte, irgendwo in der Wildnis stehen musste, denn von außerhalb war nie ein Geräusch an ihre Ohren gedrungen. Immerhin war er mit Djamal eine Woche zusammen hier eingesperrt gewesen und sein Freund hatte ein scharfes Gehör! Sie hatten sich fast die Lunge aus dem Leib geschrieben, bis sie beide heiser waren, doch es kam keine Hilfe. Auch das war merkwürdig, denn dermaßen abgeschieden, dass nie jemand auf eine Hütte wie diese aufmerksam wurde, konnte ihr Kerker gar nicht sein, oder?

Er rief sich zur Ordnung. Das alles war Vergangenheit und jetzt war jetzt. Djamal war wahrscheinlich ebenso tot wie Tarek und er, Hakim, konnte jederzeit als Nächstes an der Reihe sein. Denn dass er an einem Sonntag sterben sollte, war bloß eine Vermutung von ihm! Er versuchte, seinen durch das ständige Sitzen wundgescheuerten Hintern in eine bequemere Lage zu bringen, was wegen der Ketten nicht leicht war.

Zwei Ketten waren es. Eine an den Händen, die es ihm erlaubte, seine Arme einen halben Meter auseinanderzuhalten. So konnte er essen, wobei sich das in fast völliger Dunkelheit nicht einfach gestaltete. Eine Weitere war an seinem rechten Fußgelenk angebracht. Das andere Ende mündete an einem stählernen Ring, der in die Wand eingelassen war, wie er durch Tasten herausgefunden hatte. Sein Aktionsradius war durch sie auf zwei Meter beschränkt. Gerade lang genug, um an Essen und Eimer zu gelangen. Bis zur Tür reichte sie nicht. Doch was nutzten ihm diese Informationen, wenn er keine Möglichkeit hatte, zu fliehen?

Während er so hin und her rutschte, um eine halbwegs bequeme Lage zu finden, zog in seinem Rücken mit einem Mal etwas an seinem Pullover. Sowohl er als auch seine Freunde hatten dicke Jacken angehabt, als sie in die Wahner Heide aufgebrochen waren. Da sie mit nichts weiter als der dünnen Kleidung, die sie auf der Flucht getragen hatten, in Deutschland angekommen waren, waren ihre Wintersachen aus einem Hilfsfundus gekommen. Man hatte sie ihnen jedoch während der Bewusstlosigkeit abgenommen, sodass er jetzt vor allem nachts erbärmlich fror.

Es war nicht einfach, mit den gefesselten Händen nach hinten an die Stelle direkt über seinem Gesäß zu fassen, doch mit Mühe und schmerzhaften Verrenkungen gelang es ihm dennoch. Fast hätte er überrascht aufgeschrien, als seine Finger einen Nagelkopf oder zumindest etwas Ähnliches ertasteten, der sich in den Maschen des Pullovers verfangen hatte! Diese Wand hatte er doch hundertmal abgetastet, wo kam jetzt dieses Teil her? Andererseits waren seine diesbezüglichen Versuche in Augenhöhe gewesen und nicht am Boden, der übrigens aus Stein zu sein schien, was eine Hütte im Wald eher unwahrscheinlich machte.

Er riss sich ohne Rücksicht auf Verluste los und drehte sich ächzend zur Wand. Schnell hatten seine tastenden Finger das gute Stück wiedergefunden. Es war tatsächlich ein Nagel, und er ragte wenige Millimeter aus der Holzwand! Der Größe des Kopfes nach handelte es sich um einen Drei- oder Vierzöller. Seine Fesseln würde er damit nicht entfernen können, aber vielleicht konnte er als Waffe dienen! Er musste ihn irgendwie da herausbekommen!

»Was ist an dieser Wand so interessant?«, erklang plötzlich eine Stimme in Englisch hinter ihm. Hakim war dermaßen erschrocken darüber, dass ihm zuerst gar nicht bewusst wurde, dass er sie jetzt zum ersten Mal hörte, denn bisher hatte keiner der beiden, die ihm abwechselnd das Essen brachten, zu ihm gesprochen.

Die zwei sahen sich auf den ersten Blick ziemlich ähnlich: Weiß, bartlos und glatzköpfig. Sowie äußerst brutale Gesichtszüge, die er in seinem ganzen Leben nicht vergessen würde, sollte er das hier lebend überstehen. Doch daran war ohnehin nicht zu denken. Er wusste nicht viel über Entführungen, aber dass eine Freilassung nicht geplant war, wenn die Entführer ihre Gesichter offen zeigten, war selbst ihm klar.

Aber was wollte der Kerl hier? Das Essen hatte sein Kumpan bereits vor Stunden gebracht! Unvermittelt überfiel ihn die grauenvolle Erkenntnis, die ihm den kalten Schweiß auf die Stirn trieb: Dieser Mensch war bestimmt gekommen, um ihn abzuholen! »Gar nichts ist da!«, stieß er schnell in derselben Sprache hervor. Wenn dieser Kerl den Nagel fand, war alles verloren! Andererseits war das sowieso der Fall, wenn er jetzt weggeholt wurde!

Doch der Kerl leuchtete ihm bloß mit einer Stablampe ins Gesicht, griff dann brutal in seinen dichten Schopf, riss seinen Kopf nach unten und besah sich im Schein der Taschenlampe die Stelle an seinem Schädel, wo ihn der Baseballschläger getroffen hatte. Oder was immer das gewesen sein mochte, das ihn ausgeknockt hatte. »Es sieht so aus, als wärst du bald in der Lage, wie deine Freunde einen kleinen Waldlauf zu absolvieren«, grinste der Mann jetzt bösartig. »Momentan ist der Boden etwas heiß, aber uns wird schon was einfallen!« Dann war er verschwunden.

Hakim merkte erst jetzt, dass er die ganze Zeit die Luft angehalten hatte, die nun seinen strapazierten Lungen mit einem Pfeifen entwich. Das war ja gerade noch mal gutgegangen. Doch viel Zeit blieb ihm wohl nicht mehr! Er wandte sich wieder dem Nagel in der Bretterwand zu, den er unbedingt haben musste. Da er nur seine Finger dazu einsetzen konnte, würde das Stunden, wenn nicht sogar Tage dauern.

Kapitel 10

Die Suche nach dem ersten Opfer

»Ihr habt euch gar nichts vorzuwerfen!«, tröstete Tobias Heller die Kommissarinnen, die aufgrund des neuesten Misserfolges sinnbildlich die Köpfe hängen ließen. Vanessa Fuchs hatte im Wohnheim noch das Eintreffen der beiden Forensiker abgewartet, die von Jürgen Vogel geschickt worden waren, und war dann ins Kommissariat geeilt, um Bericht zu erstatten. »Es konnte wirklich keiner ahnen, dass sowas passieren würde«, fuhr der SOKO-Chef fort. »Viel interessanter dürfte für uns die Antwort auf die Frage sein, woher diese Kerle wussten, wo sie zu suchen hatten und weshalb sie die persönlichen Sachen der drei jungen Männer überhaupt mitgenommen haben!«

»Deine zweite Frage ist meines Erachtens noch am leichtesten zu beantworten«, meldete sich Denise zu Wort. Da heute Mittwoch war und das Steuerberaterbüro ihres Mannes an diesen Wochentagen nachmittags geschlossen war, war sie nach der Mittagspause im Kommissariat geblieben. »Nachdem der Täter am Sonntag offenbar mitbekommen hatte, dass seine Aktion von mir beobachtet worden war, musste er befürchten, dass wir der Spur des dritten, zumindest zu diesem Zeitpunkt wahrscheinlich noch lebenden Opfers mit Spürhunden folgen würden. Da uns das unweigerlich auch zu ihm führen würde, schickte er seine Helfer los, die alles aus dem Zimmer der drei holen sollten, was auf irgendeine Weise mit ihnen in Verbindung gebracht werden könnte.«

»Du glaubst demnach, dass die Opfer bis zu ihrem Tode im Haus des Mörders oder zumindest in der Nähe festgehalten wurden«, nickte Tobias, der ihren Gedankengängen mühelos folgen konnte. So kompliziert waren sie außerdem nicht.

»Alles andere ergibt keinen Sinn. Darüber, woher er ihre Adresse hatte, kann ich nur spekulieren. Vielleicht hat er diese Information aus dem letzten Überlebenden herausgepresst. Das würde dann bedeuten, dass Hakim am Montag tatsächlich noch gelebt hat!«

»Es gibt da noch eine andere Möglichkeit«, widersprach Vanessa ihr. »Als Fatima Suleiman mir die Tür zum Zimmer der drei Vermissten öffnete, sah ich am Schlüssel einen Anhänger mit der Adresse des Wohnheimes. Es kann doch sein, dass Hakim oder einer seiner Freunde seinen Schlüssel genauso präpariert hatte, um nach dem Weg fragen zu können, wenn er sich verirrt. Wenn ich in einer fremden Stadt unterwegs bin, habe ich auch immer einen Zettel mit der Anschrift des Hotels in der Tasche und die drei waren neu in der Gegend und der Sprache kaum mächtig.«

»Wie auch immer«, warf Martin Weber ein. »Eines haben wir aus dieser Begebenheit gelernt: Die beiden Kerle, die sich als Polizisten ausgaben und den Kram abgeholt haben, hatten keine Bärte und waren glatzköpfig! Das ist doch schon mal was. Ich glaube zwar nicht, dass diese Fatima Suleiman sie uns genügend genau für ein Phantombild beschreiben kann, aber einen Versuch sollte es wert sein!«

»Ich kümmere mich umgehend um einen Dolmetscher und lasse diesen zusammen mit unserer Polizeizeichnerin von einer Streife hinbringen«, stimmte Tobias ihm zu. »In der gewohnten Umgebung erinnert man sich immer noch am besten. Alexa könnte ihr auch Bilder bekannter Gewaltverbrecher zeigen.«

»Ich sollte vielleicht ebenfalls mitfahren«, bot sich Vanessa nicht ganz uneigennützig an. »Die Menschen dort sind sehr scheu und mich kennen sie ja schon!«

»Und ich stelle die entsprechenden Fotos anhand der Liste zusammen, die ich von Bettina bekommen habe«, ergänzte Denise. »Das dauert eine Stunde.«

»Schneller geht das sowieso nicht«, nickte Tobias. »Als meine Frau mir das Video brachte, das heute im Netz aufgetaucht ist, gab sie mir den Rat, nach dem ersten Opfer des sauberen Trios zu suchen«, wechselte er dann unvermittelt das Thema. »Den Film werden wir uns daher jetzt nicht anschauen, das könnt ihr nachher in Ruhe jeder für sich tun. Ich kann nur so viel dazu sagen, dass er wie erwartet den Tod von Djamal zeigt und ansonsten in derselben Machart geschnitten ist wie das erste Video, also mit einer Bodycam und mehreren separaten Kameraperspektiven. Achtet wieder auf Auffälligkeiten, die uns zum Täter führen!«

»Und was ist das für eine Sache mit diesem ersten Opfer?«, wollte Erik wissen. »Was genau hat es damit auf sich?«

»Melanie meinte, dass der Täter zu Beginn Fehler gemacht haben könnte«, hob Tobias die Schultern. »Das ist gar nicht mal weit hergeholt. Es ist eine alte Weisheit, dass Serientäter meist ›klein‹ anfangen und sich dann an Größeres wagen. Falls es uns gelingen sollte, das erste Opfer zu finden, bekommen wir vielleicht Informationen zur Identität des Killers. Allerdings beginnen manche mit Tieren, was ich hier aber eher nicht glaube. Die Tatsache, dass alle bekannten Opfer von dunkler Hautfarbe waren, deutet auf einen großen Hass diesen Menschen gegenüber hin.«

Er sah seine Leute der Reihe nach bedeutungsvoll an. »Ich bin daher entgegen meiner ersten Aussage zu der Überzeugung gekommen, dass eine nochmalige gründliche Durchsuchung der Gegend rund um den Tatort gerechtfertigt ist. Ich gehe nach wie vor davon aus, dass die Toten dort irgendwo entsorgt wurden. Ich lasse heute noch die ganzen vierzig Hektar Wald mit Leichenspürhunden absuchen, dafür benötigen wir ja keine Geruchsproben. Und wenn es sein muss, lege ich außerdem eigenhändig die Tümpel trocken«, fügte er grimmig hinzu.

»Was ist eigentlich mit der Kleidung, die Djamal getragen hat?«, brachte Jasmin einen bisher vernachlässigten Gedanken vor. »Können wir die denn nicht für die Hunde verwenden, um den Ort ausfindig zu machen, an dem er zuvor festgehalten wurde?«

»Ich werde den Leiter der K-9 darauf ansprechen«, nickte Tobias. »Ich befürchte aber, dass sie für die Spürnasen unbrauchbar ist. Immerhin lag die Leiche über eine Stunde auf dem feuchten Waldboden, ehe sie abtransportiert wurde. Die Kleidung wird daher den Geruch der Erde angenommen haben. Ich fahre nachher selbst hinaus. Wenn ihr auf Erik verzichten könnt, würde ich ihn gerne mitnehmen.«

»Wir werden ohne ihn klarkommen«, übernahm Martin Weber als dienstältester und mit Denise auch ranghöchster Ermittler die Antwort auf die ohnehin rhetorische Frage. »Wir drei nehmen uns dann noch einmal die Listen vor. Bisher hatten wir leider wenig Erfolg damit.«

»Wir haben zwar bisher keine Übereinstimmung mit den Haltern grüner SUV gefunden, aber wir sind noch nicht mit der Aufstellung vom Bundeskriminalamt durch«, ergänzte Denise. »Zusammen mit der zugegebenermaßen äußerst vagen Beschreibung der falschen Polizisten ergibt sich vielleicht doch noch etwas. Ich würde mich nämlich sehr wundern, wenn es überhaupt keine Verbindung zu einem der Schützenvereine geben würde. Natürlich haben wir keinen Beweis dafür, dass die Glatzköpfe ebenfalls mit einem Sportbogen umgehen können, doch wie heißt es so schön: Gleich und gleich gesellt sich gern. Irgendwo muss sich das saubere Trio ja kennengelernt haben!«

»Sofern diese Bande nicht noch mehr ›Mitglieder‹ hat«, unkte Tobias und packte zum Zeichen, dass die Besprechung zu Ende war, seine Sachen zusammen. Zumindest für ihn und Erik würde es vermutlich ein sehr langer Tag werden!

* * *

Eine Stunde später

Polizeihauptkommissar Kurt Heimann begrüßte Tobias Heller wie einen alten Bekannten. Im Grunde war er das auch, denn die in den vergangenen Jahren gemeinsam durchgeführten Einsätze waren Legion. Und sie waren sämtlich erfolgreich verlaufen, sodass Tobias hoffte, heute ebenfalls Glück zu haben. Er war sich natürlich vollauf bewusst, dass das eine mit dem anderen im Grunde nichts zu tun hatte, doch war positives Denken von jeher seine Lebensphilosophie gewesen.

Heimann war ein paar Jahre älter als Tobias und von stämmiger Statur. Sein Bürstenhaarschnitt, der fast zu einer Art Markenzeichen geworden war, zeigte bereits einen frühen Schimmer von Grau. Neben ihm saß artig Labrador Retrieverhündin Cassy und schien Tobias und Erik mit heraushängender Zunge anzugrinsen. Das kluge Tier ahnte, dass ein Einsatz bevorstand, und konnte es kaum erwarten.

»Das sehe ich ebenso wie du«, antwortete er mit seiner markanten sonoren Stimme auf Hellers Frage. »Wenn eure Leiche derart lange auf dem Waldboden gelegen hat, wird selbst der beste Spürhund der Welt keine Witterung mehr aufnehmen können.« Gleichzeitig tätschelte er zärtlich Cassys Hals, was keinen Zweifel darüber entstehen ließ, wen er gemeint hatte.

»Wie lange wird es dauern, dieses Waldstück zu durchsuchen?«, erkundigte sich Erik neugierig. Für ihn war es der erste Einsatz dieser Art, den er allerdings ebenso wie Tobias eher als Zuschauer begleiten würde. Er hatte sich kurz umgesehen und insgesamt sechs Hunde gezählt, Cassy mitgerechnet.

»Na ja, dieser Wald ist riesig«, hob Heimann die breiten Schultern. »Selbst wenn wir uns nur auf das vierzig Hektar große Stück hier beschränken, werden unsere Hunde das heute nicht mehr schaffen. Nach vier Stunden brauchen die Tiere eine längere Pause, da die Suche nach Leichen stressig sein kann. Sollten wir bis 18:00 Uhr nichts erreicht haben, müssen wir abbrechen und morgen weitermachen. Denn dann ist es hier unter den Bäumen zu dunkel.«

»Ich denke, wir beginnen zweckmäßigerweise in der Mitte dieses Areals und arbeiten uns mit jeweils drei Hunden zu den Seiten voran«, schlug Tobias vor. »Wenn hier Leichen vergraben wurden, hat man das wahrscheinlich nicht gerade in der Nähe der Straßen und Wanderwege getan. Da wäre die Gefahr, gesehen zu werden, zu groß gewesen.«

»Klingt vernünftig«, nickte Heimann und winkte seine Hundeführer zu einem kurzen Briefing zu sich. Viel war ohnehin nicht zu sagen und so stellte man sich in einer Reihe auf, mit Gesichtern und Hundeschnauzen nach Norden. »Cassy, auf!«, gab er seiner Hündin das ersehnte Kommando, dem das Tier nur zu bereitwillig folgte.

Der Marsch, dessen Geschwindigkeit vornehmlich von den Spürhunden vorgegeben wurde, begann am Fundort der Leiche und unmittelbar unterhalb der Flughafenstraße, die hoch über ihren Köpfen lag. Von dort hatte Denise den Mord live miterlebt. War das tatsächlich erst drei Tage her?

Bis zum Schauenbergweg, wo Förster Hansen eine Woche zuvor den grünen SUV mit einem Compoundbogen auf der Rücksitzbank gesehen hatte, waren es ungefähr achthundert Meter. Den Weg absolvierten die Hundegespanne beim ersten Durchgang, wie von Tobias vorgeschlagen, noch nebeneinander. Mit den Abständen dazwischen war die Rotte zwanzig Meter breit, sodass diese Strecke insgesamt fünfundzwanzigmal zu bewältigen sein würde. Allerdings würde man sich oben trennen und sich mit je drei Hunden nach links und rechts wenden.

Doch schon nach der Hälfte dieser Strecke wurden die Hunde unruhig und zogen an ihren Führungsgeschirren. Cassy stellte die Ohren auf und schien in den Wald zu lauschen. Heller sah Heimann fragend an, doch der hob nur ratlos die Schultern. Dies war kein Gebaren, wie es die Hunde üblicherweise an den Tag legten, wenn sie ihre Aufgabe erfüllt hatten. Das war etwas anderes. Das roch förmlich nach Gefahr!

Die Gruppe war jetzt ganz zum Stehen gekommen, wobei Tobias und Erik rechts außen neben Heimann und Cassy standen. Als das Hecheln der Tiere übergangslos und völlig synchron verstummte, vernahm er von der rechten Seite her ein Knacken, wie es von kleinen, trockenen Zweigen verursacht wurde, wenn man darauf trat. In der nächsten Sekunde hielt er seine Schusswaffe in der Hand und bedeutete Erik mit der anderen und einem Wink mit dem Kopf, es ihm gleichzutun. Das verräterische Knacken wiederholte sich, und es war nähergekommen!

Tobias sah sich um, konnte aber niemanden außer den Hundeführern erkennen, die sich nicht mehr vom Fleck rührten. Da sie alle links von ihm standen, konnte von ihnen auch keiner diese Geräusche verursacht haben. Allerdings war die Route, die der Täter bei der Verfolgung seiner Opfer genommen hatte, in beiden Videos dieselbe. Und aufgrund des dichten Unterholzes beidseitig des Weges war dieser wie eine Schneise, die einen perfekten Sichtschutz bot. Nicht umsonst hatte der Täter ihn gewählt!

Das dritte Knacken war nur wenige Meter entfernt und kam von einem Busch, der dort sein Gesichtsfeld begrenzte. Tobias hob seine Pistole, als eine Gestalt hinter dem Gebüsch hervortrat, denn in den Händen hielt sie schussbereit eine doppelläufige Schrotflinte!

* * *

»Das ist wie im finstersten Mittelalter!«, murmelte Jasmin kopfschüttelnd vor sich hin. Bestimmt zum gefühlt hundertsten Mal heute. Ebenso wie Martin und Denise widmete sie sich schon seit Stunden den drei verschiedenen Listen, die es zu vergleichen galt. Vanessa hatte sich ja erfolgreich ›abgeseilt‹ und war mit der Polizeizeichnerin und einem Dolmetscher im Asylantenheim. Erik sollte sich eigentlich mit dem Video beschäftigen, war aber mit Tobias unterwegs.

Das alles würde sicher wesentlich einfacher sein, wären diese Listen in irgendeiner Weise miteinander kompatibel! Stattdessen hatte ihnen das Rechenzentrum einen dicken Stapel Endlospapier mit den Fahrzeughaltern geliefert. Die Namensliste der rechtsradikalen Gefährder, die Denises Schwester beim BKA per E-Mail geschickt hatte, war zwar vorbildlich als Excel-Tabelle ausgeführt, die Mitgliederlisten der vier Sportschützenvereine aber zum Teil in Papierform.

Um dem noch die Krone aufzusetzen, waren diese teilweise handschriftlich verfasst und zudem ›Kraut und Rüben‹, was die Reihenfolge der Adressbestandteile anbelangte. »Computer für den Hausgebrauch gibt es bereits seit dreißig Jahren«, schimpfte sie leise vor sich hin. »Aber nein, diese Herrschaften arbeiten noch mit Karteikarten!«

Sie hatte versucht, die Blätter einzuscannen und in ihren Arbeitsplatzrechner einzulesen, es jedoch schnell wieder aufgegeben. Bei der Vielfalt der Variationen, wie man Namen, Vornamen und Anschriften selbst bei ein und demselben Verein aufgeschrieben hatte, hätte sie das Ergebnis in mühsamer Kleinarbeit nachbearbeiten müssen, da konnte sie ebenso gut gleich alles rein optisch miteinander vergleichen: Die Excel-Tabelle mit den Listen und umgekehrt.

»Mit Computern kann das doch jeder!«, rief Denise lachend von jenseits der Stellwand zur Nachbarparzelle zu ihr herüber. Sie verfügte anscheinend über ein ausgezeichnetes Gehör. »Als ich bei der Kriminalpolizei anfing, hatten wir sowas auch noch nicht an jedem Arbeitsplatz und mussten das meiste per Hand erledigen. Aber selbst damit wurden Fälle gelöst!«

Jasmin murmelte etwas, das ähnlich wie ›Dinosaurier‹ klang, was von nebenan mit einem verhaltenen Kichern beantwortet wurde. *Das hat sie auch gehört*, dachte sie peinlich berührt und zog automatisch den Kopf ein. *Ich muss mich darauf konzentrieren, sowas nicht auszusprechen. Zum Glück hat Denise Humor!* Im nächsten Moment gingen ihr schier die Augen über, denn sie hatte zum ersten Mal einen Treffer! »Ich hab hier was!«, rief sie aufgeregt durch die Stellwand.

»Na, das ist ja interessant!«, erklang unmittelbar hinter ihr eine Stimme. Jasmin fuhr erschrocken zu der Hauptkommissarin herum, die sich soeben über ihren Bildschirm beugte. Da war das Polizeifoto eines glatzköpfigen Mannes zu sehen, das sie zuvor anhand der Fallnummer in der Datenbank *INPOL* aufgerufen hatte. Wie hatte sie es geschafft, so schnell zur Stelle zu sein? »Ich wollte mir einen Kaffee holen und kam gerade hier vorbei«, erklärte Denise, als hätte sie ihre Gedanken gelesen. »Wie ich sehe, ist dieser Mensch einschlägig vorbestraft. Ich denke, Martin und ich werden ihm einen Besuch abstatten. Aber erst nach dem Kaffee!«

* * *

»Was tun Sie hier?«, blaffte Ewald Hansen den ihm am nächsten stehenden Tobias Heller an, der mit der linken Hand eine beschwichtigende Geste in Richtung Gewehr machte und mit der Rechten die Pistole weg-steckte. »Ronja, steh!«, hörte er das Kommando des Försters, worauf der ihn begleitende Jagdhund, eben-falls ein Labrador Retriever, sofort stocksteif an seinem Platz verharrte. Ein wohlerzogenes Tier.

Heller hatte Hansen im Dämmerlicht des Waldes zuerst nicht erkannt, zumal dieser dunkle Kleidung und einen breitkrempigen Hut trug, deren Farbtöne man am ehesten noch mit Blauschwarz und Dunkel-grün bezeichnen konnte. Tobias erinnerte sich, dass Letzteres ›Nachtfichte‹ hieß und diese Montur vor ein paar Jahren die amtlich wirkenden Uniformen abgelöst hatte. Jetzt konnte er die Unruhe verstehen, die unter den Spürhunden ausgebrochen war. Sie hatten ihre Artgenossin gewittert.

Hansen hängte sein Gewehr über die Schulter und blickte das Aufgebot in seinem Wald finster an. Dass er als Förster eine Schrotflinte besaß, war nicht unge-wöhnlich, da er in seinem Forstrevier außer für den Baumbestand auch für die Wildpflege zuständig war beziehungsweise die Jagdaufsicht hatte. Außerdem wusste er von dem Mord in seinem Wald und hatte daher das Gewehr sicher zur Vorsicht mitgenommen. »Wenn das eine Polizeiaktion darstellt, hätten Sie die vorher mit mir abstimmen müssen!«, wandte er sich an Heller, in dem er seinen Ansprechpartner vermutete.

»Ich bedaure sehr, Ihnen mit meiner Aktion Unannehmlichkeiten bereitet zu haben«, gab Tobias diplomatisch zurück. »Wie Sie ja wissen, ermittele ich in mehreren Mordfällen. Wir vermuten, dass hier eventuell Leichen vergraben wurden. Für deren Auffinden mit Spürhunden gibt es sozusagen ein Ablaufdatum, für die Einhaltung des Dienstweges war keine Zeit!« Dass er die Kompetenzen von Förstern schlichtweg übersehen hatte, musste der Mann ja nicht wissen. Auch nicht, dass er bereits auf diese Weise in seinem Revier ›gewildert‹ hatte! »Patrouillieren Sie jeden Tag um diese Zeit hier?«, erkundigte er sich, um von sich abzulenken.

»Sonntags nicht, Herr Hauptkommissar, falls Sie das eigentlich wissen wollten«, brummte Hansen in seinen dichten Vollbart. »Da habe ich anderes zu tun. Aber wenn Sie hier nach Leichen suchen, geht mich das etwas an. Ich werde Sie daher ab jetzt begleiten!«

Mit seinem wettergegerbten Gesicht, dem wallenden Bart und der Löwenmähne gibt er eigentlich ein malerisches Bild ab, dachte Tobias. *Fehlt im Grunde nur die altbekannte grüne Uniform und er hätte ausgesehen wie einer aus diesen alten Heimatfilmen. Der Förster vom Silberwald oder so.* »Das geht in Ordnung«, nickte er und gab Kurt Heimann und dessen Leuten mit einem Wink zu verstehen, dass die kleine Pause beendet war. »Sie müssen sich nachher nur entscheiden, wem sie dann folgen, da wir uns oben am Schauenbergweg trennen und in verschiedenen Richtungen suchen.«

»Ich nehme an, *Sie* werden sich dann nach rechts in Richtung der Teiche wenden?«, hob Ewald Hansen die Augenbrauen. »Dann werde ich mich wohl *Ihnen* anschließen, wenn es recht ist!«

Tobias hätte gerne gefragt, was ihn ausgerechnet zu diesen Tümpeln zog. Ob er die Bergung der Leiche mitbekommen hatte? Er nickte nur stumm dazu und folgte mit Erik, der die ganze Zeit nicht ein einziges Wort von sich gegeben hatte, den Hundeführern. Es konnte ihm gleichgültig sein, ob Hansen sich ihnen anschloss oder nicht.

Kapitel 11

Dramatische Wendungen

Bis zu den Tümpeln waren es noch an die hundert Meter, als Cassy anschlug, um ihrem Herrn auf ihre Weise mitzuteilen, etwas gewittert zu haben. Gleichzeitig zog sie ihn mit sich zu einem Gebüsch. Kurt Heimann gab den anderen einen Wink, worauf sie ebenfalls dazukamen. Die drei Hunde liefen sofort aufgeregt um den Strauch herum. Es war keine Frage, dass sie etwas gewittert hatten! Tobias Heller blickte zufällig gerade zu Ewald Hansen, der das Geschehen mit besorgter Miene verfolgte. Wahrscheinlich sah er im Geiste schon eine Gruppe mit Baggern und Schaufeln seinen geliebten Wald umgraben.

Tobias schalt sich sofort einen Narren. *Natürlich! Wie konnte ich nur glauben, dass die Leichen außerhalb dieses Waldes vergraben wurden? Falls es denn mehr als eine ist! Drüben bei den Teichen ist das Gelände viel zu offen und man hätte sie mehrere hundert Meter tragen müssen! Die Leiche, die wir dort fanden, wird demnach die Ausnahme von der Regel gewesen sein! Aber warum? Dafür muss es einen Grund geben!*

»Nach allem, was ich über Spürhunde weiß, liegt dort mehr als nur eine Leiche vergraben, oder aber etwas ziemlich Großes und vor allem Totes«, ließ sich Erik vernehmen. Es waren seine ersten Worte, seit sie mit den Hunden unterwegs waren.

Tobias nickte nachdenklich vor sich hin. Er wusste zwar nicht, weshalb sein junger Kollege heute so still war, doch seine Äußerung deckte sich zumindest mit der bisher nicht offen ausgesprochenen Befürchtung aller Ermittler der SOKO, dass sie höchstwahrscheinlich einer Riesenschweinerei auf der Spur waren. Erik hatte recht: Hier mussten definitiv mehrere Leichen vergraben sein!

»Ich schließe mich dieser Einschätzung in vollem Umfang an«, wandte sich Kurt Heimann an ihn. »Ich kenne meine Hunde. Wenn sie sich derart verhalten, haben sie menschliche Leichen aufgespürt, und zwar mehr als zwei! Sollen wir den Rest des Areals noch zu Ende absuchen?«

»Ja, tut das bitte!«, entschied Tobias nach kurzem Nachdenken. Er wollte sich heute keine Nachlässigkeit erlauben wie bei der Durchsuchung der Teiche. »Zumindest bis zum Einbruch der Dämmerung oder die Hunde eine Pause einlegen müssen. Ich werde in der Zwischenzeit eine Bergungsmannschaft rufen.« Er griff zum Handy, um Jürgen Vogel zu informieren. Der würde sich darüber freuen, denn ›buddeln‹ war eine seiner Lieblingsbeschäftigungen!

»Wir werden dieses Areal großräumig absperren!«, wandte er sich anschließend an den Förster, der das Ganze stumm mit versteinerter Miene verfolgt hatte. »In einer halben Stunde wird hier zudem großflächig gegraben, wobei ich nicht auszuschließen kann, dass auch ein paar dieser Sträucher dran glauben müssen. Ich darf Sie höflich bitten, uns nicht dabei zu behindern. Dies ist ab sofort ein Tatort, der demzufolge in *meine* Zuständigkeit fällt!«

»Tun Sie, was Sie nicht lassen können«, brummte Hansen und zog ebenfalls ein Mobiltelefon aus seiner Jackentasche. Seine Jagdhündin Ronja hatte sich zu ihm gesetzt und beobachtete die Szenerie wachsam. »Momentan stehen die jährlichen Markierungen an«, erklärte er. »Ich muss daher meine Leute instruieren, dieses Waldstück zunächst auszusparen, damit ihre Aktion nicht über Gebühr gestört wird.« Er nickte Heller kurz zu und entfernte sich, um ungestört telefonieren zu können.

Tobias kannte natürlich wie jeder aufmerksame Waldspaziergänger die weißen und farbigen Markierungen, die sich an einigen Baumstämmen befanden, wusste jedoch nicht viel über deren Bedeutung. Am verbreitetsten war noch die Meinung, es handele sich um die Kennzeichnungen der Bäume, die demnächst gefällt werden sollten, doch es gab sicher noch einige andere Merkmale. Wichtig war die Kenntnis darüber für ihn momentan ohnehin nicht. Es war aber gut, zu wissen, dass der Forstbeamte trotz seiner Vorbehalte mitdachte und ihnen seine Leute vom Leib hielt!

* * *

Denise und Martin waren zu der einzigen bisher ermittelten, als Tatverdächtiger infrage kommenden Person nach Lohmar gefahren und müssten eigentlich jeden Augenblick dort ankommen. Jasmin war sehr mit sich zufrieden und gönnte sich zur Belohnung den Schokoriegel, der neben ihrem Computer bereitlag. Der war zwar für später gedacht, doch jetzt war der perfekte Moment! *Ich könnte eine Pause in der öden Arbeit einlegen und mir das Video anschauen,* überlegte sie und lud die Datei, die Tobias selbstverständlich im Denkbrett abgelegt hatte, auf ihren Bildschirm. *Warum sollen nur die anderen Spaß haben?*

Wobei das mit dem Spaß im übertragenen Sinne gemeint war, denn in diesem Video wurde immerhin jemand getötet! Dass solche Filme später von abartigen Menschen im Internet angeschaut wurden, die sogar Geld dafür bezahlten, machte es nicht besser! Jasmin schüttelte sich bei dem Gedanken. *Was für ein Abschaum! Wir werden den Mistkerlen das Handwerk legen, und wenn es das Letzte ist, was ich mache!* Tobias hatte sich das Video heute Morgen aus Zeitgründen als Einziger kurz angeschaut und die ›Feinarbeit‹ mal wieder seinen Leuten überlassen. *Also, dann mal los!*

Direkt zu Beginn fiel ihr die Perspektive auf, die so im ersten Video nicht vorhanden gewesen war. Statt dass Djamal – und um ihn handelte es sich definitiv – von hinten aus der Sicht des Schützen zu sehen war, rannte dieser auf die Kamera zu. Ungefähr dort, wo das Aufnahmegerät war, musste sich Denise aufgehalten haben, als der tödliche Schuss fiel! Hätte sie nicht eine Person mit Kamera sehen müssen? Natürlich war die Kollegin über jeden Zweifel erhaben, es musste also einen anderen Grund dafür geben, dass sie nichts dergleichen wahrgenommen hatte.

Dieser offenbarte sich ihr, nachdem sie sich das nur vier Minuten dauernde Video ganz bis zum Ende angeschaut und auf nichts anderes als die Bildausschnitte geachtet hatte. Es lief bis auf die zusätzliche Perspektive ab wie zuvor: Bilder der Bodycam, der auch hier wieder vorhandenen seitlichen Kameras und Szenen aus der Frontansicht wechselten sich auf eine Weise ab, die auf jemanden mit entsprechenden Fähigkeiten schließen ließ. Vielleicht sollte man sich in diesem Milieu einmal umhören.

Das Video endete ebenso wie das Erste mit dem Schuss zwischen die Schulterblätter, blendete jedoch dann sofort um und zeigte das verzerrte Gesicht von Djamal in Großaufnahme. Bemerkenswert war die Tatsache, dass der Schütze auf den Bildern der Frontkamera nicht ein einziges Mal zu sehen war, obwohl er hinter seinem Opfer gelaufen war, und zwar ungefähr dreißig Meter, wie Jasmin aus den unterschiedlichen Perspektiven und den von Amara ermittelten Werten schätzte. Die Kommissarin hatte eine leise Ahnung, wie man das bewerkstelligt hatte, ließ den Film aber zur Sicherheit noch einmal durchlaufen.

Das war es! Im Gegensatz zu den anderen Kameras bewegte sich die in der Front nicht einen Millimeter, was auf einen statischen Standort deutete. Vielleicht war sie am Ast eines Baumes befestigt gewesen oder in Sträuchern, die bei diesen Leuten offenbar beliebt waren. Nun waren auch die ›Fehlschüsse‹ logisch zu erklären. Der Schütze hatte sein Opfer so ›in der Spur gehalten‹, damit es auf die Kamera zulief. Bei seinen früheren Aktionen war das vermutlich nicht der Fall gewesen, da man sonst mehr Einschusslöcher hätte finden müssen.

Doch noch etwas anderes fiel Jasmin auf: Der Bildausschnitt der Frontkamera war immer exakt auf das Opfer begrenzt, sodass alles, was sich hinter diesem befand, nicht zu sehen war. Dies wurde jedoch nicht mittels einer Zoomfunktion bewerkstelligt, sondern durch Ausschnittsvergrößerungen, was ein Weitwinkelobjektiv mit hoher Auflösung voraussetzte. Auch war so die Anwesenheit dieses Kerls zu erklären, den Tobias und Denise am Montag aufgescheucht hatten. Er hatte die Kamera in Sicherheit bringen wollen, die er am Sonntag zurücklassen musste! Daran, dass ihm dies gelungen war, bestand jedoch nicht der Hauch eines Zweifels. Wie hätte er sonst an den Chip mit den Aufnahmen kommen können?

Trotz der Tragik, die damit verbunden war, war es irgendwie schade, dass ihnen nur zwei dieser Videos vorlagen. *Dieses* stellte auf jeden Fall eine erkennbare Zunahme von Brutalität zum vorherigen Verlauf dar, was auf eine Eskalation hinwies, die im Laufe der Zeit bei den Taten entstand. Doch das war eine bekannte Eigenschaft bei psychopathischen Serientätern: Sie versuchten bei jedem weiteren Mord eine Steigerung, um den ›Kick‹ zu erhalten. *Was werden sie dann erst mit Hakim anstellen?*, wurde sich Jasmin der grauenhaften Konsequenzen bewusst. *Wir müssen ihn unbedingt schnellstens finden, vielleicht lebt er ja noch!*

* * *

Oh ja, er lebte noch! Hakims Lebenswille war nach der Entdeckung dies Nagels erneut angefacht worden und wurde seither mit jedem Millimeter, den dieser verdammte Stahlstift weiter aus der Holzwand kam, immer größer. Und dass er das tat, war selbst bei fast völliger Dunkelheit zu erfühlen. Es war zwar erst ein Zentimeter, aber da war noch mehr drin! Zuerst hatte Hakim keinen Erfolg gehabt und sich beim Versuch, das Teil irgendwie herauszuziehen, sämtliche Fingernägel abgebrochen.

Doch er arbeitete verbissen weiter, denn in seiner Fantasie hatte der Nagel die Ausmaße eines kleinen

Dolches angenommen, den er seinem Kerkermeister bei nächster sich bietender Gelegenheit ins Auge oder zumindest in die Weichteile stoßen wollte. Denn das tat auch weh und konnte einen Mann zum Wahnsinn treiben. Sollte der Kerl nur wiederkommen! Wenn er ihm erneut so nahe kam, hätte Hakim keine Skrupel, ihm das Teil dorthin zu stoßen, wo es weh tat!

Einen ersten Erfolg hatte er erzielt, als es ihm nach einigen schmerzhaften Verrenkungen gelungen war, die Kante des Stahlbandes an seinem linken Handgelenk in den schmalen Spalt zwischen Nagelkopf und Wand zu praktizieren und ruckelnd daran zu ziehen. Dass er sich die Haut dadurch noch mehr aufscheuerte, war ihm in dieser Situation gleichgültig. Alles, was er brauchte, war Zeit! Noch ein paar Stunden, da war er sich sicher, dann würde er diesen Nagel in den Händen halten!

Dass er immer noch an diese Wand gefesselt wäre, selbst wenn es ihm tatsächlich gelänge, den Kerl zu überwältigen, war ihm bewusst, doch dieses Problem verdrängte er zunächst. Immer schön eins nach dem anderen! Er konnte nur hoffen, dass der Mann dann einen Schlüssel für die Fesseln bei sich hatte. Seine Gelenke schmerzten höllisch, doch es half ja nichts. Wenn er könnte, würde er sich die Hände abnagen, wie manche Tiere es machten, um aus einer Falle zu entkommen. Entschlossen nahm er die wegen akuter Erschöpfung unterbrochene Tätigkeit wieder auf.

* * *

Von alldem nichts ahnend, waren Denise und ihr Interimspartner Martin derweil an ihrem Ziel angekommen. Altenrath hatte bis in die zweite Hälfte des zwanzigsten Jahrhunderts zur Stadt Lohmar gehört, in deren direkter Nachbarschaft das ›Heidedorf‹, nur von der Autobahn A3 getrennt, ja auch lag. Von dem abgelegenen und allein stehenden Haus in der Nähe eines um diese Jahreszeit kaum besetzten Campingplatzes, wo Denise den Audi abstellte, bis zum Tatort waren es gerade anderthalb Kilometer. Ganz abwegig war der Gedanke also nicht, dass zumindest einer der vermutlich drei Täter hier wohnen könnte.

›Haus‹ war eigentlich maßlos übertrieben. Das alte Gemäuer war sicher lange vor dem Ersten Weltkrieg entstanden und augenscheinlich seither nicht mehr renoviert worden. Der gemauerte Kamin, aus dem eine dünne Raumfahne quoll, war ebenso windschief wie die von hier aus sichtbaren Holzläden, die, bis auf eine einzige Ausnahme von lediglich einer Angel am Herunterfallen gehindert, vor den winzigen Fenstern hingen. Ein vermoderter Jägerzaun, oder was die Zeit davon noch übrig gelassen hatte, neigte sich traurig dem Erdboden entgegen. Von irgendwoher drang der Geruch von Feuer an ihre Nasen.

»Es wäre vielleicht gar keine schlechte Idee, diese Bruchbude abzufackeln«, kommentierte Martin den penetranten Brandgeruch, der von hinter dem Haus zu kommen schien, trocken. »Dann gäbe es immerhin noch was von der Versicherung. Abreißen lohnt sich nämlich nicht und hier in dieser Einöde findest du auch keinen Käufer für das Grundstück. Ob die hier überhaupt elektrischen Strom haben?«

»Nach dem Verbrennen von Gartenabfällen riecht das definitiv nicht«, schnüffelte Denise, während sie vergeblich nach einer Türklingel suchte. Schließlich gab sie es auf und klopfte vorsichtig auf das altersschwache Türblatt. Im Geiste sah sie das windschiefe Teil schon aus den Angeln fliegen, doch es hielt überraschenderweise stand. Indes, geöffnet wurde ihnen nicht.

Ralf Friedmann war der bisher einzige Treffer auf zwei der Listen, die sie in den vergangenen Stunden mit vereinten Kräften durchgeackert hatten. Mit dem glücklicheren Ende für Jasmin, wenn auch nur durch Zufall. Der arbeitslose Gelegenheitsarbeiter war zweiunddreißig Jahre alt und stand sowohl in der Tabelle, die Denises Schwester vom BKA ihnen zur Verfügung gestellt hatte, als auch auf der Mitgliederliste eines Sportschützenvereins hier in Lohmar. Einen grünen SUV besaß er nicht, dafür aber einen Sportbogen.

Er war mehrmals wegen der Beteiligung an ungenehmigten Demonstrationen mit rechtsradikalem Hintergrund straffällig geworden und vor drei Jahren wegen Körperverletzung zu einer Bewährungsstrafe verurteilt worden. Er hatte einen Asylanten verprügelt. Ein Unschuldslamm war er also nicht, ob er aber auch für die Morde mitverantwortlich war, musste sich zeigen.

»Soll ich es mal versuchen?«, bot sich Martin grinsend an und hob die Faust, um seinen Worten Taten folgen zu lassen.

»Wenn wir noch fester klopfen, können wir auch gleich die Tür eintreten!«, winkte sie ab. »Außerdem ist diese Bruchbude nur eine bessere Hütte. Falls da jemand drin wäre, hätte er uns mit Sicherheit gehört. Auf der Arbeit kann dieser Friedmann nicht sein, er hat nämlich keine und lebt von Stütze. Und wer lässt schon ein Feuer im Garten unbeaufsichtigt? Er muss also hier irgendwo sein. Meinst du, der Brandgeruch reicht aus, ungefragt das Grundstück zu betreten?«, stellte sie eine eher rhetorische Frage. Mit der Auslegung der Regel ›Gefahr im Verzug‹ hatte sie noch nie Probleme gehabt.

»Auf jeden Fall, wir wollen doch keinen Flächenbrand riskieren!«, nickte Martin. »Ich sehe nirgends ein Tor in diesem sogenannten Zaun, aber der wird uns nicht aufhalten! Was meinst du, ob der Springerstiefel besitzt? Die haben nämlich Stahlkappen und an dem Baum, wo die zweite Handkamera war, hatte Jürgen doch Spuren gefunden, die davon herrühren könnten!«

Derweil war Denise vorsichtig über den Jägerzaun gestiegen, der normalerweise ungefähr einen halben Meter hoch, hier jedoch niedriger war. »Da habe ich auch dran gedacht«, rief sie ihm über die Schulter zu. »Kommst du, oder willst du da Wurzeln schlagen?«

Hinter dem Haus erwartete sie ein ungewöhnliches Bild, denn im Hof war etwas aufgeschichtet, das so groß wie ein Scheiterhaufen war und lichterloh brannte. Ein Mensch war nicht zu sehen. Denise ging so nah ran, wie es die Hitze zuließ, und erkannte drei dünne Matratzen und einige Kleidungsstücke. Lange konnte das demnach noch nicht brennen. Auf der aus dem Feuer ragenden Ecke einer der Matten entdeckte sie etwas, das sie sich genauer anschauen wollte. Eine Art Stempel. Sie ging noch etwas näher heran.

Aus dem Augenwinkel sah sie Martin vorschriftsmäßig die Dienstwaffe ziehen, um für ihren Schutz zu sorgen. Schließlich war dies die Behausung einer zumindest verdächtigen Person und das Feuer mehr als nur fragwürdig. Gut zu wissen, dass man sich auf ihn ohne Worte verlassen konnte! Als sie sich trotz der enormen Hitze über die noch nicht den Flammen zum Opfer gefallene Ecke der Matte beugte, erkannte sie einen Stempel mit dem bekannten Schriftzug der Stadt Siegburg. Städtisches Eigentum, und das hier in Lohmar! Waren das die Sachen aus dem Wohnheim?

Im nächsten Moment wurde sie förmlich von dem Feuer weggerissen und zur Seite geschleudert. Nur den Bruchteil einer Sekunde später sirrte etwas dicht an ihrem Kopf vorbei und bohrte sich in einen Holzstapel einige Meter weiter. Noch im Fallen sah sie den Schützen, der im Hinterausgang erschienen war und bei dem es sich um niemand anderen als Friedmann handelte, einen neuen Pfeil auf die Sehne des Bogens legen. Ein Schuss löste sich aus Martins Dienstwaffe. Gleichzeitig bohrte sich der Pfeil in seine Schulter. Oder war es vielleicht andersherum? Jedenfalls ging er zusammen mit dem Bogenschützen zu Boden, der ebenfalls getroffen worden war! All das nahm Denise in aller Deutlichkeit und wie in Zeitlupe wahr, bevor ihre Knie schmerzhaft mit dem brüchigen Beton des Hofes Bekanntschaft machten.

* * *

Tobias Heller stand erschüttert vor der Grube, die Jürgen Vogel, Rieke Martinen und zwei weitere Forensiker in der vergangenen Stunde ausgehoben hatten. Um keine etwaigen Spuren zu zerstören, waren sie dabei mit einer Vorsicht zu Werke gegangen, die man sonst von Archäologen kannte, die jahrtausendealte Artefakte ausgruben. Die ausgehobene Erde war in spezielle Behälter umgefüllt worden, um sie später zu untersuchen. Außerdem hatten sie zwei der Büsche, die von den Hunden markiert worden waren, samt deren Wurzeln entfernen müssen. Darunter lagen, in Säcken verpackt, drei Leichen! Eine davon war nicht wesentlich länger als eine Woche tot, wie die herbeigerufene Rechtsmedizinerin ihm mitteilte. Demnach handelte es sich mit einiger Wahrscheinlichkeit um Tarek Hussein.

Hinter Tobias stand Ewald Hansen und verfolgte das Treiben der Spezialisten mit verkniffener Miene. Neben ihm saß Ronja und schien davon völlig unberührt. Sie war ein Jagdhund, was sich nicht bewegte, war nicht interessant. »Es dauert eine Weile, Büsche auszugraben und hinterher ordnungsgemäß wieder einzupflanzen«, wandte sich Heller an den Förster. »Die Leichen mussten hunderte Meter durch Ihren Wald transportiert werden, zudem wird die Prozedur bei den drei Toten, die in unterschiedlichen Stadien der Verwesung sind, entsprechend oft stattgefunden haben! Wie kommt es, dass Sie davon nichts mitbekommen haben, obwohl es praktisch vor Ihrer Nase war? Und dann hätte Ihr Hund was merken müssen, wenn schon nicht Sie selbst!«

»Das kann ja auch nachts gewesen sein, oder sonntags!«, rechtfertigte sich Hansen kleinlaut. »Da kann man noch so aufpassen, irgendwas geschieht immer, ohne dass man es direkt mitbekommt. Und meine Ronja ist ja auch kein Spürhund, wie Sie anscheinend glauben. Für das Auffinden von Leichen ist sie nicht ausgebildet!« Dann verstummte er abrupt und schien darüber nachzudenken, welche Argumente er noch zu seiner Entlastung vorbringen konnte.

Während Ewald Hansen offenbar fieberhaft nach weiteren Ausreden für sein Versagen suchte, meldete Hellers Handy einen eingehenden Anruf. Er ging, wie der Förster zuvor, einige Schritte zur Seite, um ungestört sprechen zu können. Als er zurückkehrte, war seine Stirn umwölkt. »Ich muss weg!«, wandte er sich mit belegter Stimme an Jürgen Vogel. »Nicht weit von hier wurden zwei meiner Leute beim Versuch, einen Verdächtigen zu befragen, in eine Schießerei verwickelt. Mit tödlichem Ausgang!«, fügte er mit Grabesstimme hinzu.

»Es gab Tote? Soll ich gleich mit Ihnen fahren?«, bot sich Dr. Martina de Luca, die seine Worte trotz der Entfernung von mehreren Metern vernommen hatte, wenig einfühlsam an. Aber so war sie nun mal. Tote Menschen waren ihre Welt, mit den Lebenden konnte sie nicht viel anfangen.

»Das wird nicht nötig sein, es gab immerhin eine unverletzt gebliebene Überlebende«, versetzte er mit hörbarem Sarkasmus. »Wir wissen also, was wann wie passiert ist! Komm mit, Erik!«, forderte er seinen Begleiter auf, der ihn nur schreckensbleich anstarrte. »Und Ihnen wäre ich äußerst dankbar, wenn Sie die drei Leichen baldmöglichst untersuchen würden!«, rief er der Pathologin im Gehen über die Schulter zu. Auf ihre Befindlichkeiten konnte er keine Rücksicht nehmen. Nicht bei fünf ermordeten Menschen!

Der Weg zurück zu ihrem Auto war etwas länger als hundert Meter. Genügend Zeit, den erschütterten Kommissaranwärter über das Geschehen in Lohmar aufzuklären, in das Denise, Martin und ein Tatverdächtiger verstrickt waren. Mit einem höchst dramatischen Ende für zwei von ihnen.

Kapitel 12

Weit mehr als ein rostiger Nagel!

Auf der anderen Seite des Verschlages erschien der vertraute Lichtstrahl in dem Astloch und zeichnete einen kleinen, hellen Fleck auf den Boden. Die Sonne ging auf! Dass dort Osten war, hatte Hakim schon am zweiten Tag seiner Gefangenschaft vermutet, indes half ihm die Erkenntnis nicht, solange er nicht aus dem Gefängnis herauskam. Er hatte daher die ganze Nacht verbissen durchgearbeitet und sich nur wenige Minuten Ruhe zwischendurch gegönnt. Seine Hände waren blutig und seine wundgescheuerten Handgelenke schmerzten höllisch, doch er war nicht bereit, aufzugeben. Nicht so kurz vor dem Ziel!

Denn mittlerweile hatte er den Nagel schätzungsweise zwei Zoll weit aus dem Holz herausbekommen, also die Hälfte der von ihm vermuteten Gesamtlänge. Noch einen oder auch zwei Zentimeter, und er würde mit den Fingern genügend Kraft aufwenden können, um ihn durch seitliche Bewegungen zu lockern. Der Rest wäre dann ein Kinderspiel! Allerdings schmerzten ihn infolge der fortwährenden Anstrengung die Arme zusätzlich, sodass er gegen Morgen eine etwas längere Pause eingelegt hatte.

Er atmete tief durch und machte sich erneut ans Werk. Erfahrungsgemäß kam in etwa zwei oder drei Stunden jemand nach ihm sehen und Essen bringen.

Bis dahin musste er unbedingt fertig sein, denn seine Zeit lief unerbittlich ab. Ob sich eine spätere Gelegenheit für ihn ergab, seinen Kerkermeister zu überwältigen, war ungewiss, denn seiner Rechnung nach war heute Donnerstag. Bis zum Sonntag blieben ihm zwar noch drei Tage, doch er wusste ja nicht, ob seine diesbezügliche Vermutung überhaupt stimmte!

Hakim war immer ein eher optimistischer Mensch gewesen, der aus einer Niederlage lernte und gestärkt daraus hervorging. Wie oft hatten Djamal und Tarek ihn deswegen aufgezogen? Die Erinnerung daran war schmerzlich und ein abgrundtiefer Seufzer entfuhr seiner Brust. Er würde die beiden nie wiedersehen! In seiner aufkommenden Wut wegen des ungerechten Schicksals, das Allah ihnen zugedacht hatte, zog er zu heftig an dem Nagel und fiel im nächsten Augenblick schmerzhaft auf sein Gesäß. Er starrte ungläubig auf einen zehn Zentimeter langen, rostigen Metallstift in seiner Hand!

* * *

Seine Verblüffung über den unerwartet schnellen Erfolg war kurz, denn bei aller Euphorie war das nur die halbe Miete! Diesen Kerl konnte er nicht mit dem Nagel attackieren, wenn er außerhalb der Reichweite seiner Arme war, und so nah wie gestern würde er ihm vielleicht heute nicht kommen! Wenn er jedoch aufstehen und sich an der Tür postieren könnte, sähe die Sache schon anders aus. Er hätte zudem das Überraschungsmoment auf seiner Seite und könnte sogar die Ketten an seinen Händen als Waffe einsetzten! Aber er war ja an diese verfluchte Wand gekettet!

Hey, du hast doch einen Nagel!, hörte er Djamal in seinen Gedanken spotten. *In deinen Händen ist das so gut wie ein Meißel oder ein Bohrer!* Er musste unwillkürlich lächeln. Ja, das hätte Djamal gesagt. Plötzlich stutzte er. Natürlich, dass er nicht von selbst darauf gekommen war! Dass dies im Grunde ja der Fall war und nicht der Freund, sondern sein Unterbewusstsein zu ihm gesprochen hatte, erkannte er nicht.

Doch das war jetzt Nebensache, denn er hatte eine Idee, wie er mit viel Glück in der verbleibenden Zeit ein bisschen Freiheit erlangen konnte! Dazu musste er aber einen Ring aus der Wand bekommen. An ihm war die zwei Meter lange Kette befestigt, die seinen Aktionsradius einschränkte. Herausreißen konnte er das Teil nicht, das hatte er bereits versucht. Vielleicht war er jedoch in der Lage, mit diesem Nagel das Holz aufzubrechen, in dem der Stahlring verankert war. Es kam auf einen Versuch an und darauf, wie spitz das provisorische Werkzeug und wie hart die Wand war!

Und wieder kniete Hakim auf dem Boden. Leicht würde es bestimmt nicht werden, sein Vorhaben zu verwirklichen, zumal der Ring ziemlich weit unten befestigt war. Doch er war durch seinen vorherigen Erfolg ermutigt und blendete sämtliche Komplikationen aus, die auftreten könnten. So war eben seine Natur: Jetzt war jetzt und später war später. Anfangs stach er wild auf das Holz ein, erkannte jedoch bald, dass er auf diese Weise nicht viel ausrichten würde, und fing an, die Nagelspitze rund um die Schraube, Niete oder womit der Ring auch befestigt war, in die Wand zu bohren. Sie war weniger hart als befürchtet und hoffentlich nur ein paar Zentimeter dick.

Es gab zwei Möglichkeiten: Entweder war das ein simples Brett mit normaler Dicke, oder dahinter war eine dicke Bohle mit einer möglichen Stärke von zehn bis fünfzehn Zentimetern. In diesem Fall hätte er nur dann eine reelle Chance, den Anker herauszubrechen, wenn er nicht hindurchführte und auf der Rückseite verschraubt war. Denn dazu reichte die Länge seines ›Bohrers‹ bei weitem nicht aus!

Kapitel 13

Der Beginn einer Spur?

»Was macht dein Knie?«, erkundigte sich Tobias bei Denise, die die Schießerei bei Ralf Friedmann als Einzige relativ unverletzt überstanden hatte. Nur ein Verband zeugte noch von der Prellung, die sie sich bei dem Sturz zugezogen hatte. Allerdings war der nicht zu sehen, da sie wie gewohnt Hosen trug. Der Platz neben ihr war leer. Dort saß normalerweise Martin, der deutlich weniger Glück gehabt hatte als sie.

»Ungefähr wie deinem, als du am Montag bei der Verfolgung einer verdächtigen Person im Wald über eine Wurzel gestolpert bist!«, konterte sie. »Wenigstens ist *mein* Tatverdächtiger nicht entkommen! Ich hinke noch ein wenig, doch der Arzt sagte, es dauert nur ein paar Tage, bis die Schwellung zurückgeht.«

»Ja, so ist das, wenn Martin dir das Leben rettet!«, grinste Jasmin. »Du musst immer mit Blessuren oder Knochenbrüchen rechnen, aber wenigstens wirst du nicht erschossen!« Die Kommissarin spielte auf eine Episode aus den Anfangstagen der SOKO an, die allen außer Denise hinreichend bekannt war. Martin hatte seinen neuen Partner wie ein Rugbyspieler brutal aus der Schussbahn gerempelt, als ein flüchtender Täter auf diesen anlegte. Auch Jonas verletzte sich bei der Aktion ein Knie und humpelte tagelang. Der Attentäter wurde von Martin lediglich am Ohr getroffen.

»Ich soll euch übrigens herzlich von ihm grüßen«, lächelte Tobias in Erinnerung daran. Martin war dem Gespött seiner Kollegen ausgesetzt gewesen, weil er nur das Ohrläppchen des Täters getroffen hatte. Doch seit diesem schicksalhaften Tag waren er und Jonas die allerbesten Freunde. »Ich habe ihn gestern Nachmittag noch im Krankenhaus besucht, um ihn zum Hergang zu befragen. Du warst ja mehr oder weniger außer Gefecht gesetzt, Denise. Er hat das Abenteuer im Gegensatz zu Friedmann einigermaßen gut überstanden und will baldmöglichst wieder zum Dienst erscheinen. Der Pfeil ist zwar durch die Schutzweste gedrungen, wurde dann aber zum Glück von einem Knochen aufgehalten, sodass er bloß eine nicht sehr tiefe Fleischwunde verursacht hat.«

»Ein bisschen was habe ich aber mitbekommen«, widersprach Denise. »Den Schützen hat Martin zuerst gesehen. Er muss mich dann reaktionsschnell aus der Schussbahn gerissen haben, sodass mich der Pfeil um eine Handbreit verfehlte. Ob Martin zuerst getroffen wurde oder der Schütze von ihm, kann ich nicht mit Gewissheit sagen. Das ging einfach zu schnell!«

»Weder noch. Das war eher wieder typisch für ihn. Es stimmt, dass er dich von dem Feuer weggerissen hat, als Friedmann auf dich anlegte. Die Waffe hatte er zu dem Zeitpunkt schon in der Hand, wie du mir ja auch bestätigt hast. Dann traf ihn der zweite Pfeil in die rechte Schulter, wodurch sich unbeabsichtigt ein Schuss aus seiner entsicherten Pistole löste. Pech für Friedmann war, dass Martin diesmal nicht vorbeigeschossen hat. Dummerweise war der Schuss tödlich, sodass wir ihn nicht mehr befragen können.«

»Bei ihm war Hakim jedenfalls nicht. Ich verstehe nur nicht, wieso die Weste den Pfeil nicht komplett aufgehalten hat«, wunderte sich Vanessa. Normalerweise wäre eine solche Frage von Erik gekommen, doch der Kommissaranwärter war auch heute ungewöhnlich in sich gekehrt. Tobias nahm sich vor, ihn bei Gelegenheit danach zu fragen, denn wenn er eines jetzt überhaupt nicht gebrauchen konnte, dann waren dies Ermittler mit persönlichen Problemen!

»Schutzwesten der Art, wie sie von der Polizei für gewöhnlich benutzt werden, haben kein Stahlgewebe zwischen den einzelnen Lagen«, erklärte Tobias ihr. »Ein solches ist jedoch zur Abwehr von langsameren Geschossen als Pistolenkugeln notwendig. Je höher die kinetische Energie, desto größer ist die Bremswirkung der Schutzweste. Das ist wie bei einer Wasseroberfläche: Schlägt man heftig mit der flachen Hand darauf, hat es einen spürbaren Widerstand, der sogar schmerzhaft sein kann. Taucht man sie aber langsam ein, weicht es zurück. Martin kann heilfroh sein, dass Friedmann einen Langbogen verwendete. Mit einem Compoundbogen wäre der Schuss vermutlich tödlich für ihn ausgegangen.«

»Einen Compoundbogen haben wir übrigens auch in seinem Haus nicht gefunden«, meldete sich Jürgen Vogel zu Wort. »Auch sind die Pfeile nicht dieselben, es ist daher mehr als fraglich, dass er mit dem Todesschützen aus diesen Videos identisch ist. Wir haben aber Speicherkarten und einen Laptop sichergestellt. Amara nimmt ihn gerade auseinander. Wenn er zum Videoschnitt oder zum Upload ins Darknet benutzt wurde, wird sie das sehr bald herausfinden! Erwähnenswert ist aber noch ein Baseballschläger, den wir im Haus fanden und an dem Blut von unterschiedlichen Trägern haftet. Der Mensch hat es nicht einmal für nötig befunden, ihn zu reinigen. Nicht, dass wir nicht trotzdem etwas nachweisen könnten«, lachte der Forensiker. »Sobald wir die DNA-Analysen haben, erfahrt ihr es als Erste!«

»Den Verdächtigen können wir leider nicht mehr dazu befragen, aber wir haben vielleicht den Beginn einer Spur«, nickte Tobias, dem Eriks Zusammenzucken nicht entgangen war. »Dass Friedmann was mit den Morden zu tun hat, steht für mich außer Frage. Zudem entspricht er einem Phantombild, das wir von Frau Suleiman haben, er könnte demnach einer der beiden falschen Polizisten gewesen sein, die in dem Asylantenwohnheim waren. Das würde jedenfalls die Gegenstände erklären, die er auf seinem Grundstück verbrannt hat.«

»Dank Denises beherztem Eingreifen konnten ein paar Fragmente davon noch gerettet werden«, bestätigte Vogel. Denise hatte, kaum dass sie sich aufgerappelt hatte, alles, was aus dem Feuer herausragte, diesem entrissen und die Flammen mit einer Decke erstickt, die dort herumlag. Vorher hatte sie sich natürlich vergewissert, dass ihr Partner wohlauf und Friedmann nicht mehr zu helfen war. »Wir wissen daher mit einiger Gewissheit, dass diese Sachen aus dem Wohnheim sind«, schloss der Forensiker.

»Habt ihr an der Leichenfundstelle irgendwelche Fremdspuren gefunden?«, stellte der SOKO-Chef die obligatorische Frage, wohl wissend, dass die Wahrscheinlichkeit dafür eher gering war.

»Ebenerdig nicht«, erhielt er dann auch die halbwegs erwartete Antwort Vogels. »Aber wir haben den kompletten Aushub eingetütet, wir sind derzeit mit Hochdruck dabei, ihn mehrfach durchzusieben. Mit etwas Glück haben die ›Totengräber‹ bei einer ihrer Aktionen etwas darin verloren. Es muss nach Ansicht von Frau Doktor de Luca nämlich drei davon gegeben haben, da die Leichen sich von der Liegedauer stark unterscheiden. Die Neueste ist vor etwa zehn bis vierzehn Tagen dort verscharrt worden und dürfte dem Habitus gemäß mit Tarek Hussein identisch sein. Die beiden anderen sind wenig gerechnet einige Monate und etwa ein Jahr alt. Es könnte also gut sein, dass Letztere euer ›erstes Opfer‹ darstellt.«

»Sie mussten demzufolge innerhalb dieser Zeitspanne dreimal die Büsche ausgraben, jedes Mal eine Leiche darunter deponieren, und die Sträucher samt ihrer Wurzeln wieder ordentlich einsetzen«, meldete sich Erik erstmals zu Wort. »Davon abgesehen, dass sie sich bestens dort ausgekannt haben müssen, geht sowas auch nicht so mal eben nebenbei! Warum hat das nie jemand gesehen?«

»Schön, dass du wieder bei uns bist, Erik«, spottete Denise, deren Aufmerksamkeit seine Zurückgezogenheit ebenfalls nicht verborgen geblieben war. »Dafür gibt es eine ziemlich einfache Erklärung: Ich kenne mich nach dem Ausflug am Sonntag in der Gegend ganz gut aus. Niemand, der seine Sinne beisammen hat, würde die festen Wanderwege verlassen, um in einen unwegsamen Wald zu laufen! Wie du mittlerweile aus eigener Erfahrung weißt, ist da nicht viel zu sehen und dreckig wird man auch!«

»Außerdem hat Hansen völlig recht, wenn er sagt, dass die Grabungsarbeiten auch nachts durchgeführt worden sein können«, fügte Tobias hinzu. »Mit einer entsprechenden Ausrüstung ist das heutzutage kein Problem! Was die Ortskenntnis angeht, gebe ich dir vollkommen recht, Erik, doch das dürfte zumindest auf Ralf Friedmann zutreffen, der jahrzehntelang in der Nähe dieses Waldes gewohnt hat. Er hat das Haus in Lohmar von seinen Großeltern geerbt, bei denen er auch aufwuchs! Eine andere Frage wäre ebenso dringend zu beantworten: Weshalb wurden alle Opfer im Wald vergraben, nur eines nicht? Bekanntlich haben wir *eine* Leiche aus einem Tümpel geborgen!«

»Was wir jetzt *wirklich* dringend benötigen, wo der einzige uns derzeit bekannte Tatverdächtige tot ist – und wir sind uns hoffentlich darüber einig, dass Ralf Friedmann Komplizen hatte – sind Hinweise, die uns schnellstmöglich zu diesen Leuten führen!«, brachte Denise es auf den Punkt. »Es gibt immer noch *einen* Menschen, den wir vielleicht retten können, falls das jemand vergessen haben sollte!«

»Keine Angst, das haben wir nicht vergessen«, gab Tobias sanft zurück. Wenn im Zuge einer Ermittlung vermisste Personen beteiligt waren, die zudem, wie jetzt Hakim Faisal, akut vom Tod bedroht waren, war Denise besonders emotional. Vor allem, wenn Kinder davon betroffen waren, wie es auch in ihrem letzten gemeinsamen Fall gewesen war. Letztlich hatte das sogar zu ihrem für alle überraschenden Ausscheiden aus dem Polizeidienst geführt. Und genaugenommen war es jetzt auch der Grund für ihre vorübergehende Rückkehr!

»Leider sind wir zurzeit vom Pech verfolgt«, fuhr er an alle gewandt fort. »Erst bricht sich Jonas auf so ›intelligente‹ Weise den Knöchel, dass er monatelang ausfällt. Martin wird angeschossen. Und als ob das nicht völlig ausreichen würde, verletzt sich Denise, die als Ersatz für Jonas gedacht war, auch am Bein! Voll einsatzfähig sind daher derzeit nur Jasmin und Vanessa. Erik darf als Kommissaranwärter nicht allein draußen ermitteln, und ich kann das Kommissariat als Leiter allenfalls stundenweise verlassen. Ich habe in meinem früheren Kommissariat nachgefragt, doch Donner ist selbst knapp mit Leuten und kann niemanden entbehren. Ebenso ist es mit meiner Frau, die ohnehin jetzt einen Mann weniger hat, seit ich ihr Martin ausgespannt habe und sie immer noch keinen Ersatz für ihn gefunden hat.«

»Und die deswegen nicht gut auf dich zu sprechen ist!«, warf Jasmin mit einem breiten Grinsen vorlaut ein.

»Und die deswegen ... Wirklich witzig!«, brummte er verstimmt, weil er fast in ihre Falle getappt wäre. »Um unsere Kräfte möglichst effektiv einzusetzen, wirst du mit Vanessa das Umfeld von Ralf Friedmann untersuchen«, bestimmte er. »Fragt bei den Vereinskameraden nach, was er für ein Mensch war und ob er besondere soziale Kontakte pflegte. Denise sagte es gestern schon sehr treffend: Irgendwo muss sich das saubere Trio ja kennengelernt haben! Wenn wenigstens einer davon zusätzlich ermittelt wird, sind wir unter Umständen einen großen Schritt weiter, denn die Wahrscheinlichkeit, dass Hakim Faisal bei diesem festgehalten wird, beträgt fünfzig Prozent!«

»Sofern es nicht weitere Tatbeteiligte beziehungsweise Mittäter gibt«, brachte Vanessa einen berechtigten Einwand vor, der wohl allen auf der Zunge lag.

»Damit müssen wir natürlich rechnen, doch zum Glück gibt es dafür zurzeit keinerlei Hinweise«, hob Tobias die Schultern. »Dann wäre das ja geklärt, alle anderen bleiben hier im Kommissariat, pflegen ihre Wunden und ackern mit mir gemeinsam alles durch, was nicht abschließend bearbeitet wurde. Vornehmlich sind das die Fahrzeughalter, die Vereine – wobei wir uns zunächst auf den konzentrieren können, wo Friedmann Mitglied war – sowie die Liste vom BKA. Und auch das zweite Video sollten wir uns noch ein paar Mal gründlich anschauen. Deine Beobachtungen waren schon ziemlich hilfreich, aber da könnte noch mehr sein«, nickte er Jasmin zu, die ihre diesbezüglichen Erkenntnisse pflichtbewusst in die Wissensdatenbank eingetragen hatte. »Das kann Erik machen. Ach übrigens: Warte doch nachher in meinem Büro auf mich«, wandte er sich an diesen. »Das war es für jetzt. Jasmin und Vanessa: ihr beide bleibt bitte noch eine Minute!«

Tobias wartete, bis auch Denise als Letzte hinaus gehumpelt war und die Tür hinter sich geschlossen hatte. Sie kannte ihn lange genug, um zu wissen, dass es hier um etwas ging, das nicht für fremde Ohren bestimmt war. »Habt ihr eine Ahnung, was mit Erik los ist?«, überfiel er die Kommissarinnen, kaum dass die drei unter sich waren. »Er verhält sich seit gestern reichlich merkwürdig. Erst dachte ich ja, es hätte was mit den neuen Leichenfunden zu tun, aber dahinter muss etwas anderes stecken.«

Jasmin sah fragend ihre Freundin an, die mit den Schultern zuckte. *Na schön, dann bleibt es wohl an mir hängen*, dachte sie. »Es ist wegen Amara«, begann sie vorsichtig. »Es ist ja ein offenes Geheimnis, dass er … Na ja, sagen wir, dass etwas für sie übrig hat. Gestern hat er sich endlich ein Herz gefasst und sie zu einem Date einladen wollen. Sie hat ihm jedoch einen Korb gegeben. Und zwar einen von der schlimmsten Sorte. Sie sagte, sie wäre in einer festen Beziehung.«

»Verstehe. Aber das kommt in seinem Alter doch immer wieder vor, und Amara ist ja auch zehn Jahre älter als Erik. Das ist kein Grund, sich so abzukapseln! Außerdem benötigen wir gerade jetzt seinen analytischen Verstand. Er wartet in meinem Büro, ich werde mich mal mit ihm unterhalten.«

»Du weißt noch nicht alles!«, seufzte Vanessa. »Er hadert nicht damit, dass er bei Amara chancenlos ist, sondern damit, dass seine ›Konkurrenz‹ weiblich ist!«

»Oh!« Tobias war für einen Augenblick sprachlos. »Das ist natürlich böse! Dann stimmen die Gerüchte also, die über Amara in Umlauf sind! Danke, dass ihr es mir gesagt habt. Ich rede dann mit Erik sozusagen von Mann zu Mann. Das wird schon wieder!«

* * *

Jasmin und Vanessa waren gleich im Anschluss an die Dienstbesprechung nach Lohmar zu dem Schützenverein gefahren, bei dem Ralf Friedmann Mitglied gewesen war. Dort, wo Erik sich am Montag wenig erfolgreich ausgerechnet an einem Compoundbogen versucht hatte, wollten sie mit ihren Erkundigungen beginnen. Immerhin hatte dieser ›Selbstversuch‹ des Kollegen gezeigt, dass der Umgang mit der Königsklasse des Bogenschießens nicht einfach war und viel Disziplin erforderte, was ja nicht unerheblich war.

»Meinst du, es war richtig, dass wir dem Chef das mit Erik und Amara gesagt haben?«, erkundigte sich Jasmin besorgt bei der Freundin. Das Vereinsgebäude lag in der Nähe der Autobahnausfahrt und war über die A3 bequem zu erreichen. Die Kommissarin setzte den Blinker, in weniger als fünf Minuten würden sie an ihrem ersten Ziel angelangt sein. »Erik hat es uns ja irgendwie in der Hoffnung anvertraut, dass wir es für uns behalten!«

»Natürlich war das richtig!«, beharrte Vanessa, obwohl es Jasmin war, die gepetzt hatte. »Tobias hat uns ja gefragt. Es ist ihm also aufgefallen, dass Erik etwas durch den Wind war. Ist ja nicht etwa so, dass wir getratscht hätten! Der Chef hat recht, wir können uns in der augenblicklichen Situation keinen liebeskranken Kollegen leisten! Er wird schon so behutsam wie möglich mit Erik umgehen. Davon geht die Welt nicht unter! Vielleicht solltest du ihm was von deiner Schokolade abgeben«, fügte sie grinsend hinzu.

Nur Vanessa wusste, dass Jasmin die Trennung von ihrem Freund vor zwei Jahren mit Süßigkeiten zu kompensieren versuchte. Die Schokolade hob zwar ihre Stimmung, war aber auch für die ›Polster‹ an den Hüften der jungen Frau verantwortlich. Durch einen teilweisen Verzicht und nicht zuletzt auch durch das strenge Fitnesstraining, das Tobias seinen Mitarbeitern zu Beginn der Zusammenarbeit auferlegt hatte, waren diese sichtbar geschrumpft. Etwas pummelig war Jasmin immer gewesen.

»Erik und Schokolade!«, lachte sie. »Der nimmt ja nicht mal Zucker in seinen Tee, und das ist gruselig genug!« Sie schüttelte sich und setzte anschließend den Audi gekonnt in eine Parklücke vor dem Vereinshaus, aus dem im Sekundentakt Schussgeräusche zu hören waren. »Da drin wird geschossen«, kommentierte sie es überflüssigerweise. »Es sind also hoffentlich genügend Leute da, die Friedmann kannten!«

* * *

»Na, war es sehr schlimm?«, empfing Denise den Kommissaranwärter, als er aus dem Büro des Chefs heraustrat und sich mit betrübt gesenktem Kopf in die verwaiste Parzelle zurückziehen wollte, die er mit Jasmin und Vanessa teilte. »Weißt du was, Erik?«, rief sie ihm nach, weil er nicht reagierte. »Wie wäre es, wenn du dich hier zu mir setzen würdest? Martin hat sicher nichts dagegen, dass du seinen Schreibtisch in seiner Abwesenheit benutzt. Er wird ohnehin seinen Dienst frühestens nächste Woche wieder aufnehmen können. Vielleicht könnten wir einander Gesellschaft leisten, solange Vanessa und Jasmin draußen sind!«

Erik zuckte gleichgültig mit den Schultern, kam aber eine Minute später mit ein paar seiner Habseligkeiten zurück. Viel brauchte er für den Umzug nicht, da sämtliche Akten elektronisch gespeichert wurden. Und alles konnte dank Tobias' Voraussicht bei der Konzeption des Kommissariats von jedem beliebigen Arbeitsplatz eingesehen werden. Dies galt besonders für das zweite ›Mordvideo‹, das seit gestern in ihrem Besitz war, und das Erik sich auf Geheiß des Chefs ein weiteres Mal gründlich anschauen sollte.

»Es wird dich vielleicht interessieren, dass soeben die Ergebnisse der noch ausstehenden DNA-Analysen in der Hauspost waren«, begrüßte sie ihn, während er umständlich seinen Kram verteilte. Im Wesentlichen waren es solche Sachen wie eine Thermoskanne mit grünem Tee, ein dazu passender Becher und eine Flasche mit Fruchtsaft. Das Abholen und Verteilen der Post gehörte zwar eigentlich zu den Aufgaben des Kommissariatsleiters, doch Denise hatte, ebenso wie ihr früherer Ermittlungspartner, mit der Umgehung von Hierarchien noch nie Probleme. Tobias würde es also verstehen, zumal sie ihm wertvolle Zeit gespart hatte, während er dem jüngsten Kollegen die Leviten gelesen hatte. Sie wusste zwar nicht genau, worum es ging, hatte jedoch eine starke Vermutung.

»Das Blut an Friedmanns Baseballschläger konnte zwei Personen zugeordnet werden«, fuhr Denise fort, während Erik bereits seinen Platz eingenommen und das Video gestartet hatte. »Eine weitere Analyse steht noch aus, da es dafür keine Vergleichsprobe gibt. Eine der beiden bekannten ist der Tote aus dem Tümpel, die andere DNA gehört zu Tarek Hussein, der gestern zusammen mit den beiden halb verwesten Leichen in diesem Grab im Wald gefunden wurde. Wir konnten ihn einigermaßen anhand seines Reisepasses identifizieren, den Omar Suleiman uns gegeben hat. Zuverlässige DNA-Proben haben wir von ihm ja nicht. Die anderen Toten aus dem Wald sind nach wie vor unbekannt. Friedmanns DNA ist hingegen mit keiner der uns bekannten Proben identisch, weder mit der an dem Pfeil noch mit der in dem Busch, wo eine der Kameras versteckt war.«

»Dafür dürfte er mit dem Todesschützen aus dem zweiten Video identisch sein«, sprach Erik erstmals seit der Fallbesprechung. »Was Jasmin nämlich wahrscheinlich übersehen hat, als sie es sich angeschaut hat, ist die Tatsache, dass der Kerl mit der Bodycam ein anderer ist, als der aus dem ersten Film. Er hält den Bogen erstens mit der anderen Hand, die zweitens nicht so kräftig ist und kaum behaart. Weißt du, ob Friedmann ein Tattoo am linken Unterarm hatte? Der hier hat nämlich eines, und es ist diesmal hervorragend zu sehen!«

»Stimmt, das ist mir aufgefallen, als ich nach ihm schauen wollte, nachdem Martin auf ihn geschossen hatte«, nickte Denise. Sie lächelte still in sich hinein. Erik war wieder in seinem Element, man musste ihm nur eine sinnvolle Aufgabe geben! »Das war so eine Art Totenkopf, wenn ich mich recht erinnere.«

»Perfekt. Dann haben wir hier vielleicht erstmals eine Zuordnung! Vanessa hat doch auch geglaubt, ein Tattoo bei dem Kerl in dem anderen Video gesehen zu haben! Was wäre, wenn das stimmt und es sogar ein Identisches ist? Die könnten zu einer Gang oder einer rechtsradikalen Vereinigung gehören!«

»Das würde uns eventuell weiterhelfen! Machst du mir einen Ausdruck davon? Friedmann ist schon in der Rechtsmedizin, aber ich werde der Pathologin das Foto zukommen lassen, sie kann bei der Obduktion sicher feststellen, ob das in dem Video sein Arm ist! Ich suche in der Zwischenzeit in *INPOL* nach Entsprechungen zu dem Tattoo. Das erscheint mir im Augenblick zielführender, als die Listen von Fahrzeughaltern zu vergleichen.«

»Ralf Friedmann? Äh … Ja, den kenne ich«, nickte Tim Hamacher zögernd. Er war das fünfte Vereinsmitglied, das Vanessa und Jasmin zu fassen bekamen, als er gerade sein Kleinkalibergewehr wegschloss. Die vier davor kannten den Namen angeblich nicht, allerdings war Friedmann ausschließlich in der Sportbogengruppe gewesen, Hamacher hingegen war sowohl dort als auch bei den Handfeuerwaffen aktiv. Waffenwart Georg Zeidler hatte die Kommissarinnen vorgewarnt und darauf verwiesen, dass wenige Mitglieder am Vereinsleben interessiert waren und die jährlichen Hauptversammlungen besuchten. Demzufolge kannte man sich selten. Friedmann war einer derjenigen gewesen, die nur zum Schießen kamen.

Viel über ihn zu sagen wusste Georg Zeidler nicht, da Friedmann keine Kameradschaften gepflegt hatte und auf dem Übungsplatz, den er täglich aufsuchte, nur seine Technik zu verbessern versuchte. Besonderen Wert schien er dabei auf schnelle Schussfolgen zu legen, was die Kommissarinnen mit einem beifälligen Nicken zur Kenntnis nahmen. Der Übungsplatz für Bogenschießen befand sich im Freien und wurde momentan aufgrund der Wetterbedingungen nicht für Sportveranstaltungen genutzt, daher hatten sich Jasmin und Vanessa mit den Leuten im Schießkeller begnügen müssen.

In den durften auch die Polizistinnen aus Sicherheitsgründen nicht hinein, während dort geschossen wurde. Da galten strenge Regeln, doch das war ja ›zu Hause‹ im Schießkeller der Polizei auch nicht anders. »Höre ich da ein Zögern?«, hakte Vanessa Fuchs nach.

»Das könnte verschiedene Gründe haben. Waren Sie mit ihm näher bekannt und mochten ihn nur nicht besonders, oder war er ein zurückgezogener Mensch, mit dem niemand Kontakt hatte oder haben wollte? Was davon trifft zu? Zeidler sagte uns, er sei eine Art Eigenbrötler gewesen, stimmt das?«

»Ihr zwei seid doch von der Polizei!«, brummte er, während er an der Klappe des Schließfachs rüttelte, um sich zu vergewissern, dass sie verschlossen war. »Ihr würdet sicher nicht fragen, wenn mit ihm alles in Ordnung wäre, habe ich recht? Niemand, der seine Sinne beisammen hat, würde freiwillig zugeben, mit dem privat etwas zu tun zu haben!«

»Das heißt also, Sie haben schlechte Erfahrungen mit Ralf Friedmann gemacht?«, interpretierte Jasmin seine Worte recht frei. Es war aber anzunehmen, dass die beiden in der Vergangenheit einmal heftig aneinandergeraten waren, und sie wollte wissen, warum.

»Er hatte meines Erachtens eine recht zweifelhafte Einstellung zu dem, was wir tun«, sagte Hamacher. »Es geht hier um Ausdauer und Geschicklichkeit, wie das bei jeder anderen Sportart auch ist. Er aber wollte offenbar den Kick, denn er sprach sich mir gegenüber einmal darüber aus, dass Jagen mit Pfeil und Bogen erlaubt sein müsste. Wie Sie wissen, darf in Deutschland und auch anderswo nur mit für die Jagd zugelassenen Waffen auf Tiere geschossen werden. Ich sagte ihm das. Er meinte, dass dieses Gesetz aber nicht für Menschen gelte. Als er mein entsetztes Gesicht sah, tat er, als sei das nur ein Scherz gewesen. Doch sicher bin ich mir dessen nicht, denn da war ein paar Tage später noch etwas anderes!«

Er sah sich mehrmals verstohlen um, wie um sich zu vergewissern, ob sie unter sich waren, und fuhr dann mit gesenkter Stimme fort: »Entschuldigen Sie meine Vorsicht, doch heutzutage weiß man nie, wer hinter der nächsten Ecke steht und lauscht! Jedenfalls kam Ralf mit einem Kerl hierher, der optisch ein Klon von ihm hätte sein können. Das war aber kein Mitglied, da bin ich mir sicher! Sogar dasselbe Tattoo hatte er auf dem linken Unterarm. So eine Art Totenschädel, nur gruseliger. Ein bisschen kleiner, dafür kräftiger. Brutale Gesichtszüge, Glatze und Springerstiefel. Also, wenn das kein Nazi war, dann weiß ich es auch nicht! Ralf hat ihm die Anlage gezeigt und ich dachte, der Kerl will vielleicht dem Verein beitreten. Aber der meinte nur, auf Scheiben zu schießen wäre Kinderkram, er hätte was Besseres für ihn. Hab mich dann schleunigst verdünnisiert, bevor die merkten, dass sie nicht alleine waren.«

»Und wann hat sich das zugetragen?«, erkundigte sich Vanessa. »War das kürzlich? Oder ist das schon länger her?« Die Frage war im Hinblick auf die beiden bereits stark verwesten Leichen, die gestern entdeckt worden waren, durchaus berechtigt. Mit etwas Glück hatten sie mit Tim Hamacher einen Zeugen für den Beginn der Mordserie gefunden. Und sie hatten eine vage Beschreibung eines möglichen Komplizen von Friedmann!

»Das war Sommer einundzwanzig, also vor mehr als einem Jahr«, antwortete Hamacher nach kurzem Nachdenken. »Ich hatte das fast schon vergessen und mich erst durch Ihre Fragen daran erinnert. Was ist denn nun mit Ralf? Hat er etwas angestellt?«

»Er ist tot«, gab Jasmin zurück, ohne dies näher zu erläutern. »Einen Namen haben Sie nicht eventuell für uns? Von dem anderen Kerl, meine ich. Denken sie gut nach! Hat Friedmann ihn vielleicht persönlich angesprochen? Sie würden uns sehr helfen, wenn Sie sich erinnern könnten!«

Hamacher gab sich sichtlich Mühe, das vor einem Jahr erlebte in sein Gedächtnis zurückzurufen, schüttelte dann aber den Kopf. »Bedauere, ich kann mich so ziemlich an jedes Wort erinnern, das die beiden sprachen, doch ein Name wurde nicht genannt. Ich kann Ihnen nur sagen, dass der Kerl wahrscheinlich Linkshänder war, wenn Ihnen das hilft. Er zündete sich zwischendurch eine Zigarette an und hielt das Feuerzeug mit der linken Hand, das ist mir irgendwie im Gedächtnis geblieben.«

Kapitel 14

Das Ende einer Gefangenschaft

Natürlich befand sich hinter dem Ring ein Pfosten, wie hätte es auch anders sein können? Hakim konnte zwar kaum was sehen, doch seine Sinne waren in der langen Zeit in fast völliger Dunkelheit geschärft, vor allem sein Tastsinn. Und dieser verriet ihm, dass sich hinter dem zwei Zentimeter dicken Brett ein weiteres hölzernes Hindernis anschloss. Nach allen Gesetzen der Logik musste das ein Pfosten sein. Die Schraube, an der ›sein‹ Ring befestigt war, führte direkt hinein.

Dieses Brett zu durchbohren, war zu Beginn nicht einfach gewesen, zumal sein einziges Werkzeug sehr dünn war, wodurch er es nicht richtig greifen konnte. Nachdem aber erst ein Anfang gemacht war, war es ihm erstaunlich leicht gefallen, mit der Nagelspitze Span um Span aus der Wand zu brechen, bis er rund um den Ring etwa zwei Zentimeter freigelegt hatte. Die Blasen in seinen Handflächen ignorierte er geflissentlich. Hier ging es um sein Leben!

Erneut überlegte er, wie der Verschlag beschaffen sein mochte. Bei einem Schuppen waren die Pfähle doch in der Regel innen und nicht außen! Hinter dem Brett konnte er aber deutlich einen Pfosten ertasten, und diesen musste er nun ebenfalls überwinden. Er wusste zwar nicht, wie stark dieser Pfahl war, aber wenn es ihm gelang, über die Hälfte seines Durchmessers zu kommen, konnte er die einen halben Zoll dicke Schraube womöglich mit viel Zugkraft herausbrechen. Und dazu wiederum konnte ihm die zwei Meter lange Kette dienen, die daran befestigt war!

Soweit zur Theorie, doch nach Stunden anstrengender Tätigkeit hatte er aufgeben müssen. Wo blieb eigentlich der Kerl, der ihm das Essen brachte? Was er nicht bedacht hatte, war die simple Tatsache, dass der ›Tunnel‹, den er mühsam in das Holz grub, mit jedem Zentimeter Tiefe an Durchmesser abnehmen musste, da er immer weniger dazu in der Lage war, seitliche Gewalt auszuüben, und zuletzt nur stechen konnte. Schließlich war das Ende erreicht, der Nagel verschwand fast bis zu seinem Kopf in dem trichterförmigen Loch und hinten war die Schraube bestenfalls einen Millimeter rundherum freigelegt.

Er brauchte nicht erst lange zu rechnen. Der Nagel maß vier Zoll, abzüglich der Dicke des Brettes hatte er demnach maximal acht Zentimeter tief in den Pfahl gebohrt. Wie dick mochte dieser sein? Noch einmal genauso viel, oder war er fast durch? Nach zwei oder drei besonders tiefen Atemzügen wagte Hakim das entscheidende Experiment. Er griff die Kette fest mit beiden Händen und zog sie ruckartig mit aller Kraft, die er noch aufbringen konnte, seitwärts auf sich zu. Es knirschte hörbar im Gebälk! Noch einmal, dieses Mal von der anderen Seite. Es knirschte noch lauter! Von dem hörbaren Erfolg ermutigt, riss Hakim jetzt förmlich wechselseitig an der Kette, und nach zehn Minuten fiel er zum zweiten Mal an diesem schicksalhaften Tag auf den Hintern. Die Schraube war samt Ring aus der Wand heraus!

Viel Zeit für ein Freudentänzchen blieb ihm indes nicht, da in diesem grandiosen Moment der Freude über sein teilweises Wiedererlangen von Freiheit ein klapperndes Geräusch jenseits der Tür die Annäherung einer Person ankündigte. Das musste der Kerl mit dem Essen sein! Schlagartig wurde ihm bewusst, dass er in seinem Eifer, nur die Kette aus der Wand zu bekommen, an ein *Nachher* überhaupt nicht gedacht hatte. Mit anderen Worten: Er hatte nicht den Hauch eines Plans!

Der Mensch da draußen hatte offenbar Probleme, den richtigen Schlüssel zu finden, denn er fluchte lauthals vor sich hin. Hakim hatte immer noch die Kette am Fuß, deren Ende er über die Schulter legte, um kein Geräusch zu verursachen. Er schlich hinüber und stellte sich gegenüber der Stelle auf, wo in seiner Erinnerung die Angeln waren. Keinen Augenblick zu früh, denn der Kerl hatte den Schlüssel gefunden und trat ein. Es war nicht derselbe wie gestern, der hier war etwas kleiner und bulliger.

Hakim blieb keine Zeit mehr, sich erneut darüber zu wundern, dass der allgegenwärtige Lichtstrahl, der durch das Astloch fiel, einen hellen Sonnentag suggerierte, der Bereich hinter dem Kerl jedoch wie immer ein schummriges Dämmerlicht zeigte. Denn obwohl nicht viel Helligkeit in sein Gefängnis drang, reichte sie aus, um zu erkennen, dass der Gefangene nicht dort war, wo er eigentlich sein sollte!

»Was, zum …?«, entfuhr es dem Mann, der bereits einen Schritt nach vorne getan hatte und dem neben der Tür lauernden Hakim den Rücken zuwandte. Der dachte nicht lange nach und schlang ihm von hinten das Einzige um den Hals, was er als Waffe besaß und einsetzen konnte: die Kette, die er gerade erst aus der Wand gerissen hatte! Der Kerl zappelte würgend in seinem Griff und versuchte, nach ihm zu treten. Er hatte keine Chance gegen ihn, denn Hakim war stark und zudem wütend, was seine Kraft verdoppelte und ihn die Tritte kaum spüren ließ.

Was er aber spürte, war das Messer, welches ihm in die Seite gestoßen wurde! Der Schmerz, der sich, von seiner linken Niere ausgehend, im ganzen Körper ausbreitete, trieb ihm die Tränen in die Augen, doch jetzt war nicht die Zeit, aufzugeben. Er wäre in der nächsten Sekunde tot! Stattdessen sammelte er den letzten Rest seiner schwindenden Kräfte und zog die Kette so fest zu, wie er es vermochte. Zweimal musste er noch die Zähne zusammenbeißen, als ihn Stiche des sich verzweifelt zur Wehr setzenden Mannes in den Unterleib trafen, dann sackte dieser unvermittelt in sich zusammen. Es war geschafft!

Der Mann war tot. Doch auch Hakim war schwer verletzt, was er jetzt, als das Adrenalin sich langsam abbaute, erst richtig spürte. Außerdem war er seines Haltes beraubt, nachdem der Kerl zu Boden gegangen war. Hakim wurde schwindlig und er musste sich am Türrahmen abstützen. Die Hand, die er fest auf seine Stichwunden presste, war klatschnass von seinem Blut. Er benötigte so schnell wie möglich Hilfe, sonst würde er das Schicksal des soeben von ihm überwundenen Gegners sehr bald teilen!

Er torkelte nach draußen, wo er erkannte, was hier nicht stimmte. Oder spielten ihm die schwindenden Sinne einen bösen Streich? Der Verschlag, in dem er gefangen gehalten worden war, stand nämlich nicht auf ebener Erde, nicht einmal im Freien! Es handelte sich vielmehr um einen abgetrennten Raum in einem ansonsten leeren Keller! Der Lichtstrahl, der ihn so lange genarrt hatte, fiel durch ein faustgroßes Loch ganz oben unter der Decke, eine Lampe gab es nicht.

Doch zuerst einmal musste er hier raus! Die Kette an seinem Fuß behinderte ihn sehr, da er sie gestrafft halten musste, um nicht zu straucheln. Sie erlaubte ihm nur, die hohen Stufen der schmalen und steilen Treppe einzeln zu nehmen, und ein Geländer gab es nicht. Seine rasch schwindenden Kräfte zwangen ihn zu mehreren Pausen, die er sich jedoch nicht leisten konnte, denn er verlor viel Blut und jederzeit konnte ihm jemand von oben entgegenkommen! Umso mehr war er überrascht, als er dann anstelle einer Tür eine hölzerne Klappe über seinem Kopf vorfand, die hochgeklappt war. Von hier war der fahle Dämmerschein gekommen, den er unten wahrgenommen hatte. Als er hinausstieg, sah er sich von Bäumen umgeben.

Verwirrt schaute er sich um, wobei sein Gesichtsfeld jedoch durch den Blutverlust und die Schmerzen stark eingeschränkt war, und ihm verschwamm alles vor den Augen. Er sah gerade so viel, dass der Keller zu einer verfallenen Ruine zu gehören schien und um ihn herum nur Wald war. Nun wurde ihm endgültig klar, warum niemand ihre Rufe vernommen hatte! Schlagartig verließ ihn der Mut. Jetzt war er so weit gekommen, und dann das! Bis zu einem Arzt würde er es nicht schaffen. Er wusste ja nicht mal, in welche Richtung er gehen musste!

Nein! Aufgeben ist keine Option, ermahnte er sich. Sollte alles umsonst gewesen sein? Die gefahrvolle Flucht über das Mittelmeer, der ohnehin sinnlose Tod seiner besten Freunde? Und wer sollte sich um deren und seine eigenen Geschwister kümmern, wenn auch er tot war? Seine Schwestern Layla und Samira waren noch so klein! Adil und Halima, Tareks Geschwister, waren gerade in die Schule gekommen und Djamals Bruder Karim war auch erst neun!

Sie leben! Ich weiß, dass sie wohlauf sind, betete er sich immer wieder wie ein Mantra vor, während er mühsam einen Fuß vor den anderen setzte. Die Kette in seinen Armen war schwer und er musste bei jedem Schritt höllisch aufpassen, dass er nicht strauchelte, denn danach wäre er nicht mehr in der Lage, aufzustehen. Währenddessen nahm der Wald einfach kein Ende und sein wertvolles Blut floss unaufhaltsam aus ihm heraus. Doch der unerschütterliche Glaube, dass das Boot mit den Kindern *nicht* im Sturm gekentert war und Allah sich ihrer in seiner unendlichen Güte angenommen hatte, hielt ihn wie durch ein Wunder aufrecht.

Wäre er bei Sinnen gewesen oder hätte er eine Uhr besessen, hätte er gewusst, dass seine Flucht aus dem Keller keine zehn Minuten zurücklag, doch ihm war es, als wären viele Stunden seither vergangen, als er unachtsam über eine Baumwurzel stolperte und der Länge nach zu Boden fiel. Alle Versuche, wieder auf die Beine zu kommen, schlugen fehl, er hatte nicht einmal die Kraft, den Schmutz wieder auszuspucken, der in seinen Mund geraten war.

»Ich ... muss ... weiter«, keuchte er. »Nur ... ein ... kleines ... Stück!« Hakim krallte seine Hände in die feuchte Erde, bekam eine Baumwurzel zu fassen und zog sich einige Zentimeter daran vorwärts. Und noch drei oder vier Mal. Nach kaum zwei Metern, die er auf diese wenig erfolgversprechende Weise zurückgelegt hatte, verließen ihn endgültig die Kräfte. Dass er eine Böschung hinunterrutschte und in einem Straßengraben landete, bekam er nicht mehr mit.

Kapitel 15

Die »Totenkopfbrigade«

»Jetzt, wo der traurige Rest meiner arg zusammengeschmolzenen Truppe wieder versammelt ist, wird es Zeit, einige Zusammenhänge zu diskutieren, die sich möglicherweise aufgetan haben«, begann Tobias Heller die nachmittägliche Fallbesprechung. Denise war bereits zu Hause und in einer Stunde war für die anderen ebenfalls Feierabend, doch dazu sollte es für einige von ihnen nicht kommen. Jasmin und Vanessa waren erst seit zehn Minuten von ihrer Tour zurück und hatten gleichfalls Neuigkeiten mitgebracht, die sich diesmal ausnahmsweise mit den Erkenntnissen der Kollegen deckten. Ein erster richtiger Erfolg? Von der Forensik war Amara Jones erschienen, sodass vier Augenpaare den SOKO-Chef abwartend ansahen.

»Zunächst habe ich hier die Autopsieberichte der gestern gefundenen Leichen«, fuhr er fort und hielt eine Mappe hoch. »Aufgrund meiner Personalknappheit hat Frau Doktor de Luca es mir verziehen, dass ich niemanden geschickt hatte, der ihre Arbeit zu würdigen wusste«, lächelte er boshaft. »Allerdings bin ich ihr sehr dankbar, dass sie die Leichenschauen nicht nur sofort und an einem Tag durchgeführt hat, sondern auch, dass sie mir die vorläufigen Berichte eigenhändig überbrachte! Viel Neues haben wir nicht dadurch erfahren, es gilt aber jetzt als gesichert, dass alle drei mit Pfeilen getötet wurden, und zwar auf dieselbe Weise wie Djamal und der unbekannte Tote aus dem Teich. Bei der frischesten Leiche handelt es sich mit ausreichend großer Wahrscheinlichkeit um Tarek Hussein, jedenfalls entspricht er dem Passfoto. Die zwei anderen sind nach Meinung der Pathologin vor ungefähr einem, beziehungsweise einem halben Jahr getötet worden, mit einem Unsicherheitsfaktor von zwei Monaten. Bei allen waren außerdem Spuren von stählernen Hand- und Fußfesseln zu sehen, wie bei Djamal Hamada.«

Er legte eine bedeutungsvolle Pause ein, bevor er fortfuhr: »An der ältesten Leiche konnte menschliche DNA unter den Fingernägeln gefunden werden. Insofern hat sich die Hoffnung meiner Frau erfüllt, dass beim ersten Opfer eventuell Fehler gemacht wurden. Leider hilft es uns momentan nicht weiter, da sie mit der Probe identisch ist, die an dem Pfeil von der Jagd auf Djamal gefunden wurde und für die wir sonst keine Entsprechung haben.«

»Dann waren es auch dieselben Leute!«, warf Erik ein. Die Anwesenheit Amaras schien ihn heute nicht zu stören, anscheinend waren die Wogen geglättet. »Wir dürfen jedoch daraus schließen, dass es sich bei diesem Täter um den Gründer beziehungsweise Kopf der Bande handeln könnte. Ich frage mich allerdings, warum eins der Opfer im Tümpel versenkt und die anderen im Wald vergraben wurden.«

»Nicht nur du!«, brummte Tobias. »Aber vielleicht hat das ja auch gar nichts zu bedeuten. Zum Beispiel könnte der Förster ihnen überraschend in die Quere gekommen sein. Oder sie hatten keine Zeit mehr, sie bei den anderen zu vergraben. Kommen wir aber jetzt zunächst zu einer Sache, die uns den Tätern eventuell ein gutes Stück näher bringen könnte!«, nickte er den Kommissarinnen zu, die von ihrem recht aufschlussreichen Gespräch mit Tim Hamacher berichteten.

»In diesem Zusammenhang erscheint meine Beobachtung bezüglich eines möglichen Tattoos im ersten Video in einem völlig neuen Licht!«, schloss Vanessa. »Dass Friedmann und der Fremde jeweils ein identisches Motiv an derselben Stelle hatten, könnte zudem auf die Zugehörigkeit zu einer Bande oder rechtsradikalen Vereinigung hinweisen. Diese Burschen schmücken sich bekanntlich gern mit solchen Erkennungszeichen und gleichmachenden Verzierungen! Gleich marschiert ist gleich gedacht!«

»Da sind wir bereits einen Schritt weiter«, lächelte Tobias hintergründig. »Wir kennen nämlich schon den Namen dieser Vereinigung!«, ließ er die Katze aus dem Sack. »Sie nennen sich selbst ›Totenkopfbrigade‹ und sind dem BKA einschlägig bekannt, ohne dass ihnen kriminelle Handlungen nachgewiesen werden konnten. Erik?«, forderte er sein jüngstes Teammitglied auf, da Denise nicht verfügbar war. Sie hatte die Ermittlungen mit ihm gemeinsam durchgeführt und dabei die Hauptarbeit geleistet, wofür sie ihre Dienstzeit etwas überziehen musste.

Erik rief das Standbild auf, das er für Denise angefertigt hatte, und gab es für die anderen frei. »Das ist aus dem zweiten Video«, erläuterte er. »Ein identisches Tattoo gibt es auf dem linken Unterarm von Ralf Friedmann. Denise hat dieses Bild per E-Mail an Doktor de Luca geschickt und die hat bestätigt, dass es mit dem an der Leiche übereinstimmt. Ob es aber auch tatsächlich dasselbe ist, wird sie vielleicht noch anhand einiger Hautunebenheiten feststellen, doch das wird einen Tag oder zwei dauern, sagte sie. Die Wahrscheinlichkeit liegt bei unter zehn Prozent, da es nachweislich ein Dutzend weiterer Träger gibt!«

Er rief eine zweite Fotografie auf und blendete sie zum direkten Vergleich daneben ein. »Das hat Denise von ihrer Schwester Bettina erhalten. Wie ihr seht, ist es absolut identisch mit unserem und wird vom BKA einer vermutlich extrem rechtsradikalen Gruppe mit dem Namen ›Totenkopfbrigade‹ zugeordnet, wie der Chef bereits sagte. Deswegen ›vermutlich‹, weil man zwar bislang zwei einzelnen Mitgliedern, nicht aber dem Verein insgesamt Straftaten nachweisen konnte. Die wahrscheinlich kriminelle Vereinigung hat vierzehn bekannte Anhänger, die alle unter Beobachtung stehen. «

»Na, das ist ihnen im Fall Friedmann ja hervorragend gelungen!«, mokierte sich Vanessa. »Immerhin hat er Menschen getötet oder war zumindest beteiligt. Unter Beobachtung verstehe ich etwas anderes!«

»Potenzielle Gefährder werden nicht rund um die Uhr observiert«, sagte Tobias. »Ohne triftigen Grund ist das sowieso nicht erlaubt. Es kann aber sein, dass Ralf Friedmann neu bei dieser Vereinigung war, die komplette Liste will Bettina mir noch schicken. Vielleicht wurde er an dem Tag von dem Kerl rekrutiert, den Tim Hamacher mit ihm gesehen hat. Das älteste Opfer lag etwa so lange in dem Grab und ich glaube nicht an Zufälle, wie ihr wisst. Das Tattoo könnte er gehabt haben, weil die beiden vorher schon Kumpel waren. Es wäre zumindest nicht ungewöhnlich und wenn wir Glück haben, gibt es eine bei Friedmann beginnende Spur, die zu dem anderen führt, und von diesem dann womöglich zu einem dritten. Was sagt sein Computer dazu?«, wandte er sich an Amara.

Die IT-Spezialistin hatte offenbar ungeduldig auf ihren Einsatz gewartet, denn sie hatte ihren Mund zu einer Entgegnung geöffnet, noch bevor Tobias seinen zugeklappt hatte. Ihrer Miene nach zu urteilen, hatte sie tatsächlich etwas herausgefunden, doch was sie zu berichten hatte, sollte zumindest in *dieser* Runde niemand mehr erfahren, denn in diesem Augenblick klingelte sein Handy. »Heller?«, meldete er sich, um dann eine Minute stumm der Stimme am Telefon zu lauschen, die ihm offenkundig brisante Informationen lieferte, da sein Gesichtsausdruck im Sekundentakt von Neugierde über Erstaunen bis hin zu Bestürzung wechselte, während sein Gesprächspartner auf ihn einredete.

»Haben Sie vielen Dank für die Information, Herr Kommissar!«, beendete er schließlich das für seine Zuhörer wenig informative Gespräch, um sich ihnen dann mit ungewohnt ernster Miene zuzuwenden. »In der Nähe von Rösrath wurde eine ziemlich übel zugerichtete männliche Person aufgefunden«, verkündete er ihnen tonlos. Er räusperte sich mehrmals, um die Stimme zurückzubekommen. »Es findet eine Planänderung statt. Jasmin, du fährst mit mir! Der Rest hört sich an, was Amara zu sagen hat und geht dann vor, wie es sich ergibt. Was wir benötigen, sind Hinweise auf diesen Kerl mit dem Tattoo, mit dem Friedmann damals sprach. Er ist vermutlich unser Täter!«

»Rösrath gehört zum Rheinisch-Bergischen Kreis, wenn ich mich nicht irre«, wunderte sich Amara, die sich um ihren Vortrag betrogen sah. »Was ist an einer Leiche, die dort gefunden wurde, jetzt so interessant, dass ihr gleich alles stehen und liegen lassen müsst? Das ist doch sicher kilometerweit von eurem Tatort entfernt!«

»Ganz so weit ist das auch wieder nicht! Rösrath und Lohmar haben eine gemeinsame Ortsgrenze mit viel Wald dazwischen. Der Fundort liegt keine zwei Kilometer vom Tatort entfernt, und was daran interessant ist, sind zwei Dinge: Bei dem jungen Mann, der von einer Streife im Straßengraben gefunden wurde – in *unserem* Zuständigkeitsgebiet übrigens – handelt es sich höchstwahrscheinlich um Hakim Faisal! Die Kollegen hatten, wie alle Streifenwagenbesatzungen, eine Personenbeschreibung der Syrer aus dem Wohnheim. Und er lebt noch, wenn auch so gerade eben. Wir müssen uns also beeilen!«

* * *

»Wo genau wurde Hakim denn jetzt gefunden?«, erkundigte sich Jasmin, während Tobias den Wagen vor dem Helios Klinikum abstellte. Den Weg hätten sie zur Not auch zu Fuß zurücklegen können, es war nur ein guter Kilometer. Wesentlich weiter hatte der von den Polizisten gerufene Unfallwagen zu fahren gehabt. Doch vom Fundort des Schwerverletzten bis zum nächstgelegenen Krankenhaus in Bergisch-Gladbach war es nur wenig näher als nach Siegburg, und die Fahrzeit war über die A3 um fast zehn Minuten kürzer, weshalb man ihn hierhin gebracht hatte.

»An der Boxhohner Straße. Sie führt nach Norden durch den Wald nach Rösrath«, gab Tobias zurück, während er den Sicherheitsgurt ablegte und sich zum Aussteigen anschickte. »Ihren Anfang hat sie in der Nähe unseres Tatortes, aber ich glaube nicht, dass der Mann, den die Polizisten für Hakim Faisal halten, so weit laufen konnte. Er hatte Ketten an Händen und Füßen, mehrere tiefe Stichverletzungen im Unterleib und war nicht ansprechbar. Ich glaube nicht, dass er die zwei Kilometer in seinem Zustand zurücklegen konnte. Wir haben das Versteck die ganze Zeit an der falschen Stelle gesucht!«

»Aber dann ergibt das Entwenden der Sachen aus dem Wohnheim überhaupt keinen Sinn!«, fiel Jasmin ein Widerspruch auf. »Wir waren doch immer davon ausgegangen, dass man uns mit der Aktion die Suche mit Spürhunden erschweren wollte.«

»Dieses Rätsel müssen wir wohl lösen, wenn wir das Versteck und damit hoffentlich auch die Mörder finden wollen«, nickte Tobias, während sie die Klinik betraten. »Vielleicht liegt die Wahrheit irgendwo in der Mitte oder diese Leute waren einfach nur übervorsichtig. Jetzt schauen wir aber erst einmal, ob es sich bei dem Verletzten tatsächlich um Hakim Faisal handelt, und ob er überhaupt vernehmbar ist!«

Es *war* Hakim, daran bestand kaum ein Zweifel, als sie kurze Zeit später an seinem Bett auf der Intensivstation standen. Tobias und Jasmin sahen erschüttert auf die totenbleiche Gestalt hinunter, die bestenfalls erahnen ließ, was der arme Junge in den zwölf Tagen seiner Gefangenschaft durchgemacht haben musste. Es musste die Hölle gewesen sein!

»Wie schlimm sind seine Verletzungen?«, erkundigte Tobias sich bei Rüdiger Schreiber, dem Stationsarzt der inneren Abteilung.

»Wir haben ihn sediert, um ihm die Schmerzen zu ersparen«, informierte Schreiber ihn. »Es ist ohnehin fraglich, ob er diese Nacht überstehen wird. Mit dem zusätzlichen Stress, den sein geschundener Körper verursacht, hätte er keine Chance! Um Ihre Frage zu beantworten: Seine linke Niere ist praktisch zerfetzt und muss entfernt werden, die OP wird gerade vorbereitet. Weiter hat er zwei Messerstiche in den Unterleib bekommen. Dabei hat er noch Glück gehabt, dass der Dünndarm nicht völlig durchtrennt wurde, denn dann hätte er keine Viertelstunde überlebt!«

»Wenn wir einmal davon ausgehen, dass ihm die Verletzungen gleichzeitig oder innerhalb kurzer Zeit zugefügt wurden«, nahm Jasmin seine letzte Bemerkung zum Anlass für eine wichtige Frage. »Wie weit wäre er Ihrer Meinung nach gekommen, wenn er sich sofort auf den Weg gemacht hätte?«

»Ein paar hundert Meter vielleicht. Er hatte ja die lange Kette zu schleppen, die an seinem Fuß befestigt war. Wir mussten die breite Schelle mit einer Eisensäge durchtrennen, ebenso die an den Handgelenken. Die Kette an seinem Fuß war sehr lang und dementsprechend schwer. Weiter als einen Kilometer kann er bei seinen Verletzungen damit nicht gekommen sein!«

»Ich hoffe, Sie haben diese Ketten aufbewahrt!«, hakte Tobias an dieser Stelle ein. »Das sind wichtige Beweismittel für die Ermittlungen, wir müssen sie mitnehmen.«

»Keine Sorge, Herr Hauptkommissar«, lächelte der Mediziner und überreichte ihm gleichzeitig eine Visitenkarte. »Wir sind auf solche Fälle bestens vorbereitet. Immer, wenn eindeutig Gewalt im Spiel war, wird die Polizei benachrichtigt und die Beweismittel werden steril verpackt. Ich werde sie Ihnen nachher mitgeben. Was den Zustand dieses Patienten angeht, rufen Sie mich bitte morgen im Laufe des Tages an, dann kann ich Ihnen eventuell schon mehr sagen!«

* * *

Eriks und Vanessas Hoffnung, dass Amara auf Friedmanns Computer oder auf den in der Wohnung gefundenen Speicherchips ungeschnittenes Filmmaterial entdeckt hatte, erfüllte sich nicht. Zumindest von den Rohaufnahmen der stationär angebrachten Frontkamera, die bei dem zweiten Video zum Einsatz gekommen war, hatten sie sich eine Menge versprochen, da es bei dieser Aufnahmetechnik gar nicht zu vermeiden war, dass der hinter dem Opfer laufende Bogenschütze mit im Bild war. Wie Jasmin herausgefunden und dokumentiert hatte, handelte es sich bei diesen Szenen um entsprechende Ausschnittsvergrößerungen, die nur Djamal zeigten. Es war also nicht ganz auszuschließen, dass auf den ungeschnittenen Aufnahmen der Täter zu sehen war.

Was die IT-Spezialistin jedoch nachweisen konnte, waren Zugänge zum Darknet, die von diesem Laptop hergestellt worden waren. Sie war momentan damit beschäftigt, die Aktionen der Sitzungen zu dokumentieren und weitere, bisher noch unbekannte Dateien aufzuspüren. Dass die beiden derzeit vorliegenden Videos von diesem Computer hochgeladen wurden, stand aber jetzt schon fest. Wie es aussah, waren für Filmschnitt und Veröffentlichung zwei verschiedene Personen zuständig. Schade, doch zumindest war die Tatbeteiligung Friedmanns damit nachgewiesen und sie hatten den sprichwörtlichen Fuß in der Tür! Und noch etwas hatte Amara den Ermittlern bescheinigt: Die Art und Weise, wie die Aufnahmen der bis zu vier Kameras zusammengestellt waren, deutete entweder auf einen Profi hin oder einen Amateur mit entsprechendem Hintergrund.

Dies half ihnen im Augenblick zwar nicht wesentlich weiter, war jedoch ein wertvolles Indiz, sobald sie einen Verdächtigen hatten. Kein Richter würde ihnen auf eine bloße Vermutung hin, oder nur, weil derjenige vorbestraft war, einen Durchsuchungsbeschluss ausstellen, deshalb war im Zweifel jegliche Information von Nutzen, die einen Verdacht erhärtete.

»Das Mail-Postfach ist tatsächlich blank«, meldete Erik, der sich ebenso wie Vanessa mit dem Inhalt des Laptops beschäftigte. Zu diesem Zweck hatte Amara ihn als virtuellen Computer auf zwei USB-Sticks zur Verfügung gestellt, sodass sie getrennt voneinander arbeiten konnten, als säßen sie vor dem Original.

»Wenn deine ›Freundin‹ sagt, dass sie weder etwas gefunden hat, noch aus gelöschten Daten wiederherstellen konnte, dann ist das auch so«, neckte Vanessa ihn gewohnheitsmäßig und hätte sich im nächsten Moment am liebsten auf die Zunge gebissen, da Erik sofort erbleichte und zusammenzuckte. *Sowas* würde sie sich in Zukunft verkneifen müssen, andererseits war für solche Bemerkungen eher Jasmin zuständig. Der tägliche Umgang mit ihr färbte wohl langsam ab.

»Dafür habe ich was anderes herausgefunden«, schob sie hastig hinterher. »Im Browserverlauf befindet sich die Website eines Mail-Providers, die ziemlich oft aufgerufen wurde. Natürlich ist der Posteingang dort auch leer, aber im Ordner ›Entwürfe‹ ist eine nicht gesendete Nachricht gespeichert. Ich habe daher eine andere Vermutung!«

»Das Postfach wurde als sogenannter ›Toter Briefkasten‹ benutzt«, zeigte Erik, dass er mitdachte. »Ich habe mal was darüber gelesen. Wenn man eine Nachricht verfasst und das Fenster schließt, ohne sie abzuschicken, wird sie in diesem Ordner zwischengespeichert. Jeder, der einen Zugang hat, kann es dann lesen und auf dieselbe Weise antworten. Es wird nicht ein einziges Byte übertragen und es gibt keine Möglichkeit, den Weg der Nachrichten zu verfolgen. Meintest du das?«

»Exakt! Und der Entwurf, der übrigens zwei Tage vor dem Mord an Djamal Hamada erstellt wurde, ist sehr aufschlussreich! Darin heißt es unter anderem, dass der nächste ›Läufer‹ einsatzbereit sei und man solle die üblichen Vorbereitungen für die anstehende Jagd treffen. Das Gebiet sei an dem Tag sicher. Keine Unterschrift.«

»Damit ist wohl gemeint, dass der Revierförster an Sonntagen dort niemals auftaucht. Da muss jemand ziemlich genau über dessen Gewohnheiten Bescheid wissen! Einsehbar ist der Bereich ja von den Wanderwegen und Straßen aus bekanntlich nicht. Der Wortlaut deutet außerdem darauf hin, dass er von einer hochgestellten Person des ›Vereins‹ verfasst wurde.«

»Es kann aber auch was anderes bedeuten«, widersprach die Kommissarin. »Erinnern wir uns daran, dass die ›Totenkopfbrigade‹ vierzehn Mitglieder hat, abzüglich eines Kerls, der eine Haftstrafe absitzt und einem, der bei einer Schießerei mit der Polizei getötet wurde. Scheint bei den Burschen ja nicht unüblich zu sein, wenn ich an unsere Begegnung mit Friedmann denke. Ziehen wir weitere drei Personen für die Jagd ab, bleiben also noch neun Männer übrig, die dafür sorgen können, dass das Gebiet sauber ist!«

»Wären Denise nicht so viele Kerle mit Glatze und Tattoo aufgefallen, die überall auf den Spazierwegen Schmiere stehen?«

»Das war auch nur so ein Gedanke! Ich glaube, der Laptop gibt nichts mehr her, wir werden uns deshalb jetzt mit der Mitgliederliste beschäftigen, die Denises Schwester vorhin per E-Mail geschickt hat. Leider ist sie nicht ganz vollständig und enthält lediglich fünf Namen, den Knacki und den von der Polizei erschossenen eingeschlossen. Die restlichen Mitglieder sind dem BKA namentlich nicht bekannt, aber vielleicht haben wir mal Glück und es ist tatsächlich Hakim, den die Kollegen vorhin gefunden haben. Und wenn wir noch mehr Dusel haben, kann er uns die Täter beschreiben!«

»Drei Namen von zwölf möglichen«, unkte Erik. »Wie hoch ist da die Wahrscheinlichkeit, dass *unserer* dabei ist?«

»Zugegebenermaßen nicht sehr hoch, aber das soll uns nicht weiter abschrecken. Irgendwo müssen wir ja schließlich anfangen! Ich habe mir mal durch den Kopf gehen lassen, was unser Chef vorhin bezüglich Friedmann sagte, dass der vielleicht noch nicht so lange dabei wäre und so. Seine panische Reaktion, als Denise und Martin bei ihm auftauchten, sprechen da Bände. Die hatten ihn ja noch nicht einmal angesprochen und er schießt sofort hinterrücks auf sie! Wenn das mal kein Schuldeingeständnis ist! Gehen wir also zunächst davon aus, dass der Chef mit der anderen Einschätzung auch recht hat und der Unbekannte ein Kumpel von Friedmann war. Dann muss es irgendwo in dessen ›Nachlass‹ Hinweise darauf geben!«

»Mit anderen Worten: Während du die Liste vom BKA durchsiehst, suche ich auf dem Computer weiter nach solchen Hinweisen?«

»Wie ich sehe, haben wir uns verstanden, Erik! Es dauert eine Weile, bis ich die Aufenthaltsorte der drei Kandidaten ermittelt habe, du hast also Zeit.«

Kapitel 16

Das Geheimversteck

Der Arzt hatte Wort gehalten und die Beweismittel tatsächlich steril verpacken lassen, was im Falle der gut zwei Meter messenden, aus etwa vier Zentimeter langen und dementsprechend dicken Gliedern bestehenden Fußkette sicher nicht leicht gewesen war. Das hatte in gewisser Weise für ihren ›Träger‹ ebenfalls gegolten, denn obwohl Hakim Faisal einen kräftigen Eindruck machte, war er durch die Gefangenschaft extrem geschwächt und zudem lebensgefährlich verletzt. Die etwa drei Kilogramm mussten ihm wie ein halber Zentner vorgekommen sein.

Jetzt lag diese Kette zusammen mit der wesentlich kürzeren Handfessel sicher verpackt auf dem Rücksitz, während Tobias den Audi auf die A3 lenkte. Dass er nach Norden fuhr, statt ins Kommissariat zurückzukehren, hatte seinen Grund. Die Streife hatte den verletzten Jungen vor etwa zwei Stunden aufgelesen und die Spur, die er auf seinem Weg durch den Wald gezogen hatte, war demzufolge noch frisch. Ausreichend auf jeden Fall für einen talentierten Spürhund wie Heimanns Cassy, den Ort zu finden, von dem er aufgebrochen war. Die Kleidung Hakims lag daher ebenfalls steril verpackt im Auto. Die Koordinaten hatten die Kollegen ihm genannt, Kurt Heimann war informiert und würde dort zu ihnen stoßen.

Die genauen Koordinaten brauchte er aber nicht, denn die Kollegen von der Streife hatten die Fundstelle großzügig mit rot-weißem Absperrband eingefasst, sodass sie kaum zu übersehen war. Das hatte sich auch Polizeihauptkommissar Kurt Heimann von der K-9 gedacht, denn er hatte sich mit Hündin Cassy davor aufgebaut und sah den Ankömmlingen erwartungsvoll entgegen. Aufgrund der Spurenlage – man hatte den Endpunkt der Fährte ja direkt vor Augen – rechnete Tobias Heller nicht mit der Notwendigkeit des Einsatzes mehrerer Spürhunde und das Gespann Cassy/ Heimann war das Beste.

»Sag mal, wie alt ist Cassy eigentlich?«, erkundigte sich Tobias, nachdem er den Leiter der Hundestaffel wie einen Freund mit Handschlag begrüßt hatte. Sie hatten so viele gemeinsame Einsätze hinter sich, dass es ihm fast wie eine Ewigkeit vorkam. Die Hündin an Heimanns Seite beäugte ihn aufmerksam mit schief gelegtem Kopf, als habe sie seine Frage verstanden.

»Das gute Mädchen ist jetzt neun«, gab der Hundeführer zurück und tätschelte zärtlich ihren Hals. »Sie ist aber topfit, bis zur ›Rente‹ sind es sicher noch ein paar Jährchen! Du sagtest am Telefon, der Mann, der hier gefunden wurde, wäre schwer verletzt gewesen und hätte Blut verloren. In diesem Fall wird es nicht lange dauern, bis sie die Stelle ausfindig gemacht hat, von wo er gestartet ist. Hast du die Duftprobe?«

Der erfahrene Polizist sollte recht behalten. Kaum, dass Cassy ihre Geruchsprobe erhalten hatte, zog sie am Führungsgeschirr und führte ihre menschlichen Begleiter zwischen zwei Bäumen in den Wald hinein. Das war zu erwarten gewesen, nicht jedoch der wirre

Zick-Zack-Kurs, den das Tier anschließend einschlug. Einmal ging es sogar im Kreis herum. Dies war neben der Tatsache, dass Hakim mehrmals ein ganzes Stück parallel zu der nahen Straße gelaufen war, ohne es zu bemerken, ein Indiz für seine Orientierungslosigkeit. Vermutlich war sein Gesichtsfeld durch den enormen Blutverlust stark eingeschränkt gewesen.

Es grenzte ohnehin an ein Wunder, dass er so weit gekommen war, denn als Cassy nach zehn Minuten kreuz und quer durch den Wald an einer verfallenen Ruine haltmachte, hatten sie gut und gerne vierhundert Meter zurückgelegt. Von der Stelle, wo man den Jungen sterbend im Straßengraben aufgelesen hatte, waren es Luftlinie aber nur die Hälfte.

Indes machte dieses Gemäuer nicht den Eindruck, dass man dort jemanden verstecken könnte, denn es bestand lediglich aus drei eingefallenen, bis zu einem Meter hohen Mauerresten ohne Türen und Fenster. Die vierte Seite war vollständig eingestürzt und der Bauschutt verteilte sich sowohl im Innen- als auch im Außenbereich. Und das wahrscheinlich seit Jahrhunderten, denn die Versuche der Natur, ihr Terrain zurückzuerobern, waren nicht zu übersehen.

Cassy schien sich an dem äußeren Eindruck jedoch wenig zu stören, denn sie schnüffelte an einer Stelle, die mit Bruchstücken der Mauern übersät war, wobei sie mit den Vorderpfoten winselnd an den Steinen scharrte. Heimann klopfte ihr auf den Hals und gab ihr zur Belohnung einen Hundedrops. Für das kluge Tier war dies das Zeichen, dass sie ihren Auftrag erledigt hatte und man mit ihrer Leistung zufrieden war. Brav setzte sie sich neben ihr ›Herrchen‹.

Heller blickte ratlos zu dem Steinhaufen, dann zu Heimann und zurück. »Wenn meine Cassy sagt, dass sich unter den Steinen der Mensch befunden hat, den sie suchen sollte, dann ist das auch so«, beschied ihm der Hundeführer. »Sie lässt sich im Gegensatz zu uns nicht von irgendwelchen Äußerlichkeiten in die Irre führen und folgt ausschließlich ihrer feinen Nase. Ich helfe euch, die Steine wegzuräumen. Ich fürchte aber, ihr werdet eine Taschenlampe brauchen«, orakelte er.

* * *

Sie waren soeben fertig, als Jasmin, die Tobias zum Auto zurückgeschickt hatte, die leistungsstarke Stablampe brachte, die standardmäßig zu jedem Einsatzfahrzeug gehörte. Sie kam gerade recht, um die ungefähr einen Quadratmeter große Klappe aus Holz zu bewundern, die von den Kollegen in der Zwischenzeit freigelegt worden war. Auf den ersten Blick war zu erkennen, dass sie neueren Datums war, also wahrscheinlich nachträglich angebracht wurde.

Die Klappe hatte einen Riegel, der wohl zu anderen Zeiten mit einem Vorhängeschloss versehen war, das aber zum Glück fehlte. Denn ansonsten hätte sie ein weiteres Mal zurücklaufen müssen, um den Bolzenschneider aus dem Kofferraum zu holen, den ihr Chef ›zufällig‹ dabeihatte, wenn er unterwegs war. Tobias hob die Klappe an und gab Jasmin mit einem Wink zu verstehen, mit der Lampe in das Loch zu leuchten. Es führte eine schmale, steile Treppe aus Stein hinunter!

Es war im Grunde zwar nicht davon auszugehen, dass dort unten jemand lauerte, da die Klappe ja erst von ihnen hatte freigeräumt werden müssen. Doch die Vorschriften waren diesbezüglich sehr eindeutig:

Unbekanntes Gelände durfte erst nach vorher durchgeführter Sicherung betreten werden, weshalb man stets zu zweit unterwegs war. Aber wie sollten sie das bewerkstelligen? Von oben konnte man im Licht der Lampe nur bis zum Ende der Treppe sehen, das etwa zwei Meter unter ihnen war. Der Rest, von dem man die Ausmaße ja nicht kannte, lag im Dunkeln. Gingen sie mit der Lampe hinunter, wären sie für jeden, der sich dort aufhielt, eine Zielscheibe.

Abhilfe aus dem Dilemma kam von gänzlich unerwarteter Seite. Heimann sagte: »Cassy, such!«, wobei er fordernd auf das Loch im Waldboden deutete. Die Hündin schien zu wissen, was er wollte, stürzte sich hinein und lief die Treppe hinunter, immer der Spur folgend, die sie schon bis hierher verfolgt hatte. Ihre Hundenase benötigte kein Licht. Nach zwei bangen Minuten kam sie wieder zum Vorschein. Lächelte das Tier etwa? »Ihr könnt gefahrlos dort hinein«, grinste der Hauptkommissar, als er die erstaunten Gesichter der Kollegen sah. »Da unten ist niemand!«

Offenbar waren Cassys Fähigkeiten vielfältiger, als es Tobias bisher bekannt war, was er Heimann auch voller Bewunderung sagte. Der erklärte ihm, dass es sich bei diesem ›Kunststück‹ im Grunde nur um eine Erweiterung des ursprünglichen Auftrags gehandelt habe, Hakim zu suchen beziehungsweise den Anfang von dessen Fährte. Kein Hexenwerk also. Hätte Cassy unten irgendjemand anderen als Hakim angetroffen, würde sie ihm das auf ihre Weise ›gesagt‹ haben. Aus ihrer entspannten Reaktion konnte er demzufolge entnehmen, dass der Keller leer war.

Er sollte recht behalten. Als sie dennoch mit vorge-
haltenen Waffen im Licht der Lampe den Fuß der
Treppe erreichten, lag ein nicht sehr großer, fensterlo-
ser Kellerraum vor ihnen. Die geschätzten zwanzig
Quadratmeter wurden von einem Bretterverschlag
beherrscht, der über die Hälfte der Fläche einnahm
und der außer einer schmalen Tür keine Öffnung auf-
wies. Durch ein kleines Loch in der Decke fiel ein einsa-
mer Sonnenstrahl, der auf wundersame Weise zuvor
das Blätterdach des Waldes überwunden hatte. Ausreichend zu erhellen vermochte er die Dunkelheit jedoch
nicht.

Jasmin richtete die Lampe auf die Stirnwand des
Verschlages. Dort war die offen stehende Tür eingelassen. »Hakim und seine Freunde werden in dieser Bret-
terbude gefangen gehalten worden sein«, durchschnitt
ihre Stimme die Dunkelheit des Raumes. Sie hatte in
dieser Umgebung einen dumpfen Nachhall, außerdem
roch es abgestanden und modrig.

Tobias nickte, was sie jedoch nicht sehen konnte.
»Ich gehe mal da rein, kannst du von außen durch die
Tür leuchten?«, wies er die Kommissarin stattdessen
an und quetschte sich im nächsten Augenblick durch
die nur einen halben Meter breite Öffnung. »Du hast
recht!«, rief er kurz darauf nach draußen. »Hier sind
Ketten von der Art, wie Hakim eine am Fuß hatte, in
die Wände eingelassen! Und dort ... richte den Strahl
doch bitte mal auf die Stelle rechts von mir ... Perfekt!
Hier liegen ein großer Nagel und Holzspäne. Aus der
Wand wurde etwas gerissen, vielleicht die Halterung
von Hakims Kette. Und auf dem Boden vor der Tür sind
dunkle Flecken, könnte Blut sein. Hier fand der Kampf
statt, dem Hakim die Verletzungen verdankt! Ich

denke, wir haben erstmal genug gesehen, holen wir die Spurensicherung dazu!«

Beide waren froh, als sie wieder im Freien waren. »Gar nicht auszudenken, was die Jungs durchmachen mussten, in diesem Mief so viele Tage eingesperrt zu sein, und dazu in völliger Dunkelheit!«, schimpfte die Kommissarin, nachdem sie ein paar tiefe Atemzüge getan hatte, um frischen Sauerstoff in ihre Lungen zu bekommen. »Weißt du, was ich glaube? Ich denke, dieser Kerl, mit dem Hakim es hier zu tun hatte, war Linkshänder! So einen suchen wir doch, oder?«

»Gut beobachtet!«, lächelte der SOKO-Chef. »Die Spurenlage lässt kaum einen anderen Schluss zu. Es wird sich so zugetragen haben: Hakim konnte sich irgendwie befreien – vielleicht unter Verwendung des Nagels, den er gefunden oder aus einer Wand gepult hatte – und wartete an der Tür auf seinen Wärter, der offenbar regelmäßig nach ihm schaute. Seine einzige Waffe war die lange Kette, die er dem Kerl von hinten um den Hals gelegt haben wird, um ihn zu würgen. So würde ich es jedenfalls machen. Der aber wehrte sich und stach blindlings mit einem Messer auf ihn ein. Hakim hat alle Verletzungen auf der linken Seite, du könntest also recht haben!«

»Hakim muss seinen Peiniger besiegt haben, dann schleppte er sich schwer verletzt zu der Stelle, wo er gefunden wurde«, nickte Jasmin. »Aber der Kerl muss seine Attacke überlebt haben, denn wer hätte sonst alles wieder so herrichten können, dass das Versteck nicht sofort entdeckt wird? Oder hast du dort unten vielleicht eine Leiche gesehen?«

»Viel interessanter dürfte für uns die Antwort auf folgende Fragen sein: Wer wusste von der Ruine und wer hatte die Möglichkeit, sie zu einem Verlies auszubauen? Dazu gehört eine gewisse Logistik! Außerdem muss es außer dem Loch in der Decke Öffnungen für eine Belüftung geben, die Gefangenen wären in dem fensterlosen Raum sonst sicher erstickt! Aber darum soll sich Jürgen mit seinen Leuten kümmern!« Tobias Heller zog sein Handy aus der Tasche, um den Leiter der Forensik darüber zu informieren, dass er wieder im Wald arbeiten durfte, wo er für Stunden auf seine Zigarillos verzichten musste. Er würde wenig begeistert sein.

* * *

Während Tobias und Jasmin mit der Botschaft ins Kommissariat zurückfuhren, das Geheimversteck der Mörderbande endlich gefunden zu haben, und Hakim eine – wenn auch geringe – Überlebenschance hatte, kamen ihnen Vanessa und Erik entgegen, allerdings auf einer anderen Strecke. Ihr Ziel war ein zwischen Lohmar und Neunkirchen gelegener Ort, den sie über die B56 erreichen würden, wogegen der Chef wie auf der Hinfahrt die A3 benutzen würde. Dort, in einem Weiler namens Winkel, wohnte einer der drei Kandidaten, deren Adressen Vanessa anhand der BKA-Liste ermittelt hatte. Natürlich hatte sie eine Nachricht für Tobias hinterlassen.

Das zweite Mitglied der Totenkopfbrigade, das auf der BKA-Liste stand und weder im Gefängnis noch tot war, würden sie auf der Rückfahrt aufsuchen, er lebte im Ortskern von Lohmar und kam geografisch eher als Kandidat in Betracht, da es von dort bis zum Tatort nur zwei Kilometer waren. Das galt auch für den Dritten, der im selben Ortsteil wohnte. Doch eine von Erik ausgearbeitete Route war aufgrund günstigerer Verkehrswege effektiver und so hatte man sich darauf geeinigt.

Von einem weiteren ›Bekannten‹ des von Martin getöteten Tatverdächtigen hatten sie bisher lediglich einen Vornamen. Erik hatte ihn im elektronischen Kalender auf Friedmanns Computer entdeckt: Dirk. Das Datum, unter dem der Eintrag gespeichert war, könnte eventuell ein Geburtstag sein, aber auch eine geplante Aktion markieren, da es in der Zukunft lag. Das war wenig, doch besser als nichts war es allemal! Von den fünf Kerlen auf der Liste hieß niemand Dirk, das wäre auch zu einfach gewesen!

Amara Jones hatte ihnen nach dem überhasteten Aufbruch von Tobias und Jasmin nicht nur über den von ihr untersuchten Laptop berichtet und die Sticks mit der virtualisierten Festplatte überreicht, sondern ebenfalls das Analyseergebnis des Aushubs aus dem Grab im Wald in die Falldatenbank hochgeladen. Das mehrmalige Durchsieben von gut einem Kubikmeter Erde hatte einen ganzen Tag verschlungen und außer einigen Kleinteilen wie Nägel und Knöpfe, die in der Datei aufgelistet waren, nichts zutage gebracht. Auch ein paar Münzen befanden sich darunter.

Das waren im Grunde alles Gegenstände, die nicht zwingend von einem der Täter herrühren mussten, sondern konnten ebenso im Laufe der Zeit im Wald verloren und beim Graben zufällig ›untergemischt‹ worden sein. Haare und Hautschuppen waren naturgemäß mit dem feinsten Sieb nicht zu finden. Auch darüber hatte Vanessa eine Mitteilung auf Tobias' Schreibtisch hinterlassen, sodass er sich nach seiner Rückkehr persönlich darum kümmern konnte. Leider waren ihre personellen Ressourcen durch den Ausfall von Martin begrenzt, da Denise außer mittwochs nur halbtags im Kommissariat war.

Winkel war mit einem Dutzend Häuser einer der größeren Weiler von Lohmar, die mit teilweise bewaldeten Flächen dazwischen einen erheblichen Anteil des weiträumigen Stadtgebiets ausmachten. Er lag in einem Dreieck zwischen den Bundesstraßen B56 und B507, was auch der Grund für die Reihenfolge ihrer Besuche war. Von dort waren es bis Lohmar nur fünf Kilometer, wogegen der Weg von Siegburg bis hierhin doppelt so lang war. Alle anderen Routen wären aber umständlicher gewesen. Nach einer Fahrt von achtzehn Minuten stellte Jasmin den Wagen vor einem Einfamilienhaus am Ortsrand ab, der hier eigentlich überall war.

Der Rhein-Sieg-Kreis war einer der größten Landkreise Deutschlands und ein nicht gerade kleiner Teil fiel flächenmäßig auf Windeck, Hennef und Lohmar. Es war immer ein gewisses Risiko dabei, solche Wege auf Verdacht zu fahren, doch in den meisten Fällen verbot sich eine Ankündigung von alleine. Beispielsweise, wenn man wie heute einen Tatverdächtigen aufsuchte. Allerdings hatte die Erfahrung sie gelehrt, dass immer jemand zu Hause war. Außer, derjenige war Single, was aber nach Aktenlage bei Gregor Klein nicht der Fall war. Er hatte laut Einwohnermeldeamt eine Frau und zwei Kinder im schulpflichtigen Alter.

Und die öffneten ihnen auch gemeinsam die Tür, keine zehn Sekunden, nachdem Erik geklingelt hatte.

Der Junge war sieben und hieß Luca, wie Vanessa aus den Meldeunterlagen wusste. Er präsentierte ihnen mit einem breiten Grinsen eine offenbar neue Zahnlücke. Seine neunjährige Schwester Hannah stand ein wenig schüchtern halb hinter ihm, den Blick gebannt auf ihre Dienstwaffen gerichtet. Nicht minder jedoch war das Interesse, das Vanessa dem Vitrinenschrank in der Diele widmete. Er enthielt nämlich einen teilweise zerlegten Compoundbogen!

»Sind eure Eltern zu Hause?«, erkundigte Vanessa sich freundlich bei den Kindern, worauf Luca heftig nickte und Hannah wie der Wind davonlief. Nach ein paar Augenblicken kam sie mit einem Erwachsenen zurück, der wahrscheinlich ihr Vater war. Vanessas geschultem Auge fielen drei Dinge auf: Der rasierte Schädel, der Verband an seinem linken Unterarm, der bis zum Ellenbogen reichte, und der Rollkragenpullover, den er trotz der heute angenehmen Temperaturen selbst im Haus trug. Sie hob ihren Dienstausweis in Augenhöhe. »Vanessa Fuchs und Erik Hagel von der Kripo Siegburg«, stellte sie sich und ihren Begleiter vor. »Herr Klein?«

»Geht doch bitte ins Haus!«, wies dieser die Kinder an und wandte sich dann mit finsterer Miene an die Kommissarin: »Hat man vor euch nie Ruhe? Ständig tauchen welche von euch hier auf und wollen etwas über eine Vereinigung wissen, der ich angehören soll. Was wollen Sie heute wieder von mir?« Seine Stimme klang seltsam kratzig. Vielleicht war er erkältet, das würde zumindest den Rollkragen erklären.

Aber was war mit seinem Arm? Hatten diese Leute nicht dort ihr schreckliches Totenkopf-Tattoo, sozusagen als Erkennungszeichen? Doch weshalb hätte er es vor ihnen verbergen sollen? Seine harschen Worte ließen vermuten, dass er wusste oder ahnte, um was es ging und dann war den Besuchern auch das Tattoo bekannt. Und wenn nicht, gab es keinen Grund, es zu verstecken.

In diesem Augenblick signalisierte ihr Handy eine eingehende Kurzmitteilung, die sie stirnrunzelnd zur Kenntnis nahm. SMS waren bei den Ermittlern eine beliebte Methode, wichtige Informationen zu übermitteln, weshalb sie sofort gelesen werden mussten. Die hier war von Tobias, der sicher soeben an seinen Arbeitsplatz zurückgekehrt war.

Es gab einen Kampf mit Hakim. Täter hat eventuell Würgemale am Hals. Zeitfenster 12:00-14:00 Uhr. T.

Und einen Compoundbogen in einer Vitrine, dachte Vanessa. »Wo waren Sie heute Mittag zwischen 12:00 und 14:00 Uhr, Herr Klein?«, hielt sie sich nicht lange mit Erklärungen für ihren ›Überfall‹ auf. Das waren solche Leute ohnehin gewohnt. »Und was verstecken Sie unter dem Verband?«

»Ich war zu Hause! Und bevor Sie fragen: Nein, das kann niemand bestätigen! Die Kinder waren nach der Schule im Hort und meine Frau ist den ganzen Tag auf der Arbeit. Irgendjemand muss in dieser Familie ja das Geld für die Brötchen verdienen, ich bekomme nämlich dank der ständigen Besuche Ihrer Behörde keine Anstellung mehr! Und mein Arm geht Sie einen feuchten Kehricht an! War es das jetzt?«

»Nicht ganz! Ich gehe dann davon aus, dass Sie mir Ihren Hals auch nicht zeigen werden? Das ist natürlich

Ihr gutes Recht, doch dann muss ich Ihnen jetzt mitteilen, dass ich Sie wegen Verschwörung und des dringenden Tatverdachts festnehmen werde, an der Ermordung von zwei Jugendlichen beteiligt gewesen zu sein! Falls Sie keine Möglichkeit haben, Ihre Kinder bei Nachbarn unterzubringen, wäre jetzt der richtige Zeitpunkt, Ihre Frau anzurufen!«

Sie nickte Erik auffordernd zu, der nun seinerseits das Mobiltelefon hervorzog, um einen Streifenwagen zu rufen. Ihr Dienstwagen verfügte nicht über eine ›Kindersicherung‹ für die Türen und auch nicht über eine durch Gitter von den Vordersitzen abgetrennte Rücksitzbank. Er war daher nicht zum Gefangenentransport geeignet. Das war in Ausnahmefällen zwar hin und wieder gemacht worden, doch dann hatten zwei Kollegen den Festgenommenen bewacht, was hier aber nicht möglich war.

Kapitel 17

Knöpfe und andere Kleinigkeiten

»Euer Engagement in allen Ehren, aber die gestrige Festnahme war nicht nur absolut unangebracht, sondern auch völlig übereilt!«, machte Tobias seinem Ärger Luft. »Gregor Klein mag zwar in der Geschichte irgendwie mit drin hängen, aber das können wir ihm zu diesem Zeitpunkt nicht nachweisen! Die kratzige Stimme kommt tatsächlich von einer Erkältung und der Verband ist ebenfalls echt. Er hat das Tattoo vor ein paar Tagen entfernen lassen, was seine Einlassung, der ›Totenkopfbrigade‹ den Rücken gekehrt zu haben, in gewisser Weise glaubhaft erscheinen lässt. Seine DNA stimmt mit keiner der Proben überein, die uns vorliegen, und wenn bei der Hausdurchsuchung auch nichts herauskommt, werden wir ihn morgen Mittag auf freien Fuß setzen müssen. Sollte er aber doch beteiligt gewesen sein, wird er seine Kumpane warnen, und dann war alles für die Katz!«

»Du bist ungerecht!«, nahm Denise die Kollegin in Schutz. »Du hättest in dieser Situation nicht anders gehandelt! Darf ich dich daran erinnern, wie oft wir beide von Donner zurechtgewiesen wurden, weil du Verdächtige aus den fadenscheinigsten Gründen festgenommen hattest? Und hatte sich nicht später fast immer herausgestellt, dass deine aus einem Bauchgefühl heraus getroffene Entscheidung absolut richtig gewesen war? Machen wir jetzt also das Beste daraus und versuchen wir, ihm so viele Interna wie möglich über seinen ›Verein‹ zu entlocken. Morgen sehen wir dann weiter!«

»Denise hat recht«, ließ sich Martin vernehmen. Er hatte sich selbst aus dem Krankenhaus entlassen und war heute Morgen unverhofft zur Arbeit erschienen. Tobias hatte es mit einem Stirnrunzeln zur Kenntnis genommen, doch Martin hatte ihm versichert, dass die im Grunde harmlose Wunde ihn nicht behindern würde. In den Außendienst würde er ihn jedoch für die nächsten zwei Wochen nicht schicken. »Wenn der Kerl sich wirklich vom Saulus zum Paulus gewandelt hat«, fuhr Martin fort, »wird er jetzt vielleicht singen wie ein Zeisig. Wir könnten nicht nur Informationen über seinen ›Verein‹ aus ihm herauskitzeln, die den Kollegen vom BKA weiterhelfen, sondern bekommen von ihm mit etwas Glück eine komplette Mitgliederliste!«

»Oder er verrät uns wenigstens, wer davon einen Compoundbogen besitzt und wer alles Linkshänder ist«, nickte Erik. »Das wäre auch schon eine wertvolle Information. Und wenn wir es geschickt anstellen, riecht er den Braten nicht einmal!«

»Falls er sich kooperativ verhält, können wir ihn auch fragen, ob es unter seinen ›Brüdern‹ einen gibt, der sich besonders gut mit Videoschnitt auskennt«, schlug Jasmin vor. »Erinnern wir uns daran, dass es sich bei den beiden Filmchen, die uns vorliegen, um das Werk eines Profis handelt. Oder zumindest von einem, der einen entsprechenden Hintergrund hat, weil er beispielsweise in einem Filmclub ist.«

»Außerdem ist Gregor Klein derzeit unsere einzige brauchbare Spur, Chef«, meldete sich die gescholtene Vanessa als Letzte zu Wort. Jetzt war die Runde bis auf Jürgen Vogel, der ebenfalls an der Besprechung teilnahm, komplett. »Jedenfalls, solange Hakim nicht in der Lage ist, eine Aussage zu machen. Was ja auch niemals der Fall sein kann, wenn wir realistisch sein wollen. Wir haben die zwei anderen Kandidaten auf der Liste natürlich noch aufgesucht, nachdem Klein versorgt war. Sie haben beide sowohl für den Mord an Djamal als auch für gestern Mittag nachprüfbare Alibis. Den genauen Zeitpunkt für den Tod von Tarek kennen wir ja nicht.«

»Ist ja gut, ich gebe mich geschlagen!«, hob Tobias beide Arme, wie um sich zu ergeben. Diese verschworene Bande hielt zusammen wie Pech und Schwefel! Jetzt konnte er erst ermessen, was Donner seinerzeit mit ihm und Denise durchmachen musste. »Das Kind ist ja ohnehin in den Brunnen gefallen. Was Hakim betrifft, gab ihm der Arzt im Krankenhaus eine fünfzigprozentige Chance. Ich rufe im Anschluss an diese Besprechung dort an und erkundige mich nach dem Ergebnis der Operationen. Kommen wir jedoch jetzt zu der aktuellen Spurenlage. Jürgen?«, nickte er dem Forensiker zu.

Vogel setzte umständlich die Bildschirmbrille auf, zog einen USB-Stick hervor und lud eine Datei mit seinem Bericht hoch. Sofort beugten sich sechs Köpfe der Ermittler über ihre eigenen Monitore, obwohl der Leiter der Forensik die Ergebnisse selbstverständlich vortragen und kommentieren würde. Aber natürlich waren alle sehr gespannt, was er zu berichten hatte.

Was sie jedoch zuerst zu sehen bekamen, war die verfallene Ruine aus verschiedenen Perspektiven. In ihrem Keller waren mit ausreichender Wahrscheinlichkeit die jungen Männer gefangengehalten worden und Hakim hatte sich dort mit einem seiner Peiniger offenbar einen heftigen Kampf geliefert. So stand es jedenfalls in dem Bericht, den Tobias über seine und Jasmins gestrige Exkursion verfasst hatte, der jedoch überwiegend auf Annahmen fußte.

»Dieses alte Gemäuer stammt vermutlich aus dem 16. Jahrhundert und war damals so eine Art ›Waldkapelle‹«, begann Jürgen Vogel in dozierendem Tonfall. »Es ist seit Generationen lediglich als Ruine bekannt, einen Eigentümer im juristischen Sinne gibt es wohl nicht mehr. Allenfalls wird die Stadt Lohmar einen Anspruch darauf erheben, was jedoch keinen Rückschluss auf die Personen erlaubt, die für den Ausbau des Kellers verantwortlich waren.«

Nun wurde den ungeduldig lauschenden Ermittlern auch klar, warum Vogel mit der Außenansicht dieser Ruine begonnen hatte. Bei forensischen Untersuchungen von Tatwaffen und anderer Beweismittel war immer die Frage nach dem Urheber oder Eigentümer als Erstes zu klären. Er musste stundenlang in uralten Akten gestöbert haben, um das alles herauszufinden.

»Dann hilft uns das nicht weiter«, resümierte der SOKO-Chef enttäuscht. »Von der Ruine werden sicher Tausende gewusst haben, und um dort unten einen Verschlag zu bauen, braucht man kein Tageslicht. Mit der richtigen Ausrüstung könnte das völlig unbeobachtet nachts bewerkstelligt worden sein.«

»Weil es dort unten sowieso immer dunkel ist«, nickte Vogel. »Womit wir schon beim Thema wären. Der Verschlag besteht aus aufrecht stehenden Balken, die an zwei Wände und den Steinboden geschraubt wurden. Daran wurden die Bretter genagelt. Er misst drei auf vier Meter, wobei jeweils in der Mitte dreier Wände die Ketten eingelassen wurden, mit denen die Gefangenen an den Füßen gefesselt waren. Keiner der drei war so in der Lage, die Tür zu erreichen, jedoch konnten sie sich theoretisch im Zentrum treffen. Es gibt aber noch eine kleine Besonderheit. Die Bretterwände sind doppelt ausgelegt und mit einem speziellen Dämmmaterial gefüllt, wie es beispielsweise für Tonstudios verwendet wird. Wir haben es getestet: Außerhalb der Ruine ist nichts zu hören, und wenn man noch so laut ruft! Durch die Tarnung der Klappe mit dem herumliegenden Geröll wäre es für zufällig daherkommende Spaziergänger unmöglich, etwas zu bemerken. Sie wurde übrigens ebenfalls nachträglich angebracht.«

»Das mit der Dämmung lässt auf einen Fachmann schließen«, warf Denise ein. »Es könnte derselbe sein, der für den professionellen Videoschnitt verantwortlich ist.«

»Zumindest gibt es *eine* Übereinstimmung«, fuhr Vogel unbeirrt fort. »An den beiden noch vorhandenen Ketten fanden wir das Blut ihrer Träger, da die stählernen Schellen ihnen die Haut an den Knöcheln aufgescheuert haben dürften. Eine vorläufige DNA-Schnellanalyse bestätigte, dass es von Tarek Hussein und Djamal Hamada stammt. Die dritte Kette wurde sehr wahrscheinlich von Hakim Faisal unter Zuhilfenahme eines Nagels entfernt. Sie lieferte uns ebenfalls verwertbare DNA, und zwar von *zwei* Personen. Hier sind die Anhaftungen an der Kette von Bedeutung, da einer der Täter vermutlich mit ihr gewürgt wurde. Eine gerichtsfeste genetische Analyse steht auch hierbei noch aus, doch eine erste Untersuchung zeigt bereits eine Übereinstimmung mit der DNA, die wir im Inneren des Busches fanden. Sie ist daher mit ausreichend großer Sicherheit von dem Kerl, der die Videos gedreht hat. Das Blut an der Kette stammt von Hakim, ebenso das auf dem Steinboden an der Tür. Es dürfte von den Stichverletzungen herrühren, die er bei dem Kampf davontrug.«

»Danke, Jürgen!« Tobias machte sich eine entsprechende Notiz und fuhr dann fort: »An dieser Stelle laufen die uns vorliegenden Indizien wieder mal ins Leere, oder hat einer von euch eine brauchbare Idee, wie es weitergehen könnte?«

»Ich habe mir mal den Kleinkram angeschaut, der in der ausgehobenen Erde gefunden wurde«, meldete sich Denise. »Es ist ein silberner Knopf darunter, der von einer Uniform sein könnte. Da fällt mir als erstes Förster Hansen ein! Er wäre ein perfekter Kandidat, die Forstverwaltung ist sozusagen um die Ecke und er kennt sich gut genug in seinem Revier aus, um von der Ruine zu wissen!«

»Ist das nicht etwas sehr weit hergeholt, Denise?«, zweifelte Martin. »Diese grünen Uniformen wurden bereits 2010 abgeschafft, und solche Knöpfe gibt es an der heute gebräuchlichen Dienstbekleidung nicht. Außerdem ist Hansen seit zwanzig Jahren Förster in dem Revier. Er kann den Knopf sonst wann verloren haben und die Mörder haben ihn bei ihren Grabungsarbeiten zufällig untergemischt, wie Vanessa ja auch bereits vermutet hat!«

»Es ehrt dich, dass du in der kurzen Zeit offenbar alle Berichte gelesen hast«, mischte sich Jasmin ein. »Aber Denise hat völlig recht. Ich frage mich, warum niemand sonst auf diesen Gedanken gekommen ist, er ist schließlich ziemlich naheliegend! Überlegt doch mal: Von allen Kandidaten ist der Förster im Grunde die erste Wahl! Er kennt sich nicht nur hervorragend aus, sondern er weiß auch, wann es ungefährlich ist, mit Pfeil und Bogen herumzulaufen! Und von wem stammt der ›Hinweis‹ mit dem grünen SUV, den wir bisher vergeblich gesucht haben? Von Hansen!«

»Vergesst nicht seine Hände!«, nickte Denise. »Ich habe ihn ja im Gegensatz zu euch selbst getroffen, er hat wahre Pranken, die zudem sehr behaart sind. Sie würden perfekt zu dem Kerl im ersten Video passen! Der, von dem nur die rechte Hand zu sehen ist. Und er ist Linkshänder, das ist mir aufgefallen, als er sich eine Notiz gemacht hat!«

»Wenn du bei dieser Begegnung so gut aufgepasst hast, wundert es mich eigentlich, dass dir offensichtlich etwas Wesentliches dabei entgangen ist«, meinte Tobias dazu, nachdem er sich den Wortwechsel eine Weile lächelnd angehört hatte. »Es stimmt zwar, dass er für jeden Mordermittler die erste Wahl darstellt. Er hatte die Möglichkeit und die Gelegenheit. Aber auch das beste Alibi, das man sich vorstellen kann!«

»Ich kann mich nicht daran erinnern, dass wir ihn danach gefragt hatten«, wunderte sich Denise. »Ist mir da womöglich was entgangen?«

»Wer weiß?«, lächelte Tobias hintergründig. »Du hast recht, wir haben ihn nicht nach einem Alibi für die Tatzeit befragt. Aber das war ja einen Tag danach und wir hatten zudem keinen Grund, ihn zu beschuldigen. Immerhin ist er so etwas wie ein Kollege von uns. Und nachdem das Video aufgetaucht war, ist er ganz still und heimlich aus der Liste der möglichen Verdächtigen herausgefallen.« Er rief die von Denise erwähnte Aufnahme auf und gab sie für die anderen frei. Als die Hand des Bogenschützen ins Bild kam, stoppte er die Wiedergabe. »Zugegeben, sie ähnelt der von Hansen. Sehr sogar. Aber es fehlt ihr ein Finger!«

»Vier Finger und ein Daumen«, zählte Denise laut. »Da ist alles dran!«

»Du hast es wirklich nicht bemerkt?«, war es jetzt an Tobias, sich zu wundern. Solch eine Nachlässigkeit war er von seiner ehemaligen Ermittlungspartnerin nicht gewohnt. Sie war im Gegenteil berüchtigt für ihren sezierenden Blick gewesen. »Ewald Hansen gehört zu einer Minderheit, die mit einem zusätzlichen Finger geboren wurden! Dieses Phänomen ist auch als *Polydaktylie* oder *Hexadaktylie* bekannt und erblich, wird aber in der Regel nur zu einem geringen Prozentsatz weitervererbt. Fakt ist, dass Hansen an beiden Händen *sechs* Finger hat und somit weder für den Mord an Tarek Hussein noch für den an Djamal Hamada verantwortlich sein kann!«

»Und das hättest du nicht sagen oder wenigstens in deiner geliebten Falldatenbank verewigen können, statt mich dermaßen auflaufen zu lassen?«, brummte Denise verstimmt. »Das war nicht besonders nett von dir!«

»Ich entschuldige mich in aller Form bei dir dafür. Ich habe ja nicht ahnen können, dass es wichtig sein könnte! Und wie schon gesagt, war Ewald Hansen in meinen Augen nicht mal ansatzweise verdächtig und ich hielt es nicht für erforderlich, die Datenbank mit überflüssigem Kram zu überfrachten. Was macht die Hausdurchsuchung?«, wandte er sich noch einmal an Jürgen Vogel.

»Meine Leute sind gerade fertig und befinden sich auf dem Rückweg. Außer dem Bogen haben sie in der Wohnung nichts gefunden, das auf den Fall hinweist. Schuhgröße und Sohlenprofile passen ebenfalls nicht zu den Tatortspuren.«

»Danke.« Tobias blickte ernst in die Runde. »Wenn keine weiteren Wortmeldungen erfolgen, beende ich hiermit die Fallbesprechung. Während ich mich nach dem Befinden Hakims erkundige, könnt ihr eine Strategie für eine erneute Vernehmung von Gregor Klein ausarbeiten. Wir folgen dabei euren Vorschlägen und versuchen, ihm so viele Informationen wir möglich zu entlocken. Sollte unser Held wieder genesen und ansprechbar sein, erfahren wir hoffentlich bald mehr zum Tathergang! Da heute Freitag ist, werden wir die ausstehenden Ergebnisse der DNA-Analysen ohnehin nicht vor Anfang nächster Woche erhalten.«

Sein Blick blieb jetzt auf Martin haften. »Unser für Sonntag geplanter Termin ist hinfällig, da die Mörder nun hoffentlich keine weiteren Opfer in ihrer Gewalt haben. Ich habe aber Order an die Streifen herausgegeben, das Umfeld dieser Ruine im Auge zu behalten. Ich fürchte allerdings, unsere Aktionen dort werden nicht unbemerkt geblieben sein!«

***

Zwei Stunden später

Tobias trat in der ersten Etage der Klinik aus dem Aufzug. Diesmal hatte er den Weg tatsächlich zu Fuß zurückgelegt, um den Kopf wieder freizubekommen. Denise hatte recht mit ihrem Vorwurf. Er hätte diese Information nicht für sich behalten dürfen! Wurde er langsam nachlässig? Er war allein, denn im Kommissariat wurden jetzt alle verfügbaren Kräfte benötigt, da Gregor Klein spätestens morgen entlassen werden musste. Falls sich keine belastenden Beweise gegen ihn finden ließen, hieß das. Da dies ein Samstag war, würden sie die Erfolge noch heute erzielen müssen.

Der Anruf in der Klinik hatte ein höchst erfreuliches Ergebnis gebracht. Hakim hatte die Operationen überstanden und war ansprechbar, wenn auch noch geschwächt. Der verantwortliche Arzt war mit einer Befragung einverstanden, doch nur kurz und unter seiner Aufsicht. Erfreulich war ebenfalls, dass Hakim fließend Englisch sprach und ein Dolmetscher daher nicht benötigt wurde. Denise würde in der Zwischenzeit die Vernehmung von Klein leiten. Sie hatte zwar eigentlich mittags nach Hause gewollt, sich aber in Anbetracht der Lage zu ein paar Überstunden bereiterklärt. Sie war nämlich mit Abstand die Beste für diesen Job!

Er war dermaßen in Gedanken versunken, dass er den mit gesenktem Kopf und fliegendem Stethoskop aus einem Krankenzimmer eilenden Stationsarzt fast zu spät bemerkte. Er konnte gerade eben noch einen Zusammenstoß mit dem kleinen Mann vermeiden, der für diesen sicherlich nicht gut ausgegangen wäre. Tobias brachte bei 1,85 Meter Körpergröße immerhin fünfundachtzig Kilo auf die Waage! Ärzte hatten es in Krankenhäusern seiner Erfahrung nach immer eilig. »Ah, da sind Sie ja!«, rief Dr. Schreiber aus, ohne auch nur den Anflug eines Erschreckens über den Beinahezusammenstoß zu zeigen. Er verfügte anscheinend über ein ausgezeichnetes Nervenkostüm. »Kommen Sie, unser spezieller Freund liegt gleich hier vorn, wir können sofort zu ihm!«

Seine gute Laune ließ Tobias hoffen, dass es Hakim den Umständen entsprechend gutging. Umso mehr wäre er beinahe erschrocken, als er den jungen Mann bleich auf seinem Krankenlager liegen sah, an einen leise piepsenden Vitalmonitor und einen Tropf angeschlossen. Nur seine Brust, die sich in regelmäßigen Atemzügen hob und senkte, zeugte davon, dass noch Leben in ihm war. »Lassen Sie sich von dem äußeren Anschein bitte nicht täuschen, Herr Heller«, drang leise die Stimme des Arztes in seine Gedanken. »Es geht ihm gut. Die Operationen sind komplikationslos verlaufen, er ist durch die Strapazen und den Blutverlust nur sehr geschwächt. Er bekam vor einer Stunde erst seine letzte Transfusion.«

Hatte der vermeintlich Schlafende die geflüsterten Worte gehört? Jedenfalls schlug er die Augen auf und starrte seine Besucher verwirrt an. Als sein Blick auf Tobias fiel, wandelte seine Miene sich in Panik und er öffnete seinen Mund zu einem stummen Schrei. Was hatte ihn so erschreckt? »Haben Sie keine Angst, Herr Faisal«, sagte Tobias auf Englisch. »Mein Name ist Heller, ich bin von der Kriminalpolizei. Kollegen von mir haben Sie gestern Nachmittag schwer verletzt ein paar Kilometer von hier im Straßengraben gefunden. Können Sie mir sagen, was passiert ist, nachdem Sie das Wohnheim verlassen haben? Woran erinnern Sie sich?«

»Ich fühle mich, als wäre eine Herde Kamele über mich hinweg getrampelt«, gab Hakim in derselben Sprache akzentfrei zurück. Offenbar hatte er seinen Humor nicht völlig verloren. Hoffnung flackerte jetzt in seinen Augen auf. »Haben ... haben Sie Tarek und Djamal auch gefunden? Meine Freunde. Sie sind seit vielen Tagen verschwunden!«

»Wir reden später darüber«, wich Tobias zunächst einer direkten Antwort aus. »Werden Sie erst gesund! Wir müssen aber dringend herausfinden, wer Ihnen das angetan hat, deshalb wäre jede Beobachtung, die Sie vielleicht gemacht haben, von großer Bedeutung für uns! Wie viele Personen waren es, die Sie und Ihre Freunde überwältigt haben? Können Sie mir wenigstens eine davon beschreiben?«

»Es müssen drei gewesen sein. Wir waren im Wald und plötzlich bekam ich einen Schlag von hinten auf den Kopf. Ich sah Tarek und Djamal noch zusammenbrechen, bevor es dunkel um mich herum wurde. Ich glaubte aber, vorher einen großen Mann mit langen Haaren erkannt zu haben, deshalb dachte ich vorhin zuerst, Sie wären das. Die anderen waren kahlköpfig, zumindest waren das die beiden, die mich in diesem Verschlag im Wald beaufsichtigt hatten. Mehr weiß ich nicht.« Die lange Rede schien ihn angestrengt zu haben, denn er ließ sich in das Kissen zurücksinken und schloss erschöpft die Augen.

»Ich denke, das reicht für heute«, ließ sich der Arzt erwartungsgemäß vernehmen. »Herr Faisal benötigt jetzt viel Ruhe, ich muss Sie daher bitten, zu gehen!«

Hakim riss übergangslos die Augen auf und fuhr hoch. »Djamal und Tarek sind tot, nicht wahr?«, rief er verzweifelt. »Sie können es mir ruhig sagen! Wir ... Tarek hatte Geschwister. Adil ist sieben und Halima sechs. Karim, der Bruder von Djamal ist neun Jahre alt, und meine Schwestern Layla und Samira sind erst vier und fünf! Sie gingen während der Fahrt über das Mittelmeer verloren. Finden Sie sie. Bitte!«

Er musste für diese flehentlich hervorgestoßenen Worte seine letzten Kräfte mobilisiert haben, denn er ließ sich ermattet zurückfallen, schloss seine Augen und blieb stumm. Tobias wandte sich erschüttert ab. Was mussten die jungen Leute durchgemacht haben! *Wie gut, dass Denise nicht mitgekommen ist*, dachte er. *Das mit den verschollenen Geschwistern wäre genau das Richtige für sie. Es fragt sich nur, wie lange ich es vor ihr verbergen kann. Was verloren gegangene Kinder angeht, scheint sie über ein besonderes Radar zu verfügen. Sie wird es mir an der Nasenspitze ansehen, bevor ich noch die Tür hinter mir geschlossen habe!*

Am liebsten würde er gar nicht erst ins Kommissariat zurückkehren, aber das ging natürlich nicht. Er konnte sich lebhaft vorstellen, wie das ablief: Denise würde Himmel und Hölle in Bewegung setzen, wenn sie davon erfuhr. Doch fünf Kinder aufzuspüren, die auf den Weiten des Mittelmeeres verloren gegangen waren, überstieg selbst ihre Fähigkeiten! Außerdem war davon auszugehen, dass sie ertrunken waren, so traurig das auch war.

Dennoch brachte er es einfach nicht über das Herz, ohne ein Wort des Trostes das Zimmer zu verlassen. »Ich werde mich darum kümmern, Hakim«, sagte er mit brüchiger Stimme. »Werden Sie jetzt erst einmal gesund!« Ihm war bewusst, dass er gegen eine eherne Berufsregel verstoßen hatte, denn wenn Kriminalbeamte eines *nicht* tun durften, war das, irgendwelche Versprechungen zum Auffinden vermisster Personen zu machen.

Kapitel 18

Puzzleteile

Natürlich hatte Tobias nicht lange standgehalten, und Denise im Gegenteil freiwillig sofort berichtet, was er von Hakim erfahren hatte. Einschließlich der Sache mit den Kindern. Das kürzte die Angelegenheit erheblich ab und er musste sich gar nicht erst ihren inquisitorischen Fragen stellen. Zu Hause machte sie das genauso. Sven hatte ihm einmal erzählt, dass er absichtlich etwas ›Dummes‹ anstellte, wenn er eine Überraschung für seine Frau plante. Dadurch war sie vom eigentlichen Sachverhalt abgelenkt und fragte nicht weiter. Denise hatte ihm andererseits verraten, dass sie das wisse, ihrem Mann jedoch den Spaß nicht verderben wolle.

Die Sache mit den verschollenen Kindern hatte sie zu seiner großen Verwunderung erstaunlich gelassen zur Kenntnis genommen, was sofort seinen Argwohn geweckt hatte. Allerdings war sie in Eile gewesen und hatte sozusagen die Klinke in der Hand, als er in sein Kommissariat zurückkam. Klein, den sie zuvor nach allen Regeln der Kunst ausgequetscht hatte, war sehr mitteilsam gewesen und hatte ihr alles berichtet, was er über die Organisation wusste, der er angeblich den Rücken gekehrt hatte. Was davon für ihre weiteren Ermittlungen wertvoll war, würde sich am heutigen Montagmorgen hoffentlich zeigen.

»Klein hat zwar keine Namen genannt«, begann er die Fallbesprechung. Die Runde war heute bis auf den immer noch verletzungsbedingt abwesenden Jonas komplett. »Doch wir haben aufgrund seiner Aussage nun einige Puzzleteile mehr, wir werden daher jetzt vornehmlich mit Hochdruck daran arbeiten, sie mit vereinten Kräften in das Gesamtgefüge einzuordnen und ein stimmiges Bild zu erhalten. Was wir am dringendsten benötigen, sind Fakten, die schlüssig zueinander passen!«

»Er hat schon Namen genannt, nur ist damit nicht viel anzufangen«, berichtigte Denise ihn. »Angeblich kannten sich nur wenige ›Mitglieder‹ untereinander. Bei Zusammenkünften oder gemeinsamen Aktionen, über die er sich nicht näher auslassen wollte, redete man sich, wenn überhaupt, mit Decknamen an. Ihre Erkennungszeichen waren der rasierte Schädel und das Tattoo. Wir haben stundenlang die Verbrecherkartei durchgesehen, doch es war keiner dabei, den er kannte.«

»Mikado oder Skat werden sie wohl nicht gespielt haben«, brummte Tobias. »Aber wo wir gerade bei den Glatzköpfen sind: Auf zumindest einen trifft das nicht zu!« Er berichtete den Kollegen, wie Hakim bei seinem Anblick erschrocken war. »Der Kerl soll mir ähnlich gewesen sein, in Größe und Haarlänge.«

»Dann ist er vielleicht auch kein Angehöriger der Totenkopfbrigade«, meinte Martin. »Eventuell ist er ja dieser ›Dirk‹ aus den Kontaktdaten auf Friedmanns Computer. War unter den Decknamen, die Klein dir genannt hat, einer dabei, der so bezeichnet wurde?«, wandte er sich an Denise.

»Nein, und zu den Hobbys und beruflichen Hintergründen konnte oder wollte er mir auch nichts sagen. Dass er selbst sich mit Bogenschießen beschäftigt, ist sicher Zufall, diese Sportart ist momentan wohl sehr beliebt. Von Kameraden, die etwas von Videoschnitt verstehen, wusste er angeblich ebenfalls nichts.«

»Ich sage es wirklich nicht gern«, hob Tobias die Schultern. »Aber womöglich ist das alles tatsächlich ein dummer Zufall und wir haben die ganze Zeit in die falsche Richtung ermittelt. Die beiden Komplizen des Langhaarigen – nennen wir ihn zunächst Dirk – werden diesem Verein angehört haben, doch der Rest von denen hat vielleicht gar nichts damit zu tun!«

»Aber die zwei mit den Tattoos kannten sich, und einer davon war definitiv Ralf Friedmann!«, wandte Vanessa ein. »Das steht aufgrund einer Beobachtung des Mitglieds dieses Schützenvereins fest. Wie hieß er noch? Ach ja, Tim Hamacher!«

»Na gut. Wo wir einmal dabei sind, die Fakten zu ordnen, können wir das auch gleich richtig machen«, nickte der SOKO-Chef. Er erstellte ein Dokument auf dem ›Denkbrett‹ und gab es zum Mitlesen frei. »Was fällt euch noch dazu ein?«, forderte er zum ›Brainstorming‹ auf, nachdem er den Einwand und die sich daraus ergebenden Schlussfolgerungen notiert und hinzugefügt hatte, was er von Hakim erfahren hatte.

Darauf schienen alle bloß gewartet zu haben, denn sofort prasselte ein wahres Gewitter von Informationen auf ihn nieder. Im Sekundentakt wurden Stichworte gerufen, teilweise von zwei Ermittlern gleichzeitig, einige Faken kamen doppelt. Das meiste war ohnehin bereits bei früheren Gelegenheiten erwähnt worden. Tobias hatte zwar etwas Mühe, alles in eine vernünftige Form zu bringen, doch am Ende konnte er ihnen eine tabellarische Aufstellung anbieten, die sämtliche Fakten enthielt.

→ Zwei Täter gehören zur Brigade	(Annahme)
→ Sie kannten sich von früher	(Annahme)
→ Einer davon war Friedmann	(Fakt)
→ Hakim von Glatzköpfen bewacht	(Fakt)
→ Hakim von Linkshänder verletzt	(Annahme)
→ Tarek von Linkshänder getötet	(Annahme)
→ Djamal von Rechtshänder getötet	(Annahme)
→ Friedmann war Rechtshänder	(Fakt)
→ Friedmanns Kumpel Linkshänder	(Zeuge)
→ Tareks Mörder hat Tattoo rechts	(Annahme)
→ Friedmann hat Tattoo links	(Fakt)
→ Djamals Mörder hat Tattoo links	(Videobeweis)

»Du solltest vielleicht noch erwähnen, dass keiner mehr als fünf Finger an den Händen hat«, bemerkte Denise, was von Jasmin mit einem Kichern kommentiert wurde. Tobias rollte still mit den Augen. Wie er Denise kannte, würde sie ihm das noch wochenlang vorhalten.

»Anhand der Fakten und der DNA-Analyse können wir Friedmann mit einiger Sicherheit als Mörder von Djamal ausschließen«, fuhr er ungerührt fort. Sollten die Kollegen sich ruhig eine Weile amüsieren. »Tarek hat er ebenfalls nicht getötet, da dessen Mörder das Tattoo vermutlich rechts hat. Die DNA in dem Busch passt auch nicht. Am anderen Kamerastandort gab es keine Spuren, jedoch können wir davon ausgehen, dass dort Friedmann postiert war. Bleiben der Langhaarige und der Kerl aus dem Busch.«

»Von Hamacher wissen wir, dass Friedmann und sein Kumpel beide glatzköpfig waren und ein identisches Tattoo an derselben Stelle hatten«, merkte Erik an. »Dann bleibt für das am rechten Arm eigentlich nur der Langhaarige, sofern wir uns nicht in dieser Einschätzung irren. Wir dürfen nicht vergessen, dass die Existenz eines Tattoos in dem ersten Video längst nicht bewiesen ist. Insofern käme Friedmann für den Mord an Tarek sehr wohl in Betracht!«

»Das ist ein berechtigter Einwand«, nickte Tobias und ergänzte seine Tabelle mit einer entsprechenden Notiz. »Allerdings lebt er nicht mehr, sodass dies für uns momentan irrelevant ist. Wir konzentrieren uns daher am besten auf den Kumpel von Ralf Friedmann und auf einen mit dem Namen Dirk, wobei das natürlich auch dieselbe Person sein kann. Hinweise zu ihm finden wir hoffentlich im Leben von Friedmann, da die beiden sich kannten. Ich hatte euch bereits aufgetragen, sein soziales Umfeld umfassend zu untersuchen«, wandte er sich jetzt an Vanessa und Jasmin. »Ist dabei irgendwas herausgekommen?«

»Nichts, was nicht in den Berichten steht«, beeilte sich Vanessa, zu sagen. »Erik hat das mit Dirk herausgefunden und ich habe die drei Kandidaten auf der BKA-Liste überprüft. Mit den bekannten Ergebnissen! Martin war noch im Krankenhaus, Denise zu Hause, und Jasmin mit dir zusammen unterwegs. Dann kam die von dir angeordnete Vernehmung von Klein. Wir können uns schließlich nicht zweiteilen!«

»So habe ich es nicht gemeint!«, hob er begütigend die Arme. »Es war ja nur eine Frage! Jetzt, wo wir alle wieder hier sind und die Köpfe freihaben, sollten die

Recherchen aber langsam mal in die Gänge kommen!
Ich denke, viel mehr werden wir durch bloßes Nachdenken sowieso nicht herausfinden. Machen wir uns
also an die Arbeit!«

* * *

Jasmin ließ einen dicken Stapel auf ihren Schreibtisch fallen. Er bestand aus weit über einem Dutzend
gebundener DIN-A4-Kladden mit Klebebindung und
Büchern derselben Größe. »Damit wir uns nicht mehr
langweilen müssen, habe ich uns etwas zum Lesen
mitgebracht«, informierte sie Erik und Vanessa, die
sich während ihrer mehr als einstündigen Abwesenheit mit den immer noch nicht abschließend abgear-
beiteten Listen auseinandergesetzt hatten.

Irgendwo in dem Wust an Informationen, die sich
in den Fahrzeughaltern, den Vereinsmitgliedern und
den rechtsradikalen Gefährdern verbergen mochten,
war vielleicht ein weiterer Schlüssel zur Aufklärung
dieser Verbrechen zu finden. Friedmann hatten sie ja
auf diese Weise entlarvt und man suchte immer noch
nach dem grünen SUV vom Tatort. Bisher waren ihre
Bemühungen jedoch ergebnislos verlaufen.

Denise und Martin waren direkt im Anschluss an
die Fallbesprechung zusammen in den Außendienst
gefahren. Sie hofften, im unmittelbaren Umfeld von
Friedmanns Behausung Informationen zu Freunden
und Bekannten zu erhalten, um diesem Dirk womöglich auf die Spur zu kommen. Tobias hatte zunächst
aufgrund der noch nicht ganz verheilten Verletzung
Bedenken an Martins Teilnahme geäußert, dann aber
dessen Drängen nachgegeben.

Es werde schon nichts passieren, hatte dieser die Gefahr mit einem Grinsen verharmlost. Außerdem wäre diese Wunde wirklich nicht lebensbedrohlich, was auch stimmte. Die Pfeilspitze hatte dank seiner Schutzweste nur ein fingerbreites, nicht einmal zwei Zentimeter tiefes Loch verursacht. Eine reine Fleischwunde.

Tobias hatte ebenfalls nach der Besprechung das Kommissariat verlassen. Er wollte sich ein weiteres Mal in aller Ruhe – und diesmal besser vorbereitet – die Ruine anschauen und auch Hakim besuchen, um ihn noch einmal zu der Entführung zu befragen. Von dem Kellerverlies versprach er sich zwar nicht so viel, wollte jedoch in dieser Phase der Ermittlungen nichts versäumen. Hakims Operationen lagen mittlerweile aber vier Tage zurück und er würde sich eventuell an weitere Einzelheiten erinnern können.

Jasmin hingegen war einer Eingebung gefolgt und hatte Friedmanns Schule in Lohmar aufgesucht. Man sollte es zwar nicht glauben, aber er hatte tatsächlich ein Gymnasium besucht und sogar ein recht brauchbares Abitur hingelegt. Was wiederum das Vorurteil widerlegte, dass diese braune Schlägerbande lediglich über begrenzte geistige Fähigkeiten verfügte. Um es harmlos auszudrücken. Der mitgebrachte Stapel bestand demzufolge aus Klassenbüchern und ebenso vielen Jahrbüchern, die sie jetzt paarweise an Vanessa und Erik verteilte. Für jeden drei Jahrgänge.

»Wir suchen in den Klassenbüchern nach allen Schülern, die Dirk heißen«, erklärte sie ihnen. »Und in den Jahrbüchern nach Bildern, die Ralf Friedmann zeigen. Wenn dieser Dirk ein Kumpel aus Schultagen sein sollte, ist er mit großer Wahrscheinlichkeit auf etlichen Fotos in seinem Dunstkreis zu finden. Das ist immer so. Ich will nicht verheimlichen, dass dieser Name in der Jugend Friedmanns nicht gerade selten war und wir voraussichtlich mehrere Treffer landen werden. Wir sollten deshalb keine Zeit verlieren und sofort beginnen. Wenn wir fündig werden, sehen wir weiter!«

* * *

Es war leicht gesagt, im Umfeld von Friedmanns Behausung Leute auszufragen, denn dort wohnte im Umkreis von hundert Metern niemand. Von direkten Nachbarn, die oft das eine oder andere mitbekamen, konnte also keine Rede sein. Dass sich die Ermittler eine geringe Erfolgschance ausrechneten, war in dem Campingplatz begründet, der dort die einzige größere ›Ansiedlung‹ bildete und an dessen Rand Denise auch heute wieder den Dienstwagen abstellte. Das Haus, in dessen Hof sie und Martin beinahe Opfer eines heimtückischen Angriffs geworden waren, lag nur einen Steinwurf entfernt.

Der Platz war um diese Jahreszeit spärlich besetzt, doch einige Camper von der harten Sorte waren auch jetzt anzutreffen. Wozu gab es mobile Heizungssysteme? Denise, die eine mollig warme Umgebung mit Fernseher, Couch und so weiter bevorzugte, fröstelte es in Gedanken an ein Szenario mit Heizstrahler und dicker Decke im Vorzelt. Die Naturliebhaber mochten das anders sehen. So wie die beiden, die im Freien vor einem Wohnmobil saßen und ihnen neugierig entgegenblickten.

Denise stellte sich und Martin ordnungsgemäß vor und erkundigte sich ohne Umschweife nach irgendwelchen möglicherweise verdächtigen Aktionen am Haus, das von hier aus einzusehen war. Vornehmlich war sie daran interessiert, ob Ralf Friedmann häufig Besuch erhalten hatte. Ihr Partner hielt sich vornehm zurück.

»Sie meinen die Rocker oder was das auch immer für welche sind?«, fragte der im Rentenalter befindliche Mann. Er und seine Frau verbrachten die meiste Zeit des Jahres in der freien Natur, wie er ihnen sagte. Von ›unberührt‹ konnte man aufgrund der Wohnwagenkolonnen ja nicht sprechen. »Da fahren nämlich öfter welche mit ihren Motorrädern vor. Es kann aber auch immer derselbe Kerl sein. Mit rasiertem Kopf und Lederjacke sehen die ja alle gleich aus. Jedenfalls machte einer von denen sich einen Spaß daraus, mit seiner Maschine in aller Frühe über den Platz zu brettern und uns alle aus den Kojen zu werfen.«

»Fuhr er dann auch an *Ihrem* Wohnmobil vorbei?«, horchte Martin auf. »Und konnten Sie bei einer dieser Gelegenheiten das Nummernschild erkennen?«

* * *

Die Forensiker hatten die alte Ruine rundherum mit dem bekannten rot-weißen Absperrband eingefasst. Falls die Verbrecher die Untersuchungen nicht heimlich beobachtet hatten, wussten sie spätestens bei ihrem nächsten Besuch, dass ihr Versteck aufgeflogen war. Das ließ sich jedoch nicht ändern, da der Schutz eines Tatortes vor allzu neugierigen Waldspaziergängern vorrangig zu behandeln war. Außerdem würde die Verbrecherbande ohne das geheime Verlies in nächster Zeit keinen umbringen. Jedenfalls hoffte Tobias das. Solange sie nicht mit Sicherheit wussten, ob es nicht noch weitere Verstecke dieser Art gab, war das jedoch nichts als ein frommer Wunsch.

Das Band hielt zwar im Zweifel niemanden davon ab, den Bereich zu betreten, doch es war eine Straftat, polizeiliche Absperrungen zu überwinden oder sich an einem ausgewiesenen Tatort aufzuhalten. Zusätzlich informierten entsprechende Schilder jeden, der des Lesens kundig war. Darüber hinaus hatten Vogels Leute die Einstiegsluke mit einem Vorhängeschloss gesichert, den Schlüssel dazu hatte Tobias. Jetzt stand er im Keller, der durch einige Akkulampen aus dem Fundus der Forensik taghell ausgeleuchtet war, und ließ die Umgebung eine Weile auf sich wirken.

Hakim hatte rechts von der Tür gesessen, das war anhand der Holzspäne, die er dort hinterlassen hatte, zweifelsfrei erwiesen. Die anderen beiden waren den Ketten gemäß an die Stirnwand gekettet, beziehungsweise gegenüber. Es war nicht so wichtig. Von Bedeutung war hingegen, warum man so viel Zeit zwischen den Taten verstreichen ließ. Eine ganze Woche! Darin lag nach Ansicht des SOKO-Chefs zumindest *einer* der Schlüssel zur Identität des Rädelsführers. Denn dass es einen solchen geben musste, davon war er felsenfest überzeugt. Ein Anführer und mehrere Mitläufer, so war es immer!

Ein weiterer Grund lag sicher in der körperlichen Verfassung der Gefangenen. Die Forensik hatte an den drei Stellen Blut an den Holzbrettern festgestellt. Es befand sich dort, wo der Kopf war, wenn man auf dem Fußboden saß. Davon ausgehend, dass nicht nur Hakim einen Schlag auf den Schädel erhalten hatte, sondern alle drei, war es eventuell möglich, dass man die Teilnehmer an den Jagden nach dem gesundheitlichen Zustand ausgewählt hatte. Wie perfide! Aber es passte zu der menschenverachtenden Abgebrühtheit, mit der man vorgegangen war.

Links von Tobias fiel Licht durch ein Astloch in der Bretterwand. Er wusste, dass es die Sonne war, die durch eine faustgroße schadhafte Stelle in der Decke beziehungsweise dem Fußboden der Ruine schien. Er mochte Hakim in der langen Zeit der Gefangenschaft in der Dunkelheit vor dem Wahnsinn gerettet haben. Dabei fiel ihm ein, dass er Vogel nach einer Belüftung gefragt haben wollte, da durch dieses Loch bestimmt nicht genügend Sauerstoff in das Verlies gelangte. Er hatte es versäumt, doch wirklich wichtig war es wohl nicht.

* * *

»Nein, das Kennzeichen von dem Motorrad habe ich mir nicht gemerkt«, sagte der Camper. Er hatte sich als Paul Tillmann vorgestellt. »Das Motorrad war eine Harley-Davidson. Und hinten auf seinem Helm hatte er einen Totenkopf. Dasselbe Motiv hatte er als Tattoo auf seinem linken Arm. Das konnte ich sehen, weil seine Lederjacke ärmellos war. Hilft Ihnen das weiter?«

Das ist immerhin besser als nichts, dachte Denise. *Wir haben jetzt außer dem SUV eine Harley-Davidson. Damit müsste sich was anfangen lassen und der Totenkopf ist ohnehin eindeutig!* Sie rief das entsprechende Foto vom Arm Friedmanns auf ihrem Handy auf und zeigte es ihm: »Können Sie sich daran erinnern, ob es dieses Tattoo war?«

»Ganz genau!«, rief Tillmann. »Und der Herr, der in dem Haus wohnt, hat exakt dasselbe. Das habe ich mal gesehen, als ich da vorbeiging und er aus der Tür kam. Deshalb dachte ich, das sind Rocker. Die haben doch alle sowas!«

Denise verzichtete auf eine Belehrung, dass dies nur ein Vorurteil war. »Haben Sie vielen Dank, Herr Tillmann«, nickte sie stattdessen zufrieden. Das war schon mehr, als sie sich erhofft hatten. »Wir werden uns bei Ihren Nachbarn umhören, eventuell hat einer von ihnen noch etwas sehen können!« Auf dem Weg zum Auto erhielt sie eine E-Mail auf ihr Handy, die sie im Gehen las. »Die Befragung der Camper müssen wir verschieben«, informierte sie ihren Partner. »Wir haben was Besseres!«

* * *

Denkbar wären natürlich Rohre, die hinter der Bretterwand verlegt wurden und oben irgendwo unter dem Geröll enden, überlegte Tobias. *So gelangt sicher genügend Frischluft in das Verlies. Wenn es sich so verhält, wäre der Aufwand beim Bau sehr viel umfangreicher als von mir angenommen gewesen. Das muss doch jemand mitbekommen haben! Ich werde nachher Jürgen danach fragen, es könnte wichtig sein!* Das Signal einer eingehenden Nachricht riss ihn abrupt aus seinen Überlegungen. *Erstaunlich, dass es hier draußen ein Netz gibt,* wunderte er sich, während er in den vielen Taschen seiner Lederjacke nach dem Handy fahndete.

Ein Blick auf die Uhr ließ ihn zusammenzucken. War er tatsächlich so lange hier? Und wann hatte er sich mitten in dem Verlies auf den Fußboden gesetzt? Aber so war es bei ihm: Wenn er sich allein an einem Tatort befand und einen Tathergang rein gedanklich zu rekonstruieren versuchte, vergaß er alles andere um sich herum. Nicht selten hatte das letztendlich zur Lösung von kniffligen Fällen beigetragen, auch wenn Denise ihn damit immer aufgezogen hatte. Die Nachricht kam von Vanessa und war eine Sensation. Es war an der Zeit, aufzubrechen!

Ein letzter Gedanke galt dem kleinen Loch, durch das der Lichtstrahl in das Verlies fiel, und dem merkwürdigen Umstand, dass auf der anderen Seite der doppelten Bretterwand eine Lücke an derselben Stelle vorhanden war. Oder war das eventuell gewollt? *Vielleicht war früher mal eine infrarotempfindliche Kamera zur Beobachtung der Gefangenen dort installiert*, überlegte er, während er sich erhob. *Ja, so würde das einen Sinn ergeben!*

Kapitel 19

Der Kreis schließt sich

»Das war hervorragende Arbeit, von euch allen!«, freute sich Tobias über den überraschenden Ermittlungserfolg. »Und die Idee mit den Jahrbüchern war nahezu genial!« Jasmin wurde sofort zwei Zentimeter größer. Es war Vanessa gewesen, die das Glück hatte, Dirk Schönfelder als Kumpel von Ralf Friedmann zu entlarven. Die Tattoos hatten die beiden damals zwar noch nicht gehabt, doch Friedmann hatte sich bis auf den rasierten Kopf kaum verändert. Sein Schulfreund war, wie von Jasmin vorhergesagt, auf praktisch allen Bildern gemeinsam mit ihm zu sehen. Durch die Bildunterschriften war der Name in Verbindung mit den Klassenbüchern rasch ermittelt.

Mit den nun vorliegenden Kenntnissen war es ein Leichtes gewesen, aus den Meldeunterlagen ein aktuelles Passbild zu kopieren. Auch die Informationen, die Denise und Martin mitgebracht hatten, erwiesen sich als hilfreich. Schönfelder besaß ein Motorrad der Marke Harley-Davidson und er wurde von Hamacher anhand des Fotos, das Vanessa an Denise und Tobias geschickt hatte, als derjenige identifiziert, mit dem Friedmann damals das bewusste Gespräch im Schützenverein geführt hatte. Tim Hamacher hatten sie im Anschluss an ihren Ausflug zum Campingplatz auf seiner Arbeitsstelle aufgesucht.

Das war zwar über ein Jahr her und kein Richter würde ihnen aufgrund solch dürftiger Indizien einen Durchsuchungsbeschluss oder Haftbefehl ausstellen. Aber da war noch Hakim! Und der hatte es während seiner Gefangenschaft mit *beiden* Männern zu tun gehabt, hatte Schönfelder Auge in Auge gegenübergestanden und mit ihm auf Leben und Tod gekämpft! Und er hatte nicht nur *ihn* anhand der Fotos erkannt, die Tobias ihm zeigte, sondern auch Friedmann! Das war das letzte noch fehlende Puzzlestück! Der Kalendereintrag, durch den sie auf einen Dirk aufmerksam geworden waren, war aber nicht sein Geburtsdatum, es musste etwas anderes bedeuten.

»Aufgrund der unwiderlegbaren Zusammenhänge wird soeben ein Durchsuchungsbeschluss und auch ein Haftbefehl für Dirk Schönfelder ausgestellt«, fuhr Tobias fort. »Ich erwarte jede Minute einen Anruf, dass Richter Biber die Dokumente unterzeichnet hat. Ich denke, Jasmin, Vanessa und Erik haben es sich auf jeden Fall verdient, bei der Festnahme dabei zu sein! Denise, du machst doch bestimmt gleich Feierabend. Was ist mit dir, Martin?«

»Das kannst du voll vergessen!«, brummte Denise, während sie ihr Handy wieder verstaute, auf dem sie herumgetippt hatte. Wie die meisten Frauen konnte sie das nahezu blind. »Ich komme natürlich auch mit, ich habe meinem Mann gerade eine SMS geschickt, dass es heute etwas später wird!« Tobias nahm es mit einem Lächeln zur Kenntnis. Er hatte nichts anderes erwartet. Immerhin war Denise für diesen Moment zurückgekehrt, wenn auch nur vorübergehend. Dann wollte sie natürlich jetzt erst recht mitkommen.

***

Schließlich hatte man entschieden, dass nicht alle Ermittler das Kommissariat verlassen sollten, da der Fall längst nicht in trockenen Tüchern war. Solange man nicht genau wusste, ob nicht noch weitere Täter involviert waren, wollte Tobias einige seiner Leute in Bereitschaft halten, die während seiner Abwesenheit die Ermittlungen fortführen konnten. Außerdem galt es immer noch, einen dritten Beteiligten ausfindig zu machen. Martin und Erik hatten deshalb widerwillig verzichtet und Vanessa hatte bereitwillig Jasmin die Teilnahme an der Festnahme überlassen, da diese die Idee mit den Jahrbüchern gehabt hatte, ohne die man Schönfelder nicht so schnell auf die Spur gekommen wäre.

Der Verdächtige wohnte im Westen von Altenrath, nicht weit von dem Wald entfernt, wo vor acht Tagen alles angefangen hatte. Während sie auf die richterlichen Dokumente warteten, hatte Erik noch herausgefunden, dass Schönfelder als freiberuflicher Grafiker und Webdesigner arbeitete, was dafür sprach, dass er für den Videoschnitt zuständig gewesen sein könnte. Und natürlich, dass er wahrscheinlich zu Hause war.

Jasmin und Denise waren bei Tobias mitgefahren, der das zweigeschossige Reihenhaus einem sorgfältigen Scan unterzog, während er den Audi hinter den beiden zur Unterstützung mitgekommenen Streifenwagen abstellte. Doch in der ersten Etage blieb alles ruhig. Keine bewegten Gardinen zeugten davon, dass Schönfelder ihre Ankunft bemerkt hatte. Die Harley-Davidson war nirgends zu sehen. Der weiße VW-Bus der Forensik parkte auf der anderen Straßenseite.

Tobias wies die vier uniformierten Polizisten an, vor dem Haus zu warten und auch die Rückfront im Auge zu behalten. Es wäre nicht das erste Mal, dass ihnen jemand über eine Feuerleiter entwischte, oder einen Baum, der vor dem Fenster wuchs. Die Haustür ließ sich aufdrücken und so standen der SOKO-Chef und seine beiden Ermittlerinnen keine Minute später vor Schönfelders Wohnung. Geöffnet wurde ihnen aber nicht, trotz mehrmaliger Aufforderung mit dem Hinweis, dass man von der Polizei sei.

Tobias dachte kurz an seinen ehemaligen Kollegen Wolfgang, der aufgrund seiner kompakten Gestalt in solchen Fällen gerne den ›Türöffner‹ gespielt hatte. Eine Rechtfertigung dafür, sich gewaltsam Zutritt zu verschaffen, hatten sie durch den Haftbefehl allemal, und hier war Gefahr im Verzuge! Doch bevor er als der Kräftigste von ihnen zur Tat schreiten konnte, schob Forensikerin Rieke Martinen ihn sanft, aber nachdrücklich beiseite und machte sich mit ihren Dietrichen an dem Schloss zu schaffen. Jasmin und Denise zogen synchron ihre Pistolen und postierten sich links und rechts der Tür. *Als wären sie seit vielen Jahren ein eingespieltes Team*, dachte Tobias zufrieden, während er seine Waffe zur Hand nahm.

Indes war die Vorsicht unbegründet, wie sich zwei Minuten später herausstellte. Die Dreizimmerwohnung war bis auf die Möbel leer, der Vogel war ausgeflogen! Doch das konnte man natürlich erst wissen, nachdem die Räume sorgfältig unter Wahrung aller Sicherheitsmaßnahmen untersucht worden waren, bis dahin galt ein unübersichtliches Terrain als unsicher. Tobias gab den draußen wartenden Forensikern mit einem Wink zu verstehen, dass sie mit der Arbeit beginnen konnten. Die Enttäuschung über den Misserfolg war ihm deutlich anzusehen. »Wir befragen in der Zwischenzeit die Hausbewohner«, wandte er sich an Denise und Jasmin. »Vielleicht wissen die ja, wo der Kerl steckt.«

* * *

In dem Haus wohnten vier Parteien. Außer Dirk Schönfelder waren das eine alleinerziehende junge Frau mit einer vierjährigen Tochter in der Wohnung gegenüber sowie ein älteres Ehepaar und ein pensionierter Lehrer im Erdgeschoss. Die ledige Mutter war auf der Arbeit und hatte ihr Kind bei den Leuten im Parterre abgeladen und der Pensionär öffnete Tobias nicht die Tür.

Allerdings wussten die Eheleute Breuer etwas zu dem Mann mit dem Motorrad zu sagen, wie sie ihn nannten. »Den haben wir am Donnerstag das letzte Mal gehört«, informierte Karl Breuer ihn. »Da ist er gegen 11:00 Uhr davongefahren. Dieses schreckliche Motorrad ist ja kaum zu überhören, und wir wollten uns mit der Kleinen gerade eine Kindersendung im Fernsehen anschauen, deshalb weiß ich die Zeit noch so genau. Das Ding ist nämlich sehr laut, und er lässt es immer vor unserem Fenster minutenlang warmlaufen. Da versteht man kein Wort!«

Kurz danach muss der Kampf mit Hakim gewesen sein, schoss es Tobias Heller durch den Kopf. *Er muss das aber überlebt haben, denn ansonsten hätten wir ihn doch in der Ruine finden müssen, oder? Wo ist er danach geblieben? Oder hat ihn womöglich der vermutete dritte Mann gefunden und beiseitegeschafft?* »Und seitdem haben Sie Herrn Schönfelder definitiv weder gesehen noch gehört?«, erkundigte er sich bei den Eheleuten. »Es ist wichtig, denken Sie bitte gut nach!«

»Da sind wir uns ganz sicher! Wir haben das Haus seitdem nicht verlassen, und das Motorrad müsste ja auf der Straße gestanden haben. Er hat nämlich keine Garage dafür. Hat er denn was angestellt? Ich habe ja zu meiner Hildegard immer schon gesagt, dass mit dem etwas nicht stimmt!« Seine Frau nickte wissend mit dem Kopf dazu.

Tobias lächelte still in sich hinein. Alte Leute und ihre Vorurteile! Nicht jeder Mann mit rasiertem Kopf und einem Tattoo auf dem Arm war ein Verbrecher, ganz im Gegenteil! Und wenn man den Menschen die kriminellen Veranlagungen so leicht ansehen könnte, bräuchte man keine Kriminalpolizei!

Jasmin und Denise traten hinzu, als er sich soeben abwenden wollte, um wieder nach oben zu gehen. »In den Nachbarhäusern haben wir auch nichts weiter erfahren«, meldete die Kommissarin. Sie hatte die letzten Worte Breuers mitbekommen. »Niemand hat seit Donnerstag etwas von Schönfelder gesehen oder gehört, doch alle waren sich darüber einig, dass man es gemerkt hätte, wenn er in der Nacht nach Hause gekommen wäre. Angeblich geht er nie zu Fuß und das Motorrad ist sehr laut, sagen die Nachbarn.«

»Wir können den Kampf in der Ruine aufgrund der körperlichen Verfassung, in der Hakim war, als er gefunden wurde, auf Donnerstagmittag datieren«, resümierte Tobias auf dem Weg nach oben. »Durch seine Aussage und nicht zuletzt wegen der DNA an der Kette wissen wir auch, dass es Schönfelder war. Die Angabe der Eheleute Breuer bestätigt diese Zeit. Wenn

Schönfelder nicht zurückkehrte, ist er bei dem Kampf entweder gestorben und wurde von einem Komplizen gefunden, der die Leiche beseitigt hat, oder er überlebte und ist untergetaucht. In beiden Fällen wissen die Burschen, dass wir ihnen auf der Spur sind!«

»Aber er kann nicht wissen, dass wir seine Identität herausgefunden haben«, widersprach Jasmin. »Und der mutmaßliche Komplize auch nicht!«

»Das sehe ich anders«, berichtige Denise die junge Kollegin und bewies damit einmal mehr, dass ihre Überlegungen in ähnlichen Bahnen abliefen wie die von Tobias. »In beiden Fällen weiß man, dass Hakim entkommen ist. Die sind nicht dumm. Es ist für sie nur eine Frage der Zeit, bis er in der Lage wäre, eine Personenbeschreibung abzugeben. Tobias hat absolut recht, der Überraschungseffekt ist bei einem Zugriff womöglich dahin. Wenn wir hier nichts finden, läuft uns die Zeit davon!«

Als sie in die Wohnung zurückkehrten, kam ihnen schon in der Diele Rieke Martinen mit einem eingetüteten Baseballschläger entgegen, den sie siegessicher präsentierte. »Den habe ich gerade in einem Schrank entdeckt«, sagte sie. »Er wurde zwar sorgfältig abgewischt, aber wenn er irgendwann jemandem übergezogen wurde, finde ich das trotzdem raus!«, verkündete sie selbstbewusst, bevor sie sich in dem engen Flur an ihnen vorbeischob, um ihre Beute in Sicherheit zu bringen.

»Tobias? Das müsst ihr euch unbedingt ansehen!«, rief Amara Jones aus einem Zimmer zu ihrer Linken. Ihrer aufgeregten Stimme gemäß hatte sie soeben etwas Außergewöhnliches entdeckt, denn normalerweise ließ sie sich nicht leicht aus der Ruhe bringen! Die drei sahen sich bedeutungsvoll an. War das der erhoffte Durchbruch?

* * *

»Uff!« Vanessa schob ihre Computermaus beiseite und lehnte sich erschöpft auf dem Stuhl zurück. »Ich bin mit meinen Listen jetzt komplett durch, nirgends gibt es eine Querverbindung zu irgendwas! Fahrzeughalter, Vereinsmitglieder, BKA-Liste ... Nichts, Nada! Wie ist es da bei dir, Martin?«, rief sie der Einfachheit halber durch die Stellwand zu ihrer Rechten.

»Ich bin auch fertig«, kam es von nebenan zurück. »Ebenfalls Fehlanzeige! Ich frage mich ernsthaft, ob es diesen grünen SUV jemals gegeben hat!«

»Warum sollte der Förster uns diesbezüglich einen Bären aufgebunden haben? Der Wagen könnte doch aus einem anderen Zulassungsbezirk gekommen sein oder gar nichts mit den Morden zu tun haben!«

»Ja, und ich könnte mir ein Loch ins Knie bohren und Milch reinschütten«, brummte Martin. »An der Sache stimmt etwas nicht, das sagt mir meine Nase!« Er machte eine Pause. Normalerweise wäre jetzt ein Kommentar seines Partners Jonas zur Länge seines Riechorgans zu hören gewesen, doch der war ja nicht da. »Wie auch immer«, fuhr er enttäuscht fort. »Wir können nur hoffen, dass die anderen mit ihrer Festnahme mehr Glück hatten!«

»Was machst du eigentlich die ganze Zeit?«, fragte Vanessa den Kommissaranwärter genervt. Erik hatte unentwegt auf seinen Computerbildschirm gestarrt, während sie und Martin die Listen verglichen hatten.

»Das sieht mir nicht danach aus, als würdest du dich aktiv an den Ermittlungen beteiligen!«

»Ich sehe mir die Videos nochmal genau an«, gab er abwesend zurück. Gleichzeitig ertönte das Klicken seiner Maus. Und zwei Sekunden später erneut. Und wieder. Jetzt erst wurde es Vanessa bewusst, dass sie das Geräusch die ganze Zeit vernommen hatte. Wie es schien, ließ er das Video ständig vor- und zurücklaufen. »Es könnte ja sein, dass wir irgendwas übersehen haben!«

»Ach ja? Und was sollte das sein? Hoffst du darauf, dass bei der zweihunderteinundzwanzigsten Wiederholung der Ärmel des Bogenschützen noch ein Stück weiter nach oben rutscht und ein Tattoo mit seinem Namen freigibt?«

Falls Erik die Spitze ihrer Frage erkannt hatte, ließ er es sich jedenfalls nicht anmerken. »Das nicht. Aber in dem zweiten Video gibt es bekanntlich eine Besonderheit in der Form, dass zusätzlich eine Frontperspektive vorhanden ist. Und in einer Szene glaubte ich, ganz am Rand einen hellen Fleck zwischen zwei Büschen gesehen zu haben. Könnte ein Gesicht sein, aber auch ein Lichtreflex. In der Vergrößerung ist das leider nicht eindeutig zu erkennen. Ich habe mir die Stelle bestimmt zwanzigmal angeschaut.«

Davon war die Kommissarin felsenfest überzeugt, denn was Hartnäckigkeit anging, konnte es so leicht niemand mit ihm aufnehmen. In der Beziehung war er wie ein Pitbull: Hatte er sich in etwas verbissen, ließ er nicht wieder los. »Wenn da nichts zu erkennen ist, hilft es uns erstmal nicht«, beschied sie ihm. »Du solltest dich mit zielführenderen Dingen befassen!«

***

Das hatte sich Amara Jones auch gedacht, als sie die Speicherchips im Arbeitszimmer in einer Schreibtischschublade entdeckt hatte. Weil der vorhandene Computer mit einem Passwort geschützt war, schob sie die Datenträger kurzerhand in ihren Laptop, ohne den sie niemals das Haus verließ. Für das Kennwort hätte sie zwar nicht viel länger als eine halbe Stunde benötigt, aber hier war Eile geboten. Außerdem war sie bei Speicherchips stets extrem neugierig. Natürlich wurden sie zuerst einem Virencheck unterzogen!

Zufällig enthielt bereits der erste Datenträger, den sie danach öffnete, dasselbe Filmmaterial, mit dem Erik sich zeitgleich im Kommissariat befasste, allerdings in einer besonderen Form! »Ich habe hier genau das, was ihr so lange gesucht habt«, winkte sie Tobias herbei, der soeben mit Jasmin und Denise im Gefolge das Büro betrat. Die drei stellten sich erwartungsvoll hinter ihr auf, worauf sie die angehaltene Aufnahme weiterlaufen ließ.

»Das sind ja die Rohaufnahmen von den Videos!«, entfuhr es Denise schon nach wenigen Sekunden. Es war auch für jemand ohne fotografisches Gedächtnis unverkennbar, denn im Gegensatz zu den bekannten, sehr professionell geschnittenen Filmen gab es hier ein paar Wackler und Unschärfen. Und Szenen, die in der Internetfassung gar nicht vorhanden waren! Wie zum Beispiel eine Stelle, wo Ralf Friedmann zu sehen war, der jenseits der Handlungslinie auf einem Baum hockte und eine Kamera hielt! Amara hatte das Video kurz angehalten und den Ausschnitt vergrößert, was durch die 4K-Auflösung ohne Schärfeverlust möglich war. Die Sequenz musste aus der Buschgruppe heraus gefilmt worden sein, die sie als einen der Aufnahmestandorte ermittelt hatten. Friedmann saß auf dem Baum, der von Amara als die andere Kameraposition bestimmt worden war.

»Schade, dass wir den Friedmann auf eine gewisse Weise haben«, kommentierte Jasmin es trocken.

»Wartet ab, es kommt noch viel besser!«, bereitete die IT-Spezialistin ihre Zuschauer auf die eigentliche Sensation vor. Sie wusste, wovon sie sprach, denn sie hatte *diesen* Chip und auch den nächsten komplett durchgesehen, bevor die Ermittler dazukamen. »Ihr werdet total begeistert sein!«, prophezeite sie ihnen, während sie den Datenträger in ihrem Laptop gegen einen anderen austauschte.

Sie sollte recht behalten. Den Ermittlern gingen schier die Augen über, als die ersten Bilder auf diesem Chip über den Bildschirm liefen. Die Datenträger von der Größe eines Daumennagels enthielten logischerweise jeweils die Aufnahmen eines Geräts. *Dieser* war für die nur in dem zweiten Video eingesetzte Frontalkamera zuständig gewesen, wie leicht zu erkennen war, da Djamal darauf zu stolperte. Weil das Objektiv, wie bereits vermutet, auf Weitwinkel eingestellt war, schien er noch weit entfernt zu sein. Das galt ebenfalls für den Mann mit einem Compoundbogen, der ungefähr dreißig Meter rechts hinter ihm lief!

»Der sieht dir wirklich verdächtig ähnlich, Tobi!«, bemerkte Denise und schaffte es tatsächlich, ihrem Gesicht einen argwöhnischen Ausdruck zu verleihen. »Wo warst du nochmal, als das passiert ist?«

»Wesentlich interessanter dürfte die Antwort auf die Frage sein, wer dieser Kerl ist!«, brummte Tobias und zeigte auf das Videobild, von Amara unaufgefordert angehalten und herangezoomt. »Oder kennt den etwa einer von euch? Jasmin?«

»Bedaure, unter den Leuten, die wir befragt haben, war er nicht«, antwortete sie. »Auch nicht im Schützenverein. Keine Ahnung, wer das ist, aber der wäre mir bestimmt aufgefallen!«

»Mich musst du nicht ansehen«, winkte Denise ab. »Ich war mit dir zusammen unterwegs. Der Einzige, mit dem Martin und ich es ein paar Tage danach zu tun hatten, hatte keine Haare auf dem Kopf und ist bekanntlich tot.«

»Vielleicht ist es in der Aufregung eurer Aufmerksamkeit entgangen, dass noch eine dritte Person in der Aufnahme ›versteckt‹ ist«, unterbrach Amara die Diskussion. Dafür, dass der gesuchte Mörder in aller Deutlichkeit zu sehen war, war diese eigentlich sachlich geführt. »Ihr habt es nicht bemerkt? Wartet, ich muss nur den Bildausschnitt ändern!«

Wenige Augenblicke später hatte sie einen Bereich links von Djamal in den Fokus gerückt, wo im Hintergrund zwischen zwei Büschen für ein paar Sekunden ein Gesicht aufgetaucht und wieder verschwunden war. Das Standbild bannte es aber erbarmungslos an Ort und Stelle.

Drei Augenpaare richten sich sofort auf das durch die enorme Vergrößerung etwas grobkörnige, jedoch immer noch erkennbare Gesicht. »Na, wen haben wir denn da?«, grinste Denise. Die entgeisterte Miene, mit der Tobias den Monitor anstarrte, war ein Bild für die

Götter! Dieser kurze Augenblick ging jedoch schnell vorüber. Nicht umsonst hatte man sie seinerzeit *das dynamische Duo* genannt! Denise und Tobias waren für ihre Fähigkeit bekannt gewesen, sich blitzschnell auf jede Situation einzustellen. So auch jetzt. Tobias griff zum Handy, um einige Telefonate zu tätigen. Es gab viel zu tun, und die Zeit drängte!

Kapitel 20

Showdown

Zum fünften Mal seit diesem schicksalhaften Tag vor einer Woche stand Tobias in dem ebenso schicksalsträchtigen Wald. Doch diesmal war er nicht allein und auch nicht unvorbereitet! In der seit der überraschenden Enthüllung des mutmaßlichen Drahtziehers hinter diesen abscheulichen und menschenverachtenden Verbrechen vergangenen Stunde war viel geschehen. Vor allem die im Kommissariat verbliebenen Ermittler hatten eine Menge über ihn herausgefunden. Hätte man das alles nur früher gewusst!

Nicht, dass Tobias ihn übersehen hätte! Wie alle im Umfeld eines Mordes auftauchenden Personen hatte er auch ihn gewohnheitsmäßig überprüft. Das machte er immer, dabei war es ganz gleich, ob es sich um Zeugen oder Tatverdächtige handelte. Doch *dieser* Mann hatte sich von Anfang an seinen Bemühungen entzogen. Er hatte sich blenden lassen!

Hansen hatte als Forstbeamter einen untadeligen Ruf und genau genommen war ein Förster in einigen Belangen einem Polizeibeamten gleichzusetzen. Doch konnte man sich darauf verlassen, dass er sich auch entsprechend verhielt? Gerade erst war eine Gruppe aufgeflogen, die sich gegen die demokratische Grundordnung verschworen hatte, und daran waren Polizisten beteiligt gewesen! Er hätte es wissen müssen!

Tobias würde nie im Leben das ›ich-habe-es-doch-gleich-gesagt‹ Grinsen von Denise vergessen, als sie in dem Gesicht in den Büschen den Förster erkannt hatten! Das würde er noch eine ganze Weile zu hören bekommen, zumal er sich dermaßen für Hansen ins Zeug gelegt hatte. Jetzt stand er mit Jasmin unter den letzten Bäumen und beobachtete die Gebäudegruppe der hiesigen Forstverwaltung, wo der Tatverdächtige auch wohnte. Einfach hineinzustürmen, verbot sich von selbst, da es im schlechtesten Fall einige potenzielle Geiseln darin gab.

Er fuhr herum, als sich ihnen Schritte näherten. Ewald Hansen schlenderte mit seiner Hündin herbei, das Jagdgewehr mit der Mündung nach unten lässig in der linken Hand. »Na, na«, sagte er lächelnd, als Jasmin reflexartig zu ihrer Waffe greifen wollte. »Das lassen wir lieber bleiben! Ich kann mit meiner Flinte ziemlich gut umgehen, und auf die paar Meter treffe ich auch, ohne zu zielen! Ich vermute mal, Sie sind hinter mein kleines Geheimnis gekommen?«, wandte er sich an Tobias, der keinerlei Anstalten machte, zu seiner Dienstwaffe zu greifen und stattdessen einen Punkt in Hansens Rücken fixierte.

Der erstarrte, als er kalten Stahl an seiner Schläfe spürte. »Das sind wir«, knurrte Denise gefährlich leise. »Und ich kann mit meiner Pistole mindestens ebenso gut umgehen, das dürfen Sie mir glauben!«

Hansen ließ die Flinte fallen und drehte sich zu ihr um. »Und ich darf Ihnen mitteilen, dass zwei meiner Leute in diesem Gebäude sind«, wies er auf das Forsthaus. »Sie wollen doch bestimmt nicht das Leben von sechs unschuldigen Menschen riskieren?«

»Wo wir gerade bei Geständnissen sind«, verkündete Tobias, während er das Gewehr an sich nahm. »Ich habe auch etwas zu beichten. Diese Aktion war bis ins Kleinste geplant! So wussten wir zum Beispiel, dass Sie mit einer Schusswaffe hier herumlaufen und konnten uns unbemerkt an Ihnen vorbeischleichen. Meine Kollegin hatte Sie die ganze Zeit über im Visier. Sobald Sie das Jagdgewehr angelegt hätten, wäre sie eingeschritten. Sie ist eine ausgezeichnete Schützin und die Schutzwesten helfen jetzt auch gegen Pfeile, das habe ich sofort nach dem schändlichen Attentat auf einen meiner Leute angeordnet!«

Er hob ein Funkgerät an die Lippen und sagte nur ein Wort: »Zugriff!« Im nächsten Augenblick schien der Wald förmlich zu explodieren. Von allen Seiten sprangen hervorragend getarnte SEK-Beamte auf und drangen innerhalb von Sekunden durch Türen und Fenster in das von Hansen bezeichnete Gebäude ein, nachdem ihre in den Verstecken verbliebenen Kameraden Blendgranaten hineingeschossen hatten. Nach zwei Minuten kamen sie mit dem Langhaarigen und einem weiteren Mann heraus. Es handelte sich um Dirk Schönfelder!

* * *

Fragen und Antworten

»Die wohl für die meisten von uns überraschende Lösung dieses Falles wirft einige Fragen auf«, begann Tobias die Dienstbesprechung mit einem Seitenblick zu Denise, die eine betont unbeteiligte Miene aufgesetzt hatte. Seit der Festnahme Hansens und seiner Kumpane waren drei Tage vergangen, die man nicht ungenutzt hatte verstreichen lassen. Neben durchgeführten

Verhören waren bereits vorhandene Spuren im Licht der Erkenntnis erneut ausgewertet, Beweise gesichtet und die noch ausstehenden DNA-Analysen berücksichtigt worden. Mit einem Mal hatte sich ein stimmiges Bild ergeben.

Den allergrößten Gefallen hatte ihnen Hansen mit seinem Verhalten getan, als er mit einer Geiselnahme gedroht hatte. Sein Gesicht auf der Aufnahme hätte für sich allein einen SEK-Einsatz nicht gerechtfertigt. Die Scharade, die sie am Forsthaus aufgeführt hatten, diente daher in erster Linie als abschließender Test. Zu diesem Zweck hatte Tobias dafür gesorgt, dass er einige Männer des Einsatzkommandos sehen konnte, als er von seinem Rundgang zurückkehrte. Die Idee dazu hatte Denise. Eine taktische Meisterleistung!

»Die wohl wichtigste Frage, die uns von Kritikern gestellt werden wird – wobei ich natürlich in erster Linie die Presse meine – ist die nach dem Täter! Wieso haben wir Hansen nicht sofort, oder zumindest sehr viel früher, als Urheber der Mordserie erkannt?«, fuhr er provokativ fort. »Halten wir uns bei der Beantwortung zwei Dinge vor Augen. Seit dem Mord an Djamal Hamada, der den Stein erst ins Rollen brachte, waren gerade mal acht Tage vergangen, als uns der Überraschungserfolg gelang. Das ist fast schon ein Rekord! Und dann ist da noch das Motiv. Ewald Hansen hatte nämlich keins, oder zumindest keins, das auf Anhieb erkennbar gewesen wäre! Ich hatte ihn selbstverständlich nach unserer ersten Begegnung überprüft. Er ist unverheiratet, kinderlos, genießt einen untadeligen Ruf als Revierförster und ist nicht als gewaltbereit bekannt. Menschen wie er, die aus purer List am Töten handeln, sind der Albtraum jeden Ermittlers, da sie leicht übersehen werden.«

»Da war aber auch ein nicht unerheblicher finanzieller Aspekt dabei«, warf Vanessa ein. Sie hatte in den vergangenen drei Tagen zusammen mit Jasmin unermüdlich alles an Informationen zusammengetragen, deren sie habhaft werden konnte. Herausragend war der Zugang zu einem Bitcoin-Konto gewesen, den sie auf Hansens Computer gefunden hatten. Es enthielt eine beträchtliche Summe im Gegenwert eines hohen sechsstelligen Eurobetrages.

»Richtig. Hansen, der selbst immer nur passiv an den ›Jagden‹ teilnahm, hatte sich dabei die Neigung einer seiner Mitarbeiter zur Gewalt zunutze gemacht, die sich vornehmlich gegen Asylanten richtete. Rico Fuhrmann war mit Dirk Schönfelder befreundet, der wiederum seinen alten Schulfreund Ralf Friedmann rekrutierte, den er auch durch die Mitgliedschaft bei der Totenkopfbrigade kannte und von dessen Leidenschaft fürs Bogenschießen er wusste. Hansen begleitete die drei bei den Aktionen und sorgte dafür, dass sie ungestört blieben. Außerdem strich er mit seinen Videos jedes Mal hohe Summen ein. Es wurden schon Menschen für weniger getötet! Ich muss sicher nicht erwähnen, dass er den grünen SUV nur erfunden hat, um uns in die Irre zu führen.«

»Was ihm auch hervorragend gelungen ist«, nickte Denise. Sie hatte mit Tobias das Verhör des Hauptverdächtigen durchgeführt und diesem einige Informationen entlockt. »Wir wissen jetzt ebenfalls, wie sie die Adresse des Wohnheims herausgefunden haben. Ich sagte ja bereits, dass ich vermutete, dass Hansen Linkshänder ist, weil ich ihn etwas notieren sah. Das war die Anschrift, die Tobias ihm als Verantwortlichen für den Wald und somit für den Tatort genannt hatte. Er schickte dann, kaum dass wir weg waren, Schönfelder und Friedmann dorthin, um die verräterischen Sachen der Opfer abzuholen. Er wollte nicht riskieren, dass wir womöglich mit Spürhunden das Versteck unter der Ruine finden.«

»Und als ich ihn zwei Tage später bei der Bergung der drei Leichen im Wald wiedertraf, rief er nicht seine Forstarbeiter an, um sie von dem Fundort fernzuhalten und uns nicht zu behindern, wie er sagte, sondern Friedmann, der daraufhin sofort die Sachen verbrannt hat«, ergänzte Tobias. »Den Beweis lieferte uns der Verlauf seines Handys. Zum Glück kamt ihr rechtzeitig zur Verbrennung, denn ohne Friedmann hätten wir Schönfelder nicht gefunden und somit auch nicht Fuhrmann und Hansen!«

»Apropos«, warf Erik ein. »Mir ist immer noch nicht so ganz klar, warum ihr auf den Originalaufnahmen Hansens Gesicht erkennen konntet, ich aber auf dem Onlinevideo nicht. Das war nur ein verwaschener Fleck!«

»Schönfelder hat die Stelle auf dem geschnittenen Video nachträglich mit einem Computerprogramm verpixelt«, erklärte Jasmin. Sie hatte die Vernehmung mit Martin durchgeführt, während Fuhrmann von Vanessa und Erik verhört wurde. »Er war für den Videoschnitt verantwortlich und wollte diese Szene unbedingt verwenden.«

»Übrigens hat Fuhrmann außer einem Totenkopf, den er sich aus Sympathie stechen ließ, ein Tattoo auf dem rechten Unterarm«, berichtete Vanessa. »Das ist jedoch Zufall. Wie wir jetzt wissen, glaubte ich eine solche Beobachtung im ersten Video bei Friedmann gemacht zu haben. Dabei hatte mich also getäuscht. Seins ist allerdings ein Schmetterling!«

»Den hätte ich auch versteckt«, grinste Tobias, für den diese Information ebenfalls neu war. »Kommen wir jetzt zu den unwiderlegbaren Fakten, die unsere drei Kandidaten für lange Zeit hinter Gitter bringen werden. Hansen hat zwar selbst niemanden getötet, war jedoch nach Beweislage und den Geständnissen seiner Komplizen der Urheber und treibende Kraft. Er wird der Verschwörung und Anstiftung zum Mord beschuldigt. Da ihn die Hauptschuld trifft, kommt er so bald nicht wieder raus!«

»Die DNA unter den Nägeln eines der Opfer und an dem Pfeil, den Fuhrmann nach dem Mord an Djamal zurücklassen musste, weil er von mir gestört wurde, stammt von ihm«, übernahm Denise. »Ebenso der Sohlenabdruck an dem Baum, in dem er steckte. Die DNA in dem Busch stammt von Schönfelder, der die am Tag zuvor zurückgelassene Frontkamera abholen wollte und dabei ebenfalls von uns gestört wurde.«

»So ist den Kerlen ihr Drang, immer mehr ›Action‹ in ihre Videos zu packen, schließlich zum Verhängnis geworden«, ergänzte Tobias zufrieden. »Hier sehen wir übrigens ein klassisches Beispiel dafür, dass jeder Täter irgendwann einen gravierenden Fehler macht. Ohne die Aufnahmen dieser Frontkamera hätten wir den Fall nicht so schnell lösen können!«

»Ein weiterer Fehler war sicher die Entsorgung der Leiche in dem Tümpel«, warf Denise ein. »Sie führte uns zwar nicht direkt zu den Tätern, war jedoch ein wichtiges Indiz für eine Mordserie. Friedmann und Schönfelder, die für die Beseitigung zuständig waren, hatten an dem Tag einfach keine Lust, zu graben und warfen sie in einem mit Steinen beschwerten Sack in den Teich.«

»Bleibt noch zu erwähnen, dass wir anhand der Originalvideos nicht nur *alle* Morde aufklären«, fuhr Tobias fort, »sondern sie auch den jeweiligen Tätern zuordnen konnten. Das gilt ebenfalls für die zwei Leichen, die mit Tarek Hussein zusammen im Wald begraben waren und den Toten aus dem Tümpel. An deren Identifikation arbeiten die Spezialisten vom Erkennungsdienst derzeit aber noch. Die Kerle haben sich mit schöner Regelmäßigkeit abgewechselt. Tarek wurde entgegen der ersten Annahme von Friedmann erschossen, Djamal von Fuhrmann, und Schönfelder wäre wahrscheinlich wieder bei Hakim an der Reihe gewesen. Anhand der Videoaufnahmen wissen wir aber, dass er den Jungen aus dem Tümpel tötete und einen der beiden aus dem Grab im Wald. Hakim hat ihm übrigens bei dem Kampf in der Ruine fast den Kehlkopf zerquetscht, er wird für die nächste Zeit nur noch flüstern können!«

»Weil er die Verletzung vor seinen Nachbarn nicht hätte geheimhalten können und zudem befürchten musste, dass Hakim uns von seinem Kampf mit ihm berichten würde, konnte er nicht in seine Wohnung zurück und kroch bei Hansen und Fuhrmann unter«, schloss Jasmin.

»Wie ihr wisst, wurden in den Wohnungen aller Verdächtigen Baseballschläger mit Blut und DNA von je mindestens einem der letzten Opfer sichergestellt. Die Totenkopfbrigade dagegen, die uns so lange in die Irre geführt hat, hat überhaupt nichts damit zu tun«, ergänzte Tobias. »Dass zwei unserer Täter bei denen Mitglied waren, war nichts als ein dummer Zufall, und ihr wisst, was ich davon halte!«

»*Es gibt keine Zufälle!*«, erscholl es einstimmig und absolut lippensynchron aus fünf Kehlen gleichzeitig. »Und darum ist das ja auch keiner, sondern allenfalls ein Messfehler«, fügte Erik unter dem Gelächter der übrigen Ermittler grinsend hinzu. Mit dieser Bemerkung hatte er sich endgültig als vollwertiges Mitglied dieser ungewöhnlichen Truppe qualifiziert.

»Ich hätte es nicht besser sagen können«, nickte Tobias, wobei er sich bemühte, ernst zu bleiben. »Der Fall ist nun vollständig aufgeklärt, deswegen hattest du nach über einem Jahr deinen Dienst wieder aufgenommen«, wandte er dann sich an Denise. »Da Jonas in der Reha ist und für weitere acht Wochen ausfällt, bleibst du uns noch bis zu seiner Rückkehr erhalten. Ich habe übrigens mit meiner Frau über deine Situation gesprochen. Melanie sucht immer noch händeringend nach einem guten Ersatz für Martin, den sie an mich verloren hat. Eine Halbtagsstelle würde ihr fürs Erste genügen, meinte sie.«

»Und du müsstest dann nicht mehr länger auf der Couch schlafen«, grinste Denise. »Das ist lieb von dir, aber ich sagte dir bereits, dass ich nicht vorhabe, auf Dauer zurückzukommen. Ich werde jedoch trotzdem darüber nachdenken.«

»Mach das, und sprich auch mit Sven darüber. Ich werde in den nächsten Tagen unserem Helden in der

Klinik einen Besuch abstatten. Hakim hat es sich verdient, über die Festnahme der Männer informiert zu werden, die seine Freunde getötet haben und auch ihn ermordet hätten, wäre er nicht vorher geflohen. Außerdem hatte er durch die detaillierten Personenbeschreibungen maßgeblichen Anteil an ihrer Ergreifung. Möchtest du vielleicht mitkommen?«

»Klar, wenn sonst nichts anliegt!«, gab sie gleichmütig zurück. Doch ihm konnte sie nichts vormachen, dazu kannte er sie einfach viel zu gut! Denise brannte förmlich darauf, Hakim endlich persönlich kennenzulernen, und Tobias wusste auch, warum!

Epilog

Drei Wochen später

Hakim saß auf dem Bett und ließ sich das Mittagessen schmecken. Er wusste nicht, was die anderen Patienten ständig daran zu nörgeln hatten, er jedenfalls hatte schon schlechter gegessen, zumal man auf Schweinefleisch verzichtet hatte. Es ging ihm wieder gut, seine Genesung schritt voran und bald war er zu Hause. *Nein*, dachte er wehmütig. *Das ist Geschichte, in die Heimat werde ich niemals zurückkehren können! Und was soll ich auch da, ohne meine Freunde? Und die Kinder? Werde ich sie je wiedersehen?*

Vor zwei Wochen hatte ihn dieser nette Polizist ein letztes Mal besucht, der nach seiner Einlieferung in das Krankenhaus und auch ein paar Tage später noch einmal gekommen war, um ihn zu befragen. Mit ihm war eine Polizistin erschienen, an der Hakim sofort die grasgrünen Augen aufgefallen waren, mit denen sie ihn intensiv gemustert hatte. Sie sprach jedoch nicht mit ihm. Man habe die Schurken, die ihm und seinen Freunden das angetan hatten, aufgespürt und eingesperrt, berichtete Heller. Bei dieser Gelegenheit war er auch mit der Wahrheit über die Schicksale von Djamal und Tarek herausgerückt. Sie waren beide tot, zur Belustigung dieser gewissenlosen Verbrecher mit Pfeil und Bogen wie die Tiere gejagt und erschossen worden!

Die schöne Polizistin hatte ihn danach noch ein paar Mal alleine besucht. Aber sie sprach nur von den Kindern, den eigenen und von den Geschwistern von Hakim und seinen Freunden. Sie erzählte ihm, dass sie den kleinen Jungen vor einem Entführer gerettet habe, der auch seine richtige Mutter getötet hatte. Sie wollte alles über die Flucht aus Syrien wissen. Wo sie in die Boote gestiegen waren, wie lange sie auf dem Wasser gewesen waren, einfach alles. Ob er sich noch an Namen von Leuten erinnern könne, die mit den Kindern zusammen gefahren waren, wollte sie auch wissen. Hakim fand sie sehr nett, und er erzählte ihr fast sein ganzes Leben. Vor einer Woche hörten ihre Besuche schlagartig auf. Hatte er etwas gesagt, das sie verscheucht hatte?

Er schreckte aus seinen Gedanken, als sich die Tür langsam nur einen Spalt öffnete, und in einem Meter Höhe ein von schwarzen Haaren gerahmtes Gesicht mit wunderschönen braunen Augen und einer Stupsnase erschien. Ihm blieb fast das Herz stehen. *Layla*! Im nächsten Moment flog seine jüngste Schwester ihm förmlich in die Arme, wobei sie das Tablett mit dem Essen beinahe auf den Boden geschubst hätte. Er traute seinen Augen kaum, als die nur ein Jahr ältere Samira ebenfalls zur Tür hereinstürmte und sich auf sein Bett warf! Sie lebten! Seine Schwestern waren nicht tot! Aber wie ...?

Die Antwort auf diese stumme Frage sollte nicht sehr lange auf sich warten lassen, denn jetzt betraten Heller und seine Kollegin den Raum, wobei sie zwei Jungen und ein Mädchen vor sich herschoben. Hakim gingen fast die Augen über. Passierte das alles wirklich, oder spielten seine Sinne ihm einen Streich? Das waren

Karim, Adil und Halima! Sie hatten alle überlebt und die Polizei hatte sie gefunden!

»Ich hoffe, wir haben Sie mit diesem Überfall nicht zu sehr erschreckt«, sagte Tobias Heller lächelnd auf Englisch. »Aber wir wollten Sie nicht länger im Ungewissen lassen. Die Kinder sind heute aus Italien angekommen, meine Kollegin hat sie selbst abgeholt.«

»Aber wie haben Sie sie gefunden? Ich habe immer wieder bei den Behörden gefragt, keiner konnte oder wollte mir helfen!«

»Es war auch nicht leicht«, sagte die Polizistin, die er bisher nur unter ihrem Vornamen Denise kannte. So hatte sie sich ihm vorgestellt. »Die Informationen, die ich in den Gesprächen mit Ihnen zusammengetragen habe, waren aber ausgesprochen hilfreich. Ich musste dann nur noch meine Beziehungen spielen lassen, ein paar Verbindungen ausnutzen und den einen oder anderen Gefallen einfordern.«

»Eigentlich ist es eher so, dass meine Kollegin über eine Art eingebautes Radar speziell für abhandengekommene Kinder verfügt«, grinste Heller. »Und auf ihrer Suche danach stellt man sich ihr besser nicht in den Weg! Sie findet sie immer, das Problem ist dabei nur, dass sie die Kinder dann freiwillig nicht wieder hergibt!«

Hakim verfolgte verständnislos, wie diese Denise ihrem Kollegen die Zunge herausstreckte. Die beiden schienen sehr vertraut miteinander, offenbar war das mit den Kindern so eine Art Insiderwitz, den er nicht verstand.

»Es sind natürlich noch bürokratische Hürden zu überwinden«, sagte sie. »Sie selbst sind nach unseren

Gesetzen noch minderjährig und die Geschwister von Tarek und Djamal sind nicht mit Ihnen verwandt. Ich habe aber mit dem Jugendamt gesprochen, sie dürfen vorerst bei Ihnen bleiben und Sie werden im Wohnheim eine etwas größere Wohneinheit bekommen. Es wird zwar ein wenig eng, aber es wird gehen. Omar und Fatima Suleiman haben ebenfalls zugesagt, sich um die Kinder zu kümmern.«

»Ich weiß nicht, wie ich Ihnen danken soll«, stieß Hakim überwältigt aus. »Es wird mir eine Pflicht und eine Ehre sein, für die Geschwister meiner Freunde zu sorgen! Jetzt, wo sie wieder bei mir sind, wird alles gut, ich spüre es!«

»Sie haben es sich verdient!«, sagte Heller ernst. »Der Mut, mit dem Sie sich Ihrem Schicksal entgegengestemmt und wie Sie sich gegen einen Ihrer Peiniger zur Wehr gesetzt haben, ist absolut bewundernswert! Ich habe keinen Zweifel, dass alles gut für Sie werden wird! Ach ja, falls es Ihnen noch niemand gesagt hat: Willkommen in Deutschland!« Dem war nichts mehr hinzuzufügen.

Die SOKO Rhein-Sieg kommt wieder!

In der vorliegenden Geschichte spielt die ehemalige Ermittlungspartnerin von Tobias Heller wieder eine gewisse Rolle. Ich hatte im Schlusswort des letzten Bandes der Malowski-Heller-Reihe angedeutet, dass Denise nicht vollständig aus der Serie verschwinden wird, jedoch sollen Auftritte *dieser* Art eigentlich eine Ausnahme sein. Wie denken Sie darüber? Sie können mir gerne Ihre Meinung dazu per E-Mail mitteilen, aufgrund der zu erwartenden Menge an Zuschriften kann ich jedoch nicht versprechen, jede Nachricht zu beantworten. Ich bitte Sie diesbezüglich schon jetzt um Verständnis!

Wie immer entsprechen die technischen Möglichkeiten bei der Verbrechensaufklärung sowie die landschaftlichen Gegebenheiten weitgehend der Realität. Abweichungen davon sind der Handlung geschuldet und von mir beabsichtigt. Dies gilt besonders für die Standorte der im Buch erwähnten Asylantenheime, deren Adressen zum Schutz ihrer Bewohner tatsächlich weder im Internet noch in Adressverzeichnissen gelistet werden. Das beschriebene Gebäude ist daher aus demselben Grund erfunden.

In dieser Geschichte spielt ein Nagel eine gewisse Rolle. Aufmerksamen Lesern wird es nicht entgangen sein, dass ich ein ähnliches Motiv bereits verwendet habe. Sie brauchen es nicht lange nachzuschlagen, es war in

»Spurlos«. Das hat jedoch nichts mit Einfallslosigkeit zu tun, denn statistisch gesehen gibt es sehr viel mehr Nägel als Kriminalromane. Man muss sich daher wundern, dass nicht in jedem Krimi ein paar davon vorkommen ... (Das sollte ein Witz sein. Nicht, dass mir wieder Arroganz unterstellt wird!)

Die in der Geschichte erwähnte ›Hühnerbruch-Tour‹ habe ich persönlich einige Male absolviert. Wozu lebt man denn in der Nachbarschaft eines der schönsten Biotope Deutschlands? Sollten Sie es mir und vielen anderen Naturliebhabern nachmachen wollen, seien zwei Dinge erwähnenswert: Der Wanderweg ist sehr beliebt und vor allem am Wochenende stark frequentiert. Sie sollten genügend Zeit einplanen. Allein der reine Weg ist mit gut zwei Stunden zu veranschlagen.

Bei Interesse können Sie eine für *GPX-Viewer* oder eine vergleichbare Handy-App kompatible Datei von meiner Homepage herunterladen, gehen Sie dazu auf die Buchbeschreibung. Die erwähnte Software benötigt kein Internet und ist daher im Gelände geradezu ideal. So gehen Sie hoffentlich nicht verloren, denn verlaufen können Sie sich dort durchaus! Außerdem ist diese Route zumindest zum Zeitpunkt, wo ich dies schreibe, markiert. Achten Sie auf Schilder mit einer gelben Kanne, dann sind Sie richtig! Die verfallene Ruine werden Sie jedoch vergeblich suchen, ich habe sie erfunden!

Ich hoffe, der vorliegende Band der SOKO Rhein-Sieg hat Ihnen gefallen und ich konnte Ihnen einige spannende und unterhaltsame Stunden verschaffen, denn zu diesem Zweck wurde das Buch geschrieben! Wenn dies der Fall ist, habe ich eine persönliche Bitte an Sie:

Ich würde mich freuen, wenn Sie den Krimi auf der Produktseite von Amazon bewerten und dort ein kurzes Feedback hinterlassen. Sie müssen sich gar nicht in epischer Breite über den Inhalt auslassen, einige Sätze reichen vollkommen aus. Applaus ist das Brot des Künstlers, heißt es, und er motiviert zumindest zum Weiterschreiben!

Falls Sie auf *Lovelybooks*, *Goodreads* usw. aktiv sind, einen Buchblog betreiben oder Ihre Leidenschaft für Bücher auf *Facebook*, *Instagram* oder *Twitter* teilen, würde ich mich auch dort sehr über eine Rezension freuen. Das soll aber jetzt nicht heißen, dass ich hier um positive Bewertungen bettele. Selbstverständlich dürfen Sie Ihrem Unmut bei Nichtgefallen ebenfalls freien Lauf lassen, sofern Sie Ihre Meinung sachlich und vor allem ehrlich vertreten!

Natürlich kann es im Überschwang vorkommen, dass man dabei zu sehr Bezug auf den Inhalt nimmt. Das ist menschlich und kommt sowohl bei guten als auch schlechten Rezensionen hin und wieder vor. Ich bitte Sie daher herzlich darum, hier etwas auf Ihre Wortwahl zu achten. Spoiler, also die Vorwegnahme von Handlungsabläufen, sind Lesern und Autoren gegenüber unfair, da sie die Spannung mindern!

Im Anschluss finden Sie die Kurzbeschreibungen der Protagonisten dieses Buches, soweit sie zur Vermeidung von Wiederholungen für Stammleser im Text nicht erwähnt wurden.

Ihr René Falk

Das Ermittlerteam

Tobias Heller, Jg. 1979, studierte nach dem Abitur Kriminalpsychologie an der Universität Bonn, brach dann aber nach drei Semestern das Studium ab und bewarb sich bei der Kriminalpolizei. Er ist 1,85 Meter groß und hat eine sportliche Figur. Das dunkelblonde lockige Haar trägt er schulterlang. Seine bevorzugte Kleidung besteht aus Jeans, Turnschuhen und Lederjacke. Seit 2021 leitet er die eigens für ihn eingerichtete SOKO Rhein-Sieg.

Martin Weber, Jg. 1978, fing mit dreiundzwanzig Jahren beim Kriminalkommissariat 2 der Siegburger Kriminalpolizei an, das von Melanie Heller geleitet wird. 2021 folgte er dem Ruf ihres Ehemannes Tobias und wechselte in dessen SOKO. Weber steht mit der modernen Technik auf Kriegsfuß, verfügt aber über eine brillante Kombinationsgabe. Er misst 1,75 Meter und seine Haare sind bereits von grauen Strähnen durchsetzt. Seine Frisur wirkt meist, als sei er gerade aus dem Bett gestiegen und er zeichnet sich durch eine extrem legere Kleidung aus, die normalerweise aus ausgelatschten Turnschuhen und verwaschenen Jeans besteht.

Jonas Faber, Jg. 1989, ist mit seinem unfehlbaren Gedächtnis und seinem umfangreichen Fachwissen eine wandelnde Datenbank, womit er sich hervorragend mit seinem Ermittlungspartner Martin Weber ergänzt. Optisch stellt er jedoch einen krassen Gegensatz zu diesem dar, denn seine bevorzugte Kleidung besteht aus Maßanzügen mit Designerhemd und Krawatte. Faber misst 1,89 Meter und ist schlank. Seine dunkelblonden Haare trägt er kurz und er wirkt ständig, als sei er gerade erst beim Friseur gewesen.

Vanessa Fuchs, Jg. 1992, fing ihre Karriere beim Kriminalkommissariat 4 an. Nach nur zwei Dienstjahren dort wurde sie von Tobias Heller für die neue SOKO angeworben, dem ihre hervorragenden Kenntnisse über forensische Analysen und ihre Affinität zu elektronischen Geräten jeglicher Art aufgefallen war. Sie ist mit 1,74 Meter und einer sportlichen Figur recht groß für eine Frau. Das schulterlange naturbraune Haar trägt sie in der Regel zu einem Pferdeschwanz gebunden.

Jasmin Brandt, Jg. 1994, begann ihre Laufbahn ebenfalls im Kriminalkommissariat 4, wo sie mit Vanessa Fuchs ein Ermittlungsteam bildete. Sie gilt als wahre Meisterin der Recherche, weshalb sie eine ideale Ergänzung des SOKO-Teams darstellt. Sie ist 1,64 Meter groß und ein wenig rundlich. Die blonden Haare trägt sie meist modisch kurz.

Erik Hagel, Jg. 2000, ist ein Neffe von Hellers früherem Chef Donner. In seinem Abiturjahr 2019 absolvierte er ein Praktikum im Kommissariat seines Onkels und trat später als Kommissaranwärter in den Dienst der Siegburger Kriminalpolizei. Er ist bei einer Größe von 1,82 Metern erschreckend hager. Das schwarze Haar trägt er halblang und ungekämmt. Er ist in forensischen Untersuchungen sehr talentiert und der Assistent von Vanessa Fuchs.

Jürgen Vogel, Jg. 1971, leitet die forensische Abteilung der Kripo Siegburg. Der kauzig wirkende Wissenschaftler liebt seinen Beruf und schwarze Zigarillos über alles. Mit einer Größe von 1,92 Metern und einer extrem hageren Gestalt wirkt er in seinen Bewegungen unbeholfen, ist jedoch in seinem Fachgebiet der forensischen Spurenanalyse eine anerkannte Koryphäe und bei seinen Mitarbeitern und den polizeilichen Ermittlern sehr beliebt.

Amara Jones, Jg. 1990, ist gebürtige Münchnerin und die einzige Tochter nigerianischer Einwanderer. Sie studierte Mathematik und Informatik, bevor sie in der Forensik der Kripo Siegburg die Stelle der IT-Spezialistin übernahm. Sie hat in beiden Studienfächern einen Master und ein untrügliches Gespür für alles Technische. Ihr unüberhörbarer bayrischer Akzent steht in einem lustigen Kontrast zu ihrer tiefschwarzen Hautfarbe. Sie ist nur 1,57 Meter groß und in den Hüften eine Winzigkeit zu breit. Das schwarze, krause Haar trägt sie kurz, da es ansonsten kaum zu bändigen wäre.

Rieke Martinen, Jg. 1997, stammt von der Nordseeinsel Amrum und ist neben Amara Jones seit 2022 die zweite Frau in Vogels Team. Ihr Aussehen ist klassisch ›friesisch‹, 1,78 Meter groß, breitschultrig und mit flachsblonden Haaren, die sie bei der Arbeit zu einem Pferdeschwanz bindet. Sie spricht nicht viel, doch wenn sie sich einmal zu Wort meldet, ist ihre Herkunft nicht zu überhören.